講談社文庫

ベスト6ミステリーズ2016

日本推理作家協会 編

講談社

ベスト6ミステリーズ

BEST 6 MYSTERIES 2016

目次

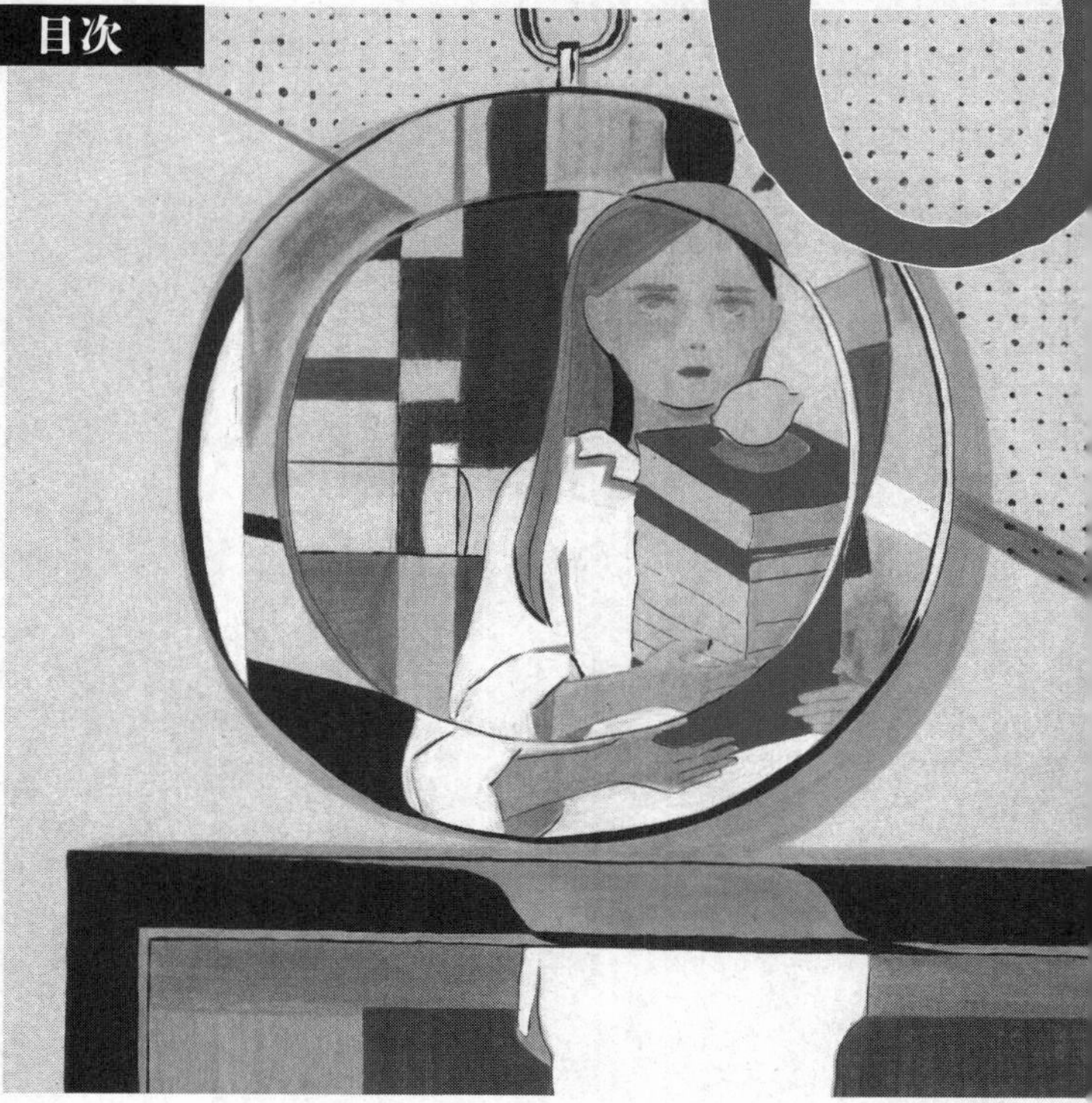

〈日本推理作家協会賞 短編部門 受賞作〉

黄昏

薬丸 岳……7

影　池田久輝……59
旅は道連れ世は情け　白河三兎……125
鼠でも天才でもなく　似鳥鶏……177
言の葉《コトノハ》の子ら　井上真偽……255
みぎわ　今野敏……307
解説　佳多山大地……367

黄昏

薬丸《やくまる》 岳《がく》

第70回（平成29年度）日本推理作家協会賞
短編部門　受賞作

1969年、兵庫県生まれ。駒澤大学高等学校卒業。日本脚本家連盟スクールで学び、シナリオライターを志して研鑽を積むなか、高野和明の第47回（2001年）江戸川乱歩賞受賞作『13階段』に感銘を受けて本格的に小説家を目指すようになる。'05年、少年法をテーマに据えた『天使のナイフ』で第51回江戸川乱歩賞を受賞し、念願のデビュー。社会派エンターテインメント小説の旗手としてコンスタントに話題作を発表し、'16年には『Aではない君と』で第37回吉川英治文学新人賞に輝いた。ノンシリーズの長編作品を手がけることが多い薬丸だが、筆歴《キャリア》を代表するシリーズ・キャラクターと認められるのが、少年鑑別所で触法少年と向き合う法務技官から警察官に転身した夏目信人《なつめのぶひと》だ。本作「黄昏」では、老いた母親の遺体を自宅アパートに三年も隠していた娘の〈動機〉に夏目刑事は拘泥する。逮捕された娘の歪みつつも深い慕情に触れて哀感を誘う逸品だ。（K）

喫茶店から出ると、夏目信人《なつめのぶひと》は安達涼子《あだちりようこ》とともに署に向かって歩いた。

「それにしてもマスター、まだ痛々しかったですね」

安達の言葉に、夏目は頷《うなず》いた。

三日前に比べて顔のあざは薄れていたが、蹴《け》られた胸がまだ痛むようで口もとを歪《ゆが》めてコーヒーを淹《い》れていた。

マスターの青木《あおき》は三日前の夜にふたり組の男に襲われ、財布を奪われた。今日の午前中に犯人を逮捕し、取り調べを終えてからマスターに報告に行ったのだ。犯人はともに二十一歳の無職の男だった。

犯人逮捕の知らせに喜んだが、同世代の息子がいる青木は複雑な心境になったようだ。

「これで思い残すことなく向こうに行けますね」

安達に言われ、夏目は苦笑した。

数日前、東池袋署から墨田区錦糸署への異動の辞令を受けた。

馴染みの店のマスターだから異動前に犯人を捕まえたいと思っていたが、事件はまだたくさん残っている。

「思い残すことがないとは言えませんね」夏目は言った。

「そんなにわたしと離れるのが寂しいですか？」

夏目は「そうですね」とやんわり返した。

「お店を予約してますから、明日の八時から空けておいてくださいね」

「そうなんですか？」

送別会をやろうと言われていたが、いいと断っていた。

「急な話だったので参加できる人は少ないですけど、菊池《きくち》係長と福森《ふくもり》さんがいらっしゃいます。あと少年係の福地《ふくち》さんもご一緒したいと。『エル・ラガール』っていう人気のスペインバルで、普段はなかなか予約が取れないんですよ」

ポケットの中で振動があり、夏目はスマホを手に取った。菊池からの着信だ。

「あとは大きな事件が起こらないことを……」

そこまで言った安達に「すみません」と断って、電話に出た。

「もしもし、夏目です」

「雑司《ぞうし》が谷《や》で事件です。二丁目二十七番地のコーポ吉田に急行してください」

その言葉に、夏目は眉《まゆ》をひそめながら安達を見た。

すぐに察したようで、安達がこちらを見つめ返しながら大きな溜め息を漏らした。

アパートの前に人だかりを見つけ、夏目と安達はそちらに向かった。

近隣の住民だろう。好奇の眼差《まなざ》しでアパートの前の警察車両を見つめ、ひそひそと話している。

後部座席に、両側を刑事たちに挟まれて女性が座っていた。四十代後半ぐらいだろうか。唇を引き結び、うつむいている。

車が走り出し、夏目はアパートに目を向けた。上下に五部屋ずつある二階建てだ。

二階の右端のドアが標識テープで封鎖され、その前に福森が立っている。

階段を上ると、福森がこちらを向いた。

「まだ鑑識の最中ですか？」

夏目が訊《き》くと、福森が苦々しそうに頷いた。

「よりによってこんなときになあ……」

「腐乱した遺体が発見されたとのことですが」

菊池から聞かされた情報はそれだけだ。

「ああ。スーツケースに入れられていたそうだ」

「身元は？」

「おそらく幸田《こうだ》二美枝《ふみえ》さん、八十代。車に乗っていたのは娘の華子《はなこ》だ」

部屋から出てきた鑑識係員に促され、夏目と安達は白手袋をはめて中に入った。

玄関を入ってすぐ右手に小さなキッチンがあり、左手にユニットバスのドアがある。その奥の八畳間にテレビとローテーブルと小さな整理ダンス、壁際に介護用の立派なベッドが置いてある。ベッドの上に開いたスーツケースがあり、からだを丸めた遺体が収まっていた。

「遺体はポリ袋に包まれた状態でスーツケースに入っていました。臭《にお》いが外に漏れないようにしたのでしょう」

鑑識係員の言葉を聞きながら、夏目は目を閉じて両手を合わせた。

亡くなった後にスーツケースに入れられたということか。

死後とはいえ、こんな窮屈なところに押し込められ苦しかっただろう。

夏目は目を開けると、福森に訊いた。

「発見までの経緯は？」

「三時間ほど前に警察に華子から通報があった。母親の遺体を自宅に隠していると」

自首か。

「スーツケースはどこにあったんですか」

「そのままベッドの上だ」

福森の言葉を聞いて、夏目はクローゼットのドアを開けた。下に折りたたまれた布団が置かれ、ハンガーパイプに女性ものの服が数点吊《つ》るされていた。布団を表に出せばスーツケースを入れられる。

「どうしてクローゼットに入れてなかったんでしょうね」

自分と同じ疑問を抱いたようで、安達が言った。

「まったくわからないねえ。もしずっとここに置いていたんだとすると、娘は遺体を入れたスーツケースを見ながら飯を食ったり寝てたってことだろう。どういう神経をしてるんだか」

福森の言うとおりだ。

ローテーブルの上に、コンビニ弁当の容器とペットボトルの茶が置いてあった。

「そんなことさえ気にしなくなるほど鈍感になってたってことですかね」安達が腹立たしそうに言った。

「まあ、これから取り調べをしてそのあたりも訊いてみよう。聞き込みのほうを頼む」

「わかりました」

夏目と安達が答えると、福森が部屋を出ていった。

「もう少し部屋を見てみましょうか」

夏目が言うと、安達は早く遺体がある部屋から出ていきたかったようで、少しためらった後に「そうですね」と頷いた。

夏目は安達と手分けして部屋にあるものを調べ、母娘の人物像を探った。

整理ダンスの引き出しから二美枝と華子名義の通帳を一冊ずつ見つけた。

華子は平成二十四年の四月に口座を開設している。今から約五年前だ。毎月十五日に『ラフィット』から二十万円弱の金額が振り込まれている。おそらく給料だろう。

二美枝の通帳には二ヵ月に一回、三十万円近い年金が振り込まれている。平成二十四年の四月以降記帳されていないが、そのときの残高は一万円を切っていた。

『俳句入門』という本の下に小さなフォトアルバムがあった。開いてみると、ふたりの女性が写っている。ひとりは先ほど車に乗せられていた華子だ。隣にいる高齢の女性は二美枝だろう。海外のビーチで撮った旅行写真だ。

夏目は写真を数枚抜き取り上着のポケットに入れ、ベッドを振り返る。

スーツケースの中の遺体を見つめながら、写真に収まったふたりの笑顔をよみがえらせた。

一〇一号室のインターフォンを鳴らすと、「はい……」と女性の声が聞こえた。

「東池袋署の者です。少しお話を聞かせていただきたいのですが」

夏目が告げてしばらくすると、ドアが開いて若い女性が顔を出した。

「警察って……何があったんですか」女性が戸惑《とまど》ったように訊いた。

「実は二〇一号室で遺体が発見されまして」

夏目が言うと、女性がぎょっとしたように身を引いた。

ポケットから写真を取り出して女性に示した。

「このおふたりを見かけたことはありますか？」

「ええ、引っ越しの挨拶にふたりで来てくれました」

「どれぐらい前でしょうか」

「そうですね……たしかわたしが大学に入ったばかりの頃だったので、五年ぐらい前でしょうか。わたしも引っ越してきたばかりなのでよろしくお願いしますと言った気がします。遺体が発見されたって、まさかそのふたりが？」

「まだ事情がわかっていないんです。ただ、発見された遺体が二美枝さん……こちらの年配の女性の可能性があるということでお話を伺《うかが》いたいと思いまして」

「本当ですか」女性が嫌悪感を示すように顔をしかめた。

「二美枝さんとはその後お会いになったりしませんでしたか？」

「それからしばらくはちょくちょくお見かけしましたけど。アパートの前とか、そこのスーパーとか、一度ネットカフェでも会ったことがあります」

「ネットカフェですか？」隣にいた安達が訊き返した。

「ええ。ちょうど受付するときに見かけて。パソコンのある個室を選ばれてたから、あんなご年齢なのにずいぶん進んでるなあって感心しました」

「二美枝さんを見かけなくなったのはどれぐらい前でしょうか」

「引っ越してきて一年経った頃からでしょうか。階段で転んだみたいで救急車が来たことがあったんです。それからですかね……」

他の住人も同じ話をしていた。それから二美枝のことを見かけなくなったと。

「ありがとうございます。またお話を聞かせていただくかもしれませんが、よろしくお願いします」

夏目は頭を下げ、安達とともにアパートを後にした。

「事故が原因で寝たきりになってしまったんでしょうかね」

その言葉に、夏目は安達に目を向けた。

「そうかもしれませんね」

先ほど部屋で見つけた年金手帳によると、二美枝は今年で八十八歳になるという。救急車で運ばれたのは八十四歳の頃だ。

二美枝はいつ、どんな理由で亡くなったのか。


刑事課の部屋に入ると、福森が菊池に取り調べの報告をしていた。

「おつかれさま」

ふたりに声をかけられ、夏目たちは挨拶を返した。

「そちらはどうだった」福森が訊いた。

「近隣住民は四年ほど前から二美枝さんを見かけていません。その頃に二美枝さんはアパートの階段から足を滑らせて、両足と肋骨《ろっこつ》を骨折しました。病院で確認したところ三ヵ月ほど入院して自宅に戻ったとのことですが、それ以来外に出ることが困難になってしまったのかもしれません」

夏目が報告すると、福森が頷いた。

「被疑者も同じような供述をしている。骨折がきっかけで被害者は寝たきりになってしまったそうだ。それから被疑者は仕事を辞めて、つきっきりで被害者の介護をしていたと言っていた」

「被害者が亡くなったのはいつですか」安達が訊いた。

「三年ほど前だそうだ。詳しい日付は覚えていないが、買い物から戻ってきたら亡くなっていたと言ってる。先ほど死体遺棄容疑で逮捕状を請求した」

「どうして死亡届を出さなかったと？」夏目は訊いた。

「はっきりとした供述は得られていない。年金の不正受給が目的じゃないかと追及したら、否定も肯定もしなかった」

近年、高齢者の所在不明が問題になっている。

戸籍や住民票などの公的記録上は存在しているが、実際に生死または実居住地などの確認が取れない高齢者が多数存在するという。中には戸籍上、二百歳の人が存在した例もあるそうだ。

「ただ、年金の不正受給が目的だとすると腑《ふ》に落ちない点も出てきます」

夏目が言うと、福森と菊池がこちらを見た。

鞄《かばん》から書類を出して菊池の机に置いた。銀行に提出してもらった二美枝の口座記録のコピーだ。菊池が書類を手に取って見ると、福森が横から覗《のぞ》き込んだ。

平成二十四年の四月から一年間、二美枝の年金は引き出されておらず、二十五年の四月時点で百八十万円近い残高があった。五月以降は振り込まれた年金から合計二百五十万円近くが引き出されているが、その後二十六年の六月からはまた年金が貯《た》まり続け、最終的な残高は六百万円ほどになっていた。

「たしかに」菊池が書類からこちらに目を向けた。「被害者が寝たきりになってから亡くなったとされるまでの一年は預金が引き出されていますが、それ以降は手付かずですね」

「供述のとおり三年ほど前に亡くなっていたとすると、その時点でも百万円程度の預金があったってことか。葬式代ぐらいは出せるよな」

「華子はどういう女性なんでしょうか」

考え込むように唸《うな》っている福森に訊いた。

「今年四十九歳になる。父親は被疑者が十二歳のときに離婚して、それ以来会っていないそうだ。被疑者は大学を卒業して一年ほど働いた後に結婚しているが、二十八歳のときに離婚して母親と同居を始めたようだ。離婚のいざこざが原因でうつ病に罹《かか》って働けず、母親の年金で生活していたそうだ」

「パラサイトってやつですね」

その声に、夏目は安達に目を向けた。

「まあ、それじゃマズイってことで五年前から働きに出ることにしたんだろうが……」福森がそう言って嘆息した。

「自首した理由については？」

夏目が訊くと、福森がこちらに顔を向けた。

「隠し続けることに疲れた、とだけ」

久米《くめ》という、アパートの管理会社の男性従業員が書類を持って戻ってきた。

「まったく、勘弁してほしいですね」

久米が憤然とした様子で夏目と安達の向かいに座った。

「あ、いえ、別に刑事さんたちのことではありませんから。腐乱死体が発見された物件となったら貸しづらくなってしまうので」

夏目は了解していますと頷いた。

「真面目そうな人に見えたんですけどね。まさかそんなことをするなんて……」

「久米さんが担当なさったんですか？」

夏目が訊くと、久米が頷いた。

「幸田さんはいつからあの部屋を？」

「平成二十四年の四月に契約していますね」久米が手もとの書類を確認して言った。

「契約者は華子でしょうか」

「そうですね。お母さんは八十歳を過ぎていましたので、さすがに」

「保証人はどなたですか」

「保証会社になっています。保証人を頼める人がいないとかで」

「あのアパートに引っ越す前はどちらにいたのでしょう」

「神奈川県の厚木ですね」

久米が答えながら書類をこちらに差し出した。契約申込書と書かれた書類で、現住所の欄《らん》が神奈川県厚木市旭町一丁目――となっている。

池袋からはかなりの距離がある。

隣で安達が住所をメモしている。

「どうして池袋で部屋を探していたんでしょうか」

夏目が訊くと、久米が「どうだったかなあ……」と天井のほうを見上げた。思い出したようでこちらに視線を戻す。

「たしか娘さんが池袋で仕事を始めたんだったと思います。厚木からでも通えなくはないでしょうけど、ちょっと大変ですからね」

夏目は頷いた。

「こちらにはお母さんの二美枝さんもいらっしゃったんでしょうか」

「ええ。娘さんと一緒にいくつか物件を見ました。あまり引っ越しに乗り気ではなかったみたいですが」

「そうなんですか？」

「あのお年で新しいところに移るとなると、ためらいがあるでしょう。家賃が高いとか、階段の上り下りが大変だとか、いろいろとケチをつけていましたよ。娘さんに説得されて渋々あの物件に決められたんです」

「どう言って説得していたんですか」

「わたしも自立できるように頑張ってるんだからお母さんも協力してよ、みたいな感じでしょうか。娘さんは二十数年ぶりに働きに出ることにしたみたいで」

華子は二美枝の年金を頼りにする生活から抜け出そうとしていたということか。

「きちんと家賃を払えるだろうかと少し不安はありましたけど、お母さんの年金があるということだったので……まさかこんなことになるなんてねえ」久米がそう言って大仰に溜め息を漏らした。

五階でエスカレーターを降りフロアを歩いていると、「あれじゃないですか」と安達の声が聞こえた。

安達が指さした先に『ラフィット』という看板がある。

デパートやショッピングセンターなどに出店しているマッサージ店だ。

近づいていくと、清潔そうな白い制服を着た女性が受付に立っている。

「先ほどお電話した夏目と申しますが、店長の皆川《みながわ》さんはいらっしゃいますか」

夏目が言うと、目の前の女性が表情を陰《かげ》らせ「わたしです」と答えた。

電話では幸田華子について聞かせてほしいとしか告げていなかったが、ニュースなどで事件のことは知っているのだろう。

「これからお話を聞かせてもらってもよろしいですか？」

「狭い事務所なんですけど、どうぞこちらへ」

皆川がそう言って店の奥に歩きだした。海外のリゾートホテルをイメージしたと思われる落ち着いた雰囲気の店内だ。突き当たりのドアを開けると、皆川と同じ制服を着た男性が椅子《いす》に座って新聞を読んでいた。

「鈴木《すずき》さん、申し訳ないんだけど休憩は後にしてもらえるかしら」

皆川が声をかけると、男性がこちらに会釈して事務所から出ていく。

夏目と安達は勧められた椅子に並んで座った。

「お茶のご用意ができますけど、何がよろしいでしょうか」

「どうぞお気遣いなく」

皆川が「それでは」と、パイプ椅子を移動させて向かい合わせに座った。

「幸田さんの事件はご存じでしょうか」

夏目が訊くと、皆川が沈痛な表情になった。

「まだ信じられなくて。本当のことなんでしょうか？」

夏目は頷いた。

「そうですか……」皆川が呟《つぶや》いた。

「幸田さんはどのようなかたでしたか」

「真面目なかたでしたよ。遅刻や無断欠勤などもありませんでしたし、一生懸命なので指名してくださるお客様も多かったです」

「幸田さんは五年前の平成二十四年からこちらで働いているとのことですが」

「ええ。一年ほど働いてから、お母さんの介護をするということでいったん辞めました。ただ、それから一年ほどしてから復職されました」

三年前。母親が亡くなったという時期だ。

「介護の必要がなくなって再び働くことにしたんでしょうかね。復職してから、お母さんのことについて何か話していましたか」

安達が訊くと、皆川が頷いた。

「ヘルパーを頼むことにしたと言っていました。お母さんの年金だけでは足りないので、自分も働かなければいけないと」

「以前働いていたときと比べて、幸田さんに何か変化はありませんでしたか」さらに安達が訊く。

「これまではまったく感じませんでしたが、事件のことを知って……言われてみれば、ほとんどお母さんの話をしなくなったなと」

「以前はお母さんのことをよく話されていた？」夏目は訊いた。

「ええ。お母さんのおかげで今の自分があるから、これからはいっぱい親孝行をしなきゃ、みたいなことをよく言っていました。わたしよりもかなり年上のかたにこんなことを思うのは失礼なんですが……」皆川が言いよどんだ。

「何でしょうか」

夏目が先を促すと、皆川がふたたび口を開いた。

「あのお年でまだ親離れができないんだな、と感じました。ただ、何度かお母さんをこの店に連れてきて施術してあげたり、生きている間に連れて行ってあげたいと、貯金をしてハワイに行ったりして……わたしはそこまで親にしてあげていないので、見習わなければとも思いました」

皆川がそこまで言って、重い溜め息を漏らした。

「だから、お母さんの遺体をずっと隠していただなんて本当に信じられなくて」

たしかに華子の行動には不可解な点がいくつかある。

「こちらのお店は支店がたくさんあるんですよね」夏目は少し身を乗り出して訊いた。

話題が変わって戸惑ったのか、顔を上げた皆川が小首をかしげた。

「ええ。全国に百店舗以上あります」皆川が答えた。

「幸田さんは本社で採用されて、こちらのお店で働くことになったんですか？」

「いえ、直接この店に連絡がありました。店の外の貼り紙やフリーペーパーなどで求人広告を出していたので」

「幸田さんはどうしてここで働こうと思ったと言っていましたか？　たとえば、こういうお仕事に興味があったとか」

夏目が訊くと、皆川が言葉を詰まらせた。しばらく考え、口を開いた。

「そういうことは言ってなかったと思いますけど。ただ、自分にもできるだろうかということをすごく気にされていたのを覚えています。マッサージの仕事の経験がないのはおろか、働きに出るのはしばらくぶりとのことで不安に思っていたようです。うちは研修などもしっかりあるので、やる気さえあれば未経験でも大丈夫ですとお伝えしたら、それならここで働きたいと言っていました」

その話を聞いて、夏目はさらに不可解な思いに囚《とら》われた。

机の私物を段ボール箱に詰め込むと、ガムテープで封をして宅配便の伝票を貼《は》った。

夏目は自分の席から刑事課の部屋を見渡した。何人かの職員が慌ただしそうに動き回っている。この部屋に初めて足を踏み入れてから三年が経つ。あっという間だったと、ここで過ごした日々の記憶を噛《か》み締《し》めた。

まわりにいた強行犯係の同僚たちが、自分の感慨に気づいたように微笑《ほほえ》みかけてくる。

「いよいよですね。寂しくなってしまうな」

菊池が言うと、そばにいた福森と安達が頷いた。

「明日からの有休はどうするんですか」安達が訊いてきた。

「妻と新居を探しに行こうと思っています」

「たしかに江古田《えこだ》から錦糸町までだと距離があるよな。通えない距離じゃないだろうけど」

福森の言葉に、夏目は頷いた。

「そうですよね。少しでも長く絵美《えみ》ちゃんとの時間を作りたいですもんね」

「じゃあ、我々とはこの後送別会がありますけど、来られない人たちに挨拶してもらいましょうか」

菊池に言われ、夏目は目を向けた。

「係長、実はその前にひとつお願いが」

「何ですか？」

「幸田華子と話がしたいんです」

菊池が無言で見つめ返してくる。

「だめでしょうか？」

「いや……最後まであなたらしい」菊池が口もとを緩《ゆる》めた。

「じゃあ、わたしが調書をとります」

手を上げて言った安達を見て、夏目は立ち上がった。


「どうぞ――」

声をかけると取調室のドアが開き、留置係に連れられた華子が入ってきた。

「そちらに座ってください」

腰縄を解かれ、華子が憔悴《しょうすい》したような表情で向かいに座った。留置係が部屋から出ていく。ドアの横に座った安達がペンを握ったのを見て、夏目は華子に向き直った。

「夏目といいます。これからいくつか質問させてもらいますので正直に答えてください」

華子が小さく頷いた。

「まず、お母さんが亡くなったときの状況を聞かせてください」

「あの……他の刑事さんにお話ししましたが……」

「もう一度お願いします」

華子がうつむいた。見つめていると、華子が小さく息を吐《は》いて顔を上げた。

「その日は午前中から出かけていて、たしか……午後四時頃だったと思うんですけど、家に帰ったら母が息をしていませんでした」

「どちらに出かけていたんですか？」

「覚えていません」

「お母さんが亡くなった日のことなのに、覚えていないんですか？」

華子が弱々しく頷いた。

「たぶん買い物……覚えていないということは特別な用事じゃなかったんでしょう」

「お母さんはどうしてお亡くなりになったと思いますか」

「わかりません。ただ、出かけるときには特に変わった様子はありませんでした」

司法解剖の結果、事件性を疑わせる外傷はなかったとのことだ。

「どうしてお母さんが亡くなったことを隠していたんですか」

「この二日間ずっと同じことを訊かれていますが……正直なところ答えようがありません。年金を不正に受け取りたいからだと言われたら否定のしようはありません」

「あなたはお母さんが亡くなった後、働きに出ています。お母さんの年金を使った形跡もありません。葬儀の費用だってそのときあった預金で賄《まかな》えたはずだ。それなのにどうして罪に問われるリスクを冒してまでお母さんが亡くなったことを隠していたのか、ぼくはどうしても知りたいんです」

夏目は訴えたが、華子はうつむいたまま何も答えない。

質問を変えたほうがよさそうだ。

「どうして厚木から池袋に引っ越そうと思ったんですか」

「池袋で仕事を始めたので……」華子がうつむいたまま呟いた。

「どうして池袋の『ラフィット』だったんですか。厚木にもあるというのに」

ホームページで調べたら厚木にも『ラフィット』の支店があった。それなのにどうしてわざわざ引っ越しをしてまで池袋で働き始めたのかと不可解な思いに囚われた。

「知りませんでした。たまたま池袋に出かけたときに求人広告を見て、それですぐに面接に伺ったんです。それだけです……」

何かを隠している。だが、それが何であるのかわからない。

「母にひどいことをしてしまったと認めています。前に取り調べをした刑事さんから死体遺棄と詐欺《さぎ》の容疑で罪に問われることになるだろうと言われました。しかたがないです。わたしはそれだけのことをしたんですから」

最後の言葉がことさら強く耳に響いた。

「さっきからあまり食べてないじゃないですか」

安達がそう言いながらパエリアを取り分けた皿を夏目の前に置いた。

「スペイン料理は苦手ですか？」

「いえ、そうではなくて……何だか胸がいっぱいで」夏目はそう言いながらグラスに手を伸ばした。

「感極まるのは家に帰ってからにしてください。なかなか予約の取れないお店なんですからいっぱい食べないと。ねえ？」福地が隣の安達に目配せして言う。

「そうですよ。このイカスミのパエリアは特に絶品って評判なんですから」

「まったく女性陣はよく食べるねえ。食ってばかりでお別れのムードにも浸《ひた》れない」

そう嘆いた福森が、安達と福地に睨《にら》まれた。バツが悪そうに福森がふたりから視線をそらしてビールを飲んだ。

「絵美ちゃんの病院はどうするんですか」菊池が訊いた。

「近くの病院に転院することにします。今の病院から紹介状を書いてもらったと、さっき妻から連絡がありました。評判のいい病院とのことです」

「それはよかった」

一ヵ月ほど前、娘の絵美は十年以上にも及ぶ長い昏睡状態から意識を回復させた。

入院したままリハビリを行っているが、話すことも、立ち上がることもまだできない。自力で日常生活を送れるようになるまでかなりの時間を要するだろうと医師からは言われている。

「事件の少ないところだといいですね。夏目さんは仕事馬鹿だから、下手な職場に行くと家族との時間が持てなくなるでしょう」

福地の言葉に、「そうだなあ」と福森が同調した。

「どうなんですか？　係長は錦糸署の評判とか聞きます？」安達が菊池に目を向けて言った。

「街としては池袋のほうが大きいけど、事件の数に関しては錦糸署のほうが多いでしょう」

「そうなんですか？」

「スカイツリーができて華やかな場所になった反面、以前から治安があまりよくないという話を聞きます。特に不法滞在の外国人が多く、違法な風俗も他の地域より栄えていると」

菊池の話を聞きながら、そこでどんな人たちと出会うのだろうと想像した。

「今までのやりかたをしようと思えば、外国語の勉強も必要になるかもしれないな」

福森が冗談めかして言った。

「そうですね。自分なりに向こうでも頑張ります」

「それじゃ、そろそろ夏目さんに締めの言葉をもらいましょうか」

菊池の言葉に、みんなの視線が夏目に注がれた。

「今まで本当にありがとうございました。それと、たくさん迷惑をかけてしまったこと、ごめんなさい。できればいつかまた皆さんと一緒に仕事がしたいです。『勘弁してほしい』と皆さんからは言われそうですが」

温かい眼差しを向けながら四人が口々に「そうだよ」「そうよねえ」と言って笑った。

「この五人がまた一緒にというのは難しいかもしれませんね」

菊池が言うと、「ひとつ方法があるぞ」と福森が身を乗り出してきた。

「捜一の捜査員になって東池袋の帳場に来ればいいんだよ」

「勘弁してほしい」菊池と安達と福地が同時に言った。

「すごいよ。スカイツリーが見える!」

美奈代《みなよ》がはしゃぐように言って窓に向かった。

「そうなんですよ。この物件はベランダからスカイツリーが一望できるので見晴らしは抜群です。どうぞご主人も」

不動産会社の営業マンが得意そうに窓を開け、ベランダにスリッパを置いた。

美奈代に続いて夏目もベランダに出た。

たしかに青空のもとにそびえ立つスカイツリーは壮観だった。そんな光景を目の当たりにしているのに、心のもやもやは晴れないでいる。

「夜になったらさらにきれいだろうね」

こちらを向いて微笑む美奈代に、夏目は「そうだな」と頷きかけた。

「ちょっと予算オーバーかな」美奈代が顔色を窺《うかが》うように言った。

想定していた家賃よりも一万円以上高い。

「いや……バリアフリー仕様になってるし、この環境ならそれぐらいはするだろう」

娘の絵美が自宅で生活するようになれば、手すりなどのバリアフリーは不可欠だ。

「もう少し考えてから決める？」

「ここにしよう。これ以上の物件はないと思う」

ベランダから部屋に戻ると営業マンにその旨《むね》を伝えた。

「よかったです。ご予算よりもちょっと高い物件だったのでどうかなあと思ったんですが」

「バリアフリーになっているのにこの家賃ならむしろ安いと思います」夏目は言った。

「そういう物件ですから相場よりもお安いんですが」

「どういうことですか？」美奈代が不思議そうに訊いた。

「手すりなどがあると見栄えがよくないですし、家具なども置きづらいですから。この物件は分譲なんですけど、大家さんは売られる気はなくて、現状維持を条件に貸し出されることにしたんです。あとで説明するつもりでしたが、こちらでずっと介護されていた大家さんのお母さんがお亡くなりになりましてね」

「まあ、そうなんですか……」美奈代が憐憫《れんびん》の表情を向けた。

「息子さんとお母さんのふたりで生活してらっしゃったんですが、思い出が詰まった家で生活するのは辛《つら》いということでとりあえず引っ越されることにしたそうです。ただ、いつかはまた戻って来たいということで」

「それで現状維持が条件なんですね」

美奈代が納得したように言うと、「そういうことです」と営業マンが頷いた。

「それでは店舗に戻って仮契約をしましょう」

部屋を出てエレベーターに向かっていると、美奈代が営業マンを呼び止めた。

「すみません。ちょっとだけ主人と相談したいことがあるので、先に車に戻っていていただけますか」

「わかりました」

営業マンが頷き、ひとりでエレベーターに乗り込んだ。ドアが閉まる。

「相談って?」

夏目が訊くと、美奈代がじっとこちらを見つめてきた。何か言いたげな眼差しだ。

「何だよ……」

「心ここにあらず」

見抜かれていた。

「そんなことないよ」

夏目はぐらかしたが、美奈代はわかっていると首を振った。

「気になることがあるんでしょう。この物件でいいなら契約はわたしひとりでできるから、行ってきたら?」

「行くってどこに」

「あなたが行くところはひとつしかないじゃない。わたしや絵美がいる場所は帰るところ。ね？」

夏目は微笑み、頷いた。

刑事課の部屋に入ると、夏目はまっすぐ菊池の席に向かった。

「どうしたんですか。忘れ物ですか？」菊池が唖然《あぜん》としたように問いかけてくる。

「それに近いかもしれません。幸田華子の捜査を続けたいんですが、許可していただけないでしょうか」

夏目が言うと、菊池が笑った。

「ただ働きをしたいという部下の願いを断る上司はいないでしょう」

菊池が目を向けるのと同時に、安達が立ち上がってこちらに向かってきた。

「まず何をしますか？」安達が訊いた。

「厚木に行きましょう」

夏目は言うと、安達とともに刑事課の部屋を出た。

「ここですね——」

手帳を見ながら歩いていた安達がそう言って立ち止まった。『アサヒハイツ』という二階建てのアパートだ。

「ふたりが住んでいたのは一〇二号室でしたよね」

夏目が確認すると、安達が頷いた。

とりあえず両隣の二軒のベルを鳴らしたが、応答がなかった。階段を上り二〇一号室から訪ねていく。二〇二号室のベルを鳴らすと、ようやく女性の声で応答があった。

「東池袋署の者ですが、少しよろしいでしょうか」

インターフォン越しに言うと、女性の声が「ちょっとお待ちくださいね」と答えた。

表札には『菅谷《すがや》』と出ている。

しばらくするとドアが開き、白髪の女性が顔を出した。

「お忙しいところ申し訳ありません。東池袋署の夏目と安達と申します」

警察手帳を示しながら言うと、女性が訝《いぶか》しげにこちらの手もとを見つめた。

「本当に警察のかた？」

「ええ。もしご不審でしたら署に電話をしてご確認いただいてもかまいません」

そう言うと、女性が警察手帳からこちらに視線を向けた。

「ごめんなさいね。年寄りは何事にも疑ってかからないとどんなことで騙《だま》されるかわからないから」

「よい心がけだと思います」

「警察のかたがいったいどんなご用で？」

「以前こちらの一〇二号室に住んでらっしゃった幸田さんのことでお訊きしたいんです。ご存じでしょうか」

「ええ、知ってますけど。幸田さんがどうしたんですか？」

事件のことは知らないようだ。

「実は先日、幸田二美枝さんのご遺体が発見されまして」

夏目が告げると、女性が絶句した。

「娘の華子が二美枝さんの遺体をずっと自宅に隠していたんです。それでふたりのことをお訊きしたくて伺いました」

「華子ちゃんが二美枝さんの遺体を隠してた？」女性が信じられないというように訊き返してくる。

「ええ。ふたりとは親しかったんでしょうか」

「親しいも何も、二美枝さんとはここで二十年以上の付き合いでしたから」

「じゃあ、幸田さんはこちらに二十年以上住んでらっしゃったんですか」

「そうですよ。たしか娘さんが結婚されてひとりになったから、狭い部屋でよくなってこちらに移ってきたと言ってました。ただ、それから数年後に華子ちゃんが離婚してここで一緒に暮らすようになりましたけど」

「二十年以上こちらにお住まいだったということは、二美枝さんはお知り合いのかたが多かったのではないですか」

安達が言うと、女性が曖昧《あいまい》に頷いた。

「まあ、近所で同世代の人間はわたしぐらいしかいませんけどね。ただ、カルチャーセンターの仲間との付き合いはあったようです」

「カルチャーセンターというのは？」安達がさらに訊く。

「市がやっている俳句教室です。駅前のビルにあるんですけどね。そこに月に何回か集まって俳句を作るらしいですよ。わたしは参加してませんけど」

女性の言葉を聞いて、整理ダンスの引き出しにあった本を思い出した。俳句の本だった。

「幸田さんは五年ほど前にこちらから引っ越されていますが、理由などを聞いてらっしゃいますか」夏目は訊いた。

「華子ちゃんが仕事をすることになったから、職場から近いところに引っ越すことになって」

「他には何か聞いていませんか？　たとえば親しかったかたとトラブルがあったようなことを」

「トラブルなんてとんでもない」女性が大仰に首を横に振った。「二美枝さんはこのあたりの人たちと仲良くしていたから、本当に引っ越す直前まで移りたくなさそうにしてましたよ」

夏目は安達と顔を見合わせた。

やはり引っ越さなければならなかった理由は華子にあったのだろう。

「娘さんのほうはどうですか」安達が訊いた。

「正直言ってわからないわねえ。ほとんど見かけなかったし。二美枝さんによると華子ちゃんはずっと家に引きこもってるってことでしたよ。普段の買い物さえ二美枝さんがほとんど行ってたみたいだったから」

「手がかりなしですね」

安達の言葉に、夏目は目を向けた。

「そうですね」

ここに住んでいたときの華子の交友関係や行動範囲がつかめなければ、池袋に移った理由を手繰《たぐ》ることもできない。

「これからどうしましょうか」安達が訊いた。

「二美枝さんが通っていたというカルチャーセンターに行ってみましょうか」

そこに通っていた人たちが二美枝から何らかの話を聞いているかもしれない。

駅前に着くと、スマホでカルチャーセンターが入っているビルを探した。

すぐ目の前にあるビルだ。

夏目たちはビルに入り、エレベーターでカルチャーセンターがある三階に向かった。

受付に若い女性が座っている。受付の脇《わき》にあるドアについた窓から年配の男女が集まっているのが見えた。

「お忙しいところ申し訳ありません。東池袋署の者ですが」

警察手帳を示して言うと、受付の女性が緊張したように「何でしょうか？」と訊いた。

「こちらでやってらっしゃる俳句教室のことでお訊きしたいのですが」

「どういったことでしょう?」

「以前こちらの俳句教室に通われていた幸田二美枝さんというかたについてお伺いしたいのですが、ご存じでしょうか」

「いや、ちょっと……今いらっしゃるかたについてはわかるのですが、わたしも入ったばかりで」

「どなたかおわかりのかたと連絡が取れないでしょうか」

「少々お待ちください」

受付の女性がそう言って棚から書類を探し、どこかに電話をかけた。しばらく電話で話すと受話器を持ったままこちらに目を向けた。

「少しお待ちいただけるなら、俳句教室の講師の天野《あまの》がこちらに来ると申しておりますが」

「お願いしてよろしいでしょうか」

受付の女性がその旨を相手に伝えて電話を切った。

「そちらのロビーでお待ちいただけますか」

夏目は頷き、安達とともにロビーのソファに座った。

しばらくすると年配の男性がやってきた。天野かと思い立ち上がったが、年配の男性は雑誌棚から新聞を取って夏目たちの向かいに座った。どうやら次の教室を受講する生徒らしい。

さらに三十分ほど待つと、五十歳前後に思える男性が現れた。

「警察のかたですか？」

男性に訊かれ、夏目たちは立ち上がり自己紹介をした。

「天野と申します」

「お忙しいところ誠に恐縮です。少しお時間をいただけますか」

天野が頷いて、もうひとつある教室に夏目たちを案内した。向かい合わせに座ると、夏目は切り出した。

「五年ほど前までこちらの教室に通われていた幸田二美枝さんのことについてお伺いしたいのですが、おわかりでしょうか」

「ええ、もちろん」天野が頷いた。

「実は先日、雑司が谷にある自宅から二美枝さんの遺体が発見され捜査しています」

夏目が言うと、驚いたように天野が大きく目を見開いた。

「遺体が発見って……何かの事件なんですか？」

「他殺の可能性は低いですが、娘の華子を死体遺棄の容疑で逮捕しました」

「華子さんって……あの……」

「ご存じでしょうか」

身を乗り出して訊くと、天野が頷いた。

「一度しか会ったことはありませんが……」

「いつ頃お会いになったんですか」

「たしか三年ぐらい前だったか……ひとりでここを訪ねてきました」

華子の供述によれば、二美枝が亡くなる前後だろう。

「どういった用件だったのでしょう」夏目は訊いた。

「俳句教室に通っていた伊藤正之助《いとうせいのすけ》さんという男性を訪ねにこられたんです」

「そのかたはどういう……」

「教室で幸田さんと特に仲のよかったかたです。たしか幸田さんと同い年で、教室の中でもみんなのまとめ役的な存在でした。年齢よりもずっと若々しくて好奇心も旺盛《おうせい》で、パソコンやスマホなんかも使いこなしたりして、わたしのほうがいろいろと教えてもらうぐらいでした」

「華子はどうして伊藤さんを訪ねてきたんですか？」

「二美枝さんに会わせたかったのでしょう。引っ越ししてから会う機会がなくなってしまったので。あの年齢のかたが池袋から厚木に来るのは大変でしょうし、さらに二美枝さんは骨折してしまったそうで、伊藤さんのほうから会いに来てほしいと頼もうとしたんでしょう」

「それで伊藤さんは二美枝さんとお会いになられたわけですか」

そうであれば、その頃の二美枝や華子の状況について知っているかもしれない。

「いえ……華子さんが訪ねてくる二ヵ月ほど前に、伊藤さんは息子さん夫婦がいる九州に引っ越されました。重い病気に罹《かか》られて、とてもひとりでは生活できなくなってしまったとのことで」

「そうですか……」

「奇《く》しくも同じような時期に亡くなってしまわれたということですか。わたしから見てもとてもお似合いのふたりだったので、この世でもっと深い結びつきがあればよかったんですが。でも、天国で結ばれているかもしれませんね」

天野の言葉の意味がわからず、隣の安達と顔を見合わせた。

「どういう意味でしょうか」夏目は天野に視線を戻して訊いた。

「五日前に伊藤さんの息子さんからご連絡をいただきました。お父さんが亡くなられたと」

「いえ、二美枝さんのほうです。どうして最近亡くなったと思われたのですか」

「十日ほど前にハガキをいただきましたから」

「ハガキ？　二美枝さんからですか」

「ええ。教室には来られなくなってしまいましたが、二美枝さんは新しい俳句を書いてはわたしのところに送ってくれていたんです。伊藤さんの提案で俳句教室のホームページを作ってみなさんの句をアップしてました」

天野が鞄からタブレットを取り出して操作した。こちらに差し出された画面に目を向けた。

『厚木俳句同好会』というホームページで、今月の俳句という欄にいくつもの句が載せられている。

濃紅葉《こもみじ》に重なる思い今もなお——伊藤正之助
たそがれに追い求めた恋永遠に——幸田二美枝
さらにホームページには、伊藤が亡くなったことを報せるお悔やみの言葉が載せられていた。

「一度教室のみなさんで高尾山に出かけたことがあったんです。おふたりとも一緒に過ごした時間が忘れられなかったんでしょうね。最後の数年間は直接会うことはできなかったかもしれないけど、ホームページを通してずっと恋文を綴《つづ》り合っていました。人生で最後の句がお互いの胸に届いていることを願います」天野がこちらを見つめながら、深く頷きかけてきた。

留置係が出ていっても、華子はうつむいたままだ。

「目を合わせてもらえないでしょうか」

夏目は言ったが、華子は顔を上げようとはしない。

「昨日、わたしたちは九州に行ってきました。伊藤俊郎《いとうとしろう》さんに会うためです」

華子がびっくりしたように顔を上げた。

「そうです。伊藤正之助さんの息子さんです」

華子がじっと見つめてくる。

「本当のことを話してくれないでしょうか」

華子がこちらから視線をそらした。

「おそらくあなたは死体遺棄と詐欺の容疑で立件されることになるでしょう。ただ、世間はどのようにあなたを見るかわかりません。もしかしたらあなたがお母さんを殺したんじゃないか、それが発覚するのを恐れて遺体を隠したんじゃないかと考える人も出てくるかもしれません」

「それはそれでしかたないと思います」華子が淡々と言った。

夏目はポケットから写真を取り出して華子の前に置いた。落ち着きなくさまよっていた華子の視線が写真に向けられ、静止した。

華子と二美枝の旅行写真だ。

「そんな状況をお母さんは喜ぶでしょうか」

華子が唇を引き結び、写真を見つめている。

「あなたは伊藤正之助さんにお母さんが亡くなったことを知られたくなかったんじゃないですか」

華子が息を呑《の》んだのがわかった。すぐに下を向く。

「あなたの口から本当のことを話してもらえませんか」

それでも何も言わない。

「大切だったお母さんの最期について話すことが、残されたあなたの務めだと思いますが」

華子の頬《ほほ》に涙が伝っていくのが見えた。

「三年前にカルチャーセンターを訪ねたとき、お母さんはどのような状態だったのでしょうか」

夏目が問いかけると、しばらくの間の後に「弱っていました……」と呟きが聞こえた。

「その一年前に骨折して動けなくなってから、元気がなくなっていきました。お医者さんに診てもらってもはっきりとした理由はわかりません。でも、日に日に口数が少なくなって、食欲もなくて……」

おそらくその頃の二美枝の活力はホームページを通じて伊藤と触れ合うことだったのだろう。だが、自力で動けなくなり、ネットカフェに出かけてホームページを確認できなくなり、その活力が奪われてしまったのではないか。

「厚木で生活していた頃、あなたはお母さんが伊藤さんと仲良くなることに反対していたんですね」

夏目が訊くと、華子が頷いた。

「仲のいいお友達がいるぐらいではそんなふうには思いません。ただ、ある日いきなり一緒になりたい人がいると言われ、わたしは激しく反対しました」

「いい年をして恥ずかしいと思ったんですか」

華子が首を横に振った。

「怖かったんです。母を取られてひとりになるのが」

その言葉に大きく頷きかけると、意外に思ったようで華子が小首をかしげた。

「昨日九州から戻った後、細川佑介《ほそかわゆうすけ》さんにお会いしました」

華子の元旦那だ。

細川によると、離婚の原因は華子の過剰な束縛だったという。仕事中も一時間おきに自分がどこにいて何をしているのかを連絡することを求め、そうできなかったときには家に帰ってから執拗《しつよう》に文句を言う。それに対して細川が言い返すと、塞《ふさ》ぎ込んで何日も口を利かなくなる。そんな関係に疲れ果てて細川から離婚を切り出したとのことだ。

だが、細川は華子に対して同情も寄せていた。華子の父親はある日突然、いなくなってしまったという。自分に何も告げることもなく、別れを言うこともなく、二美枝と離婚して浮気相手だった女性と再婚した。

おそらくそのとき受けた心の傷によって、対人関係の不安に苛《さいな》まれるようになったのだろうと。

「わたしには母しかいなかった。離婚して実家に戻ったときに、他にもっといい出会いがあるだろうからと母は励ましてくれたけど、とてもそうは思えなかった。どんなに愛し合って結婚しても、しょせん他人でしかないからいつか心変わりをしてわたしのもとから離れていくかもしれない。わたしのことを絶対に裏切らないのは血を分けた母しかいないと……」

華子が下を向いた。嗚咽《おえつ》を嚙み殺す。

「母にとっては迷惑な話だったでしょう。いつもべったりと母に依存して、家に引きこもっていましたから。俳句教室に通いだしたのもそんなわたしへの当てつけだったのかもしれません」

「ひとりにされるのが嫌で、池袋に引っ越すことにしたんですか」

うつむきながら華子が小さく頷いた。

「わたしは母に、伊藤さんにはもう会わないでと言いました。それでもふたりはわたしに隠れてこそこそ会ってたんです。遠くに行くしかないと思いました」

華子があの仕事を選んだのは、ただ厚木から離れたいだけだったのだろう。

電車での移動時間は一時間ちょっとだが、何度も電車を乗り換えなければならないので、八十歳を越える者からすれば行き来は容易ではない。

「ただ……母の顔からどんどん生気がなくなっていって、自分の間違いに気づきました」

「それで伊藤さんに会いに厚木に行ったんですね」

「ええ。講師の天野さんから伊藤さんの転居先を聞いて、母に会ってくれないだろうかと手紙を出しました。伊藤さんは丁寧なお返事をくださいました。ただ、伊藤さんも重い病気に罹っておられて、とても東京に行くことはできないという内容でした。手紙の中で伊藤さんは母のことをとても心配していました。最近、カルチャーセンターのホームページに俳句が掲載されていないけど、元気にしていますか……と。今の自分にとっては母の句を見ることだけが生きる支えなので、どうか続けて投稿してほしいと伝えてくださいと」

話しているうちに、涙声から冷静な口調に変わっていく。

「その頃のお母さんは手紙を書ける状況ではなかったんですか」

華子が頷いた。

「認知症だったみたいで、伊藤さんからいただいた手紙を読み上げてもまともに反応してくれないような状態でした。すべてわたしのせいです。わたしが母から大切なものを奪ってしまったから。伊藤さんだけでなく、母にとっての生きがいを無理やり……」

「お母さんが亡くなったのは、いつですか」

忘れるはずがないだろう。

「平成二十六年の五月十九日です」

「九州に行って戻ってきた日ですね」

華子が顔を上げた。どうして知っているのだと目で訴えてくる。やがて「そうです」と頷いた。

伊藤の息子の俊郎はその日のことを覚えていた。

突然、華子が伊藤を見舞いたいと訪ねてきたという。わざわざ東京からやってきたのを無下に断ることができず家に上げると、華子は寝たきりだった伊藤の了承を得て持っていたスマホを向け、母親に何かメッセージを送ってくれと頼んだそうだ。

「あなたが元気でいてくれることがわたしの唯一の生きる活力です。どうかいつまでもお元気でいてください。そうでしたよね」

夏目が言うと、華子が洟《はな》をすすりながら頷いた。

「伊藤さんの姿を見たら母は元気になってくれるかもしれない。胸を弾《はず》ませながら急いで家に戻りましたが、母はベッドの上で冷たくなっていました。目の前が真っ暗になって、何時間もその場にうずくまっていました」

「警察に報せようとは思わなかったんですか?」

「そうしようと思っていましたが、伊藤さんのことが頭に浮かんで……母が亡くなったと知ればきっとショックを受けるだろうと。母の俳句を見ることが生きる支えだとおっしゃっていたから、それがなくなってしまったら伊藤さんも母のように……」

「そうだとしても、どうして……将来罪に問われてしまうというのに……」

「わたしはそれまで自分のことしか考えてきませんでした。そのせいで、一番大切な人を失ってしまった。もうわたしには何もありません。だから……せめて……罪滅ぼしなんかにはとてもならないけど……俳句の勉強をして、母のノートを見て筆跡を真似て、天野さんのところに送りました」

二美枝に代わって俳句を作り続け、伊藤に生きる希望を持たせたかったのだろう。

「『厚木俳句同好会』のホームページで伊藤さんが亡くなったことを知って、自首することにしたんですね」

華子が頷いた。

「もう隠す必要はありませんから。母を早く供養してあげたかった」

「どうして今まで本当のことを話さなかったんですか」

夏目が問いかけると、華子がふたたび顔を伏せた。長い沈黙があった。溜め息の音とともに華子が顔を上げる。

「自分への戒めです」

その言葉の意味がよくわからず、夏目は首をひねった。

「わたしは同情を受けるような存在ではありません。わたしがやってきたことは自己満足に過ぎないんです。わたしのわがままで母は寂しい最期を迎えてしまった。その事実に変わりはないんですから」

「スーツケースをベッドの上に置いていたのも自分への戒めだったんですか」

夏目が言うと、華子が「そうですね……」と寂しそうに笑った。

「母がいなくなってしまったのはわたしへの最大の罰です。そのことをいつも突きつけられながら生活していくことを自分なりの贖罪《しょくざい》にしていこうと思いました。そんなことで母の許しは得られないでしょうけど。これからひとり寂しく生きていけと、天国の母もきっとそう思って……」

「そうでしょうか」

夏目が遮《さえぎ》るように言うと、華子が口を閉ざした。

「ぼくはそう思いません」

「どうしてそんなことが言えるんですか」華子がすがるような目を向けて言った。

「離れても想い輝く天の川」

夏目が一句読み上げると、華子が怪訝《けげん》そうに眉を寄せた。

「これはあなたが初めて天野さんに送った俳句ではないですか？」

「そうですけど……」華子が呟いた。

「これを受け取ったとき、天野さんは少し違和感を抱いたそうです。それまでの俳句と題材やテーマが変わっていたからと」

「どういうことですか？」意味がわからないというように華子が言った。

「それから伊藤さんのことを思わせるような俳句が送られてくるようになったけど、それまではそういうものは一切なかったということです」

夏目はそう言いながらポケットから取り出したハガキを華子の前に置いた。

「その前に送られてきた、お母さんが最後に作った俳句です」

華子が食い入るようにハガキを見つめている。

願い見る蒲公英《たんぽぽ》の綿毛虹の先――

「これだけではありません。厚木にいた頃も、池袋にやってきてからも、お母さんの句は花を題材にしたものが多かったそうです」

娘の名である華に触れながら、自分の思いを俳句に託したのだろう。

「お母さんはいつもあなたを気にかけ、あなたの幸せを願っていたんです」

ハガキの文字が雫《しずく》で滲《にじ》んだ。

影

池田《いけだ》久輝《ひさき》

1972年、京都府生まれ。同志社大学法学部政治学科卒業。大の本嫌いだったが、高校時代に友人から勧められたミステリーと出会って以来、本の虜になったという。大学時代から演劇活動に関わるようになり、小劇団を主宰し脚本を担当する。'99年には京都で「朗読ユニット グラスマーケッツ」を結成し、池田長十名義で主宰と脚本を担当し、現在も年に3〜4回の公演を開催するなど積極的な活動を続けている。2013年に『晩夏光』(『港の足』改題)で第5回角川春樹小説賞を受賞しデビューを果たした。香港の裏社会に通じるボスに使われる、恋人を亡くした日本人の流れ者・新田悟を主人公にしたクライムノベルは、高い評価を受けた。続編の『枯野光』('14年)は新田のボスである陳小生と悪徳刑事・羅朝森を中心にすえ、友情と恩讐が浮かび上がるスケールの大きな作品に仕上がっている。他の長編には、京都のカフェ店長が探偵役を務める『まるたけえびすに、武将が通る。京都甘辛事件簿』('15年)などがある。(N)

1

十二月一日火曜日
午前八時四十五分、野村会病院にて勤務開始。
午後六時十分、同、勤務終了。
午後六時三十分、病院最寄駅の二条城前《にじようじようまえ》駅より地下鉄に乗車。
午後六時四十分、自宅最寄駅、東山《ひがしやま》駅にて下車。
午後七時、コンビニに立ち寄った後、マンションに帰宅。

二日目にして、俺はもう嫌気が差し始めていた。驚くほどに何の変化もない。これが若い女性の一日の行動かというくらい無味だった。
特につらいのは彼女が病院に入ってからだった。午前九時前に到着し、午後六時過ぎに勤務を終える。数分のズレはあるにしても、昨日今日と、彼女に流れる時間は正確だった。

彼女が受付に座っている間、俺には何もやることがなかった。彼女はランチに外出することもなく、およそ九時間の間、ずっと院内にいた。

俺は近所の喫茶店をはしごしたり、あるいは院内のレストランで食事をとったりして時間を潰した。時には玄関ホールから身を隠し、長椅子で転寝《うたたね》をすることもあったが、目を覚ますと、彼女の姿はきちんと受付にあった。

正直なところ、俺は疑問を持ち始めていた。この尾行に何の意味があるのだろうかと。

いや、違う。疑問ならば、この依頼を受けた時点で感じていた。その疑いがより濃厚になったと言うべきだろう。

携帯電話に着信があったのは、十一月二十九日の深夜だった。仕事柄、どんなに遅くとも対応する心構えでいるが、この電話に限っては何となく悪い予感がした。

もちろん、携帯番号などは登録していない。こちらとの関係性を隠したい相手も多い。それゆえ、番号は記憶するか、すぐに廃棄できるような紙切れに書き記すか、どちらかだった。

画面には「非通知」の三文字が表示されていた。それだけで相手は随分と絞られるが、長年この仕事をやっていると、不思議と呼び出し音を聞き分けられるようになってくる。

どことなく重く、耳に障る機械音。

一番の顧客にして、最も面倒な相手——間宮高志《まみやたかし》からだろうと、俺の勘は警告を発していた。

一度目は無視した。

が、すぐにまた携帯電話はけたたましく鳴り出した。

ため息を吐きつつ、俺は仕方なく通話ボタンを押した。

「——もしもし」

「早《は》よ出ろ」

やはり、間宮からだった。

「今、風呂に入っていたところでね」

「しょうもない嘘をつくな」

「何の用だ」

「仕事に決まっとるやろが」

間宮の口調は相変わらずだった。京都で生まれ、四十年を過ごしたらしいが、彼の関西弁には上品さの欠片もなく、また京都特有の嫌みもなかった。それはそれで、言葉の裏を読む必要がなく扱いやすくもあるのだが、いささか信用できない節もあった。

その原因は間宮自身にあるのではなく、彼の職業にあると俺は思っている。

間宮は——丸太町《まるたまち》署の刑事だった。

「お前に連絡するんは仕事の時だけや。プライベートで電話したことなんてあらへん」

「断る、と言ったら？」

「あほか、そんなもん通用する訳ないやろ。情報屋ごときが何を言うとんねん。こっちは刑事やぞ」

別に俺は情報屋ではない。間宮が勝手にそう思っているだけである。が、頑なに否定するほど間違っていないため、俺は何も言わずにいた。

「刑事がそれほど偉いとは思わないが」

「お前、留置所に放り込んだろか」

「そうしたいのならすればいい。その代わり、俺は動けなくなる。あんたの仕事も受けられん」

「へえ、えらい強気やないか」

「あんたの物言いには、いちいち腹が立つ」

「言ってくれるやないか」

間宮は鼻で笑い、ごくごくと喉を鳴らした。きっと、電話の向こうで缶ビールでも飲んでいるのだろう。おそらく、風呂上りなのは間宮の方なのだ。

バスタオルで坊主頭を拭っている姿を想像しつつ、俺は少し首を捻っていた。口調は普段通りなのだが、何かしら様子がおかしく感じられたのだった。電話の呼び出し音で相手を察知するように、間宮の間合いや言葉尻から違和感を覚えた。認めたくはなかったが、間宮とはそれほどの長い付き合いになってしまったようだ。

このまま減らず口を叩き、問答を続けることで間宮を怒らせるつもりだった。彼自身の性格か、刑事という職業のせいか分からないが、間宮はかなり短気で、頭に血が上りやすい。そこを利用し、かっとなったついでに電話を切ってくれないかと期待したのだった。

しかし、やはり俺が感じ取った通り、間宮は珍しく冷静だった。「断る」と繰り返してみたが、ふんと苦々しく笑われるだけだった。

「名前は白石由里《しらいしゆり》。二十九歳。二条城の近くにある野村会病院で受付をやってる。その女を尾《つ》けるんや。あとで画像を送る。プリントアウトでもしろ。言うまでもあらへんが、履歴はちゃんと消せ。分かったな」

　間宮は淀みなく一気に喋った。

「分かる訳がない」

「何やと？」

「どうしてその白石とかいう女性を尾ける？　その理由を言え」

「理由なんかどうでもええ。言われた通り動け。簡単な話やろが」

「簡単だと考えているのはあんただけだ。その女性がどういう人物なのか、俺は何も知らない。あんたが担当している事件の関係者か？」

「説明したら、仕事を受けるんか」

　思わず胸の内で舌を打った。痛いところを突いてくる。

「そういうことではない。仕事を頼むのであれば、それが礼儀だという話だ」

「何が礼儀や。情報屋なんて胡散臭い商売しとる人間が偉そうなことぬかすな」

　電話を切った。間宮を怒らせる目的が半分と、俺自身が腹立ちを覚えたことが半分だった。

　きっと間宮はまたすぐに連絡を取ってくる——そう思っていたが、いつまで経っても電話は鳴らなかった。

結局、策に落ちたのは間宮ではなく、俺自身だった。

馬鹿らしいと携帯電話をベッドに投げつけ、今度は本当に風呂に入った。シャワーを全開にし、間宮の坊主頭を振り払うつもりだったが、成功したとは言い難かった。

風呂場から出ると、携帯電話に間宮からメールが届いていた。本文には何も書かれておらず、画像が添付されていた。白石由里の写真だった。

綺麗な女性だった。病院勤務のせいか、髪は黒く、耳が隠れる程度の長さであった。彼女は正面を向き、ぎゅっと唇を閉じていた。印象として清潔感が前面に出ているが、何やら堅苦しくも見えた。

じっと写真を見つめながら、俺は再び首を捻った。

白石由里と間宮はどういう関係なのか——。

やはり、何らかの事件の関係者だろうか。似ても似つかないが、間宮の身内だろうか。俺は体を拭きながら、そんなことをぼんやりと考えた。

少なくとも、送られてきた写真から分かることは、間宮が盗み撮りしたものではない、ということだった。つまり、間宮にとって彼女は盗撮の必要のない相手ということになる。

時間が経過するにつれ、常にやってくるのは諦めだった。間宮からの依頼は特にそれが顕著であった。一方的な命令に諦め、訳の分からない内容に諦め、そして、あまりに安いギャランティに諦めを覚える。間宮を毛嫌いする大きな理由の一つがそれだった。これまで何度も仕事を請け負ったが、その労力に見合うだけの支払いを受けたためしがない。

それでも間宮の足になるのは日々の生活のためと、いつかのための備えであった。別件でどうしても警察の情報、あるいは介入が必要になる時がまたくる。実際過去には、間宮のおかげで事なきを得たこともあった。

そう考えると結局のところ、訪れた諦めは単なる言い訳に過ぎず、俺は間宮に従うしかないのだった。

2

「まだ続けるのか」

「当たり前やろが」

「いつまで――」

「そんなもん、おれがええと言うまでや」

間宮は俺の言葉を遮り、欠伸《あくび》を寄越した。

翌二日も、白石由里の行動は似たようなものだった。そうして俺はマンションへ帰宅する彼女のうしろ姿を見届け、その帰り道で間宮に報告の電話を入れた。

間宮の声はいささか嗄れて聞こえた。おそらくはタバコの吸い過ぎだろう。白石由里よりも、間宮の変化に気づく自分がどうにも情けなかった。

間宮の依頼内容に関しては、あまり深く詮索しないようにしている。経験上、何を訊ねようが、多分、答えは返ってこない。

もちろん、白石由里が何者なのか気にならないと言えば嘘になる。彼女の容姿には十分に惹かれるものがあるし、抱えているかもしれない何かには、もっと興味をかき立てられる。

間宮は十一月三十日から彼女を尾けるよう指定した。「月曜日やし、キリがええやろ」と言って。その言葉から、期限は一週間かと当たりをつけているのだが、まるで確信はない。

だが、この調子が続くのであれば、俺はこの仕事を放棄するだろう。いや、適当に手を抜いて間宮に報告するだろう。それは確信に近いものがある。どれだけ怒鳴られようがもう構わない。

電話は切れていた。

傍らにあった自動販売機で温かい缶コーヒーを買った。コンビニに立ち寄り、パンでも胃に入れたいところだったが、そこは彼女が帰宅途中に利用している店でもあった。店員に顔を覚えられるのは得策ではないと判断し、空腹を我慢した。

地下鉄東山駅近くのバス停に向かって歩く。その途中に小さな公園があった。俺はその中のベンチに腰かけ、缶コーヒーを傾けた。

と、白石由里の大きな瞳が頭を過ぎった。こんな風にして、ふとした空白に彼女の顔が浮かぶことがあった。そしてその回数は、日に日に多くなっているような気がしてならない――。

陽はもう完全に落ちている。公園に設置された街灯は少なく、ひどく頼りなかった。その光から少しずれてしまえば、ほとんど暗闇に近い。数メートル先も覚束ない。

その暗がりから、猫の鳴き声が聞こえた。野良猫だろうが、姿はまるで見えない。目を凝らしてみたが、輪郭さえもつかめなかった。

俺はポケットを探った。今日の尾行の最中、病院内の売店で買ったチョコレートとビスケットがいくつか残っているはずだった。それらを取り出し、その辺りにいるであろう野良猫に向けて放り投げてやった。

野良猫は一度だけ鳴き、その後、気配を消した。チョコレートやビスケットを咥えて去ったのか、放置したまま逃げたのか、あるいは今なおその場から動かず、警戒心を抱きつつこちらを見ているのか。俺はその答えが分からないままベンチを離れ、公園を出た。

四日目にしてようやく変化が現れた。

白石由里が自宅を出たのは午前十一時を過ぎていた。いつもならば、病院の受付にいる時間である。どうやら、今日は休みに当たっているらしかった。既に俺は、ベランダで洗濯物を干す彼女を確認してもいた。

彼女は最寄の東山駅から地下鉄に乗り、烏丸御池《からすまおいけ》駅で下車した。この辺りはビジネス街としての色が濃く、大きなオフィスビルが立ち並んでいる。市内のどの地域よりも、スーツ姿や社の制服姿の割合が高い。

時刻は正午前である。それを考慮すると、彼女は友人と待ち合わせをし、ランチに出かけるのかもしれなかった。

白石由里はジーンズにベージュのトレンチコートを羽織り、ひどく派手な水玉のストールを巻いていた。足元は白のスニーカーだ。

間に四人ほどを挟み、俺は彼女を追った。すぐ目の前が大男で、その背中の向こうに彼女が見え隠れしているが、水玉のストールが目印になった。群衆に紛れてしまっても、見つけ出すのは容易だろう。

地下から地上へエスカレーターに運ばれると、冷たい風が容赦なく吹きつけた。京都の街は確実に冬に入っている。頬が痛い。

やはり、友人と待ち合わせをしていたらしい。白石由里が小さく手を挙げていた。その先では一人の女性が同じように手を振り、合図を送っている。制服だろう、紺色の地味なスカートの上に、黄色の薄手のダウンジャケットを引っかけていた。

二人は挨拶もそこそこに、すぐさま歩き出した。烏丸通《からすまどおり》から二本西側の室町通《むろまちどおり》へ入り、そこで南に下がった。あれこれ迷う様子がない。既に決めていたのか、緑色の帆布の庇がせり出したイタリアンの店に、二人は喋りながら入って行った。

ざっと見たところ、席数はわりと多い。このまま続いて入店するつもりだったが、すぐに考え直した。いい年をした中年男性が一人で昼食をとる雰囲気ではなかった。これでは逆に、自分の存在を二人にアピールすることにもなりかねない。

俺は仕方なく、筋向かいにあったコーヒーショップの窓側の席に陣取った。こちらも大半は女性客であったが、新聞を広げるサラリーマンの姿がちらほらと見受けられた。

席に着くなり熱いコーヒーを喉に流し、ほっと一息ついた。寒さをしのげることも好都合だったが、待機時間がそう長くならないだろうことが何より有難かった。白石由里の相手の服装から判断するに、ランチであることは間違いない。長くても一時間だ。相手はきっとまた社に戻る。

知らず頬が緩んでいたのか、隣の席で雑誌を読んでいた男がこちらを窺っていた。耳に星形のピアスをした学生風の若者だった。

俺はその視線を無視し、携帯電話を取り出した。着信が一件あった。山岸守《やまぎしまもる》という陰気な男からだった。間宮の電話を受ける数日前に一度だけ会った。そういえば、こんなコーヒーショップだった。俺は事務所を構えていないため、仕事の話は電話か外ですることにしている。

山岸は三十代後半の銀行に勤める営業マンで、常に眉根を寄せ、そこに猜疑心を乗せているような男だった。よくそれで営業職が務まるなと不思議に感じたが、それは俺だけに見せる表情であったのかもしれない。「何でも屋」という仕事はそれほどに疑わしいのだろう。もちろん、俺も自認するところだ。

対面するなり、山岸は代金のことを訊きたがった。そういう客は金にならないと決まっている。彼に対する悪印象も手伝い、俺は四割増の金額で条件を説明した。

山岸は「高いな」とぽつりと零し、呼び出した礼も言わずに席を立った。コーヒーの一杯も頼まなかった。彼が依頼しようとしていたのは素行調査のようだったが、結局その対象者は分からなかった。

留守番メッセージには「烏丸御池辺りにいます」とだけ残されていた。白石由里が友人と待ち合わせた場所だ。すぐ近くであったが、かけ直すのも面倒なので、俺は放っておくことにした。

何気なく外を眺めた。白石由里の姿はすぐに見分けられた。多分、水玉のストールがなかったとしても——。

ようやく彼女が腰を上げた。相手の女性も脱いでいたダウンジャケットを羽織った。ランチは終わりらしい。

俺も同様に席を離れると、隣の若者とまた目が合った。腹立たしい視線だった。どことなく、あの山岸のものと似ているような気がした。

二人は話し足りなかったのか、横並びで来た道を戻っている。そして待ち合わせた場所で、待ち合わせた時と同じように手を振って別れると、白石由里は地下へとエスカレーターで下りた。また地下鉄に乗車するようだった。

——今度はどこへ行くのだろうか。

俺はまた間に数人の背中を挟みつつ、彼女を追った。

彼女の次の目的地は丸太町駅だった。

駅のホームに降りた瞬間、嫌な予感がした。そしてそれは、歩みを進めるごとに強く、現実のものとなっていった。

駅の東側は京都御苑である。だが、白石由里は丸太町通を反対の西へ向かい、新町《しんまち》通《どおり》で北へと上がった。

まさか——思わず呟いていた。

このまま進めば——間宮のいる丸太町署に当たる。

彼女はやや顔を落としていた。先程の友人との歩調と比べると重々しいが、そこに迷いはなかった。

——署に入るのか？

俺は念じるように素通りしてくれと願ったが、白石由里には届かなかった。彼女は何の躊躇もなく、丸太町署の門を通り抜けて行った。その様子は何度も通い慣れているかのようで、自然なものだった。

3

「婚約相手が浮気をしている。間違いありません」

山岸は断定した口調で告げた。彼はスーツ姿で、まだ仕事の途中であるのは明らかだった。

「そうだと分かっているのなら、俺を雇う必要はないと思いますが」

「はあ？　だから、その証拠をつきとめて欲しいと言ってるんです」

「しかし、あなたの婚約相手は浮気をしているのでしょう？　あなたは今そう仰った。それなのに証拠が要るのですか」

山岸は訳が分からないといった様子で口を尖らせていた。

午後四時を過ぎた頃だった。俺は山岸の営業車の中にいた。後部座席に分厚い鞄が置かれているだけで、他には何もない。空き缶やビニール袋といった類いのごみも見当たらず、臭いさえしないという落ち着かない車だった。

「浮気の証拠を握ってどうするつもりですか」

「どうって……」

「婚約を破棄する？」

「破棄って、何もそこまでは――」

山岸の視線が俺の横顔に刺さっていた。だが、俺はそれを無視し続けていた。というよりも、まるで関心が持てなかった。

御池通《おいけどおり》にある市営の地下駐車場である。俺は前方にある薄暗い壁をじっと見つめていた。そこに映っているのは白石由里だった。

彼女が丸太町署に入ったあと、俺はしばらく躊躇した末、結果的には同じように門をくぐった。その選択が正しかったのかどうか分からない。ある意味では良かったとも言えるし、反面、目にしたくない場面を見てしまったという後悔もあった。

白石由里は受付窓口で少し話し込んでいた。その光景を前にして真っ先に思ったことは、彼女も警察関係者なのだろうか、ということだった。

――白石由里が警官？

そんな馬鹿な、と否定した。彼女は病院勤務である。その姿を俺は何度も目にしているし、何より警官にしては華があり過ぎる。

彼女は自身の免許証らしきものを提示した後、名刺のようなカードを窓口に滑らせた。俺は隅に置かれた木製の台で、書類を書くふりをしつつ盗み見ていた。

話が通ったのか、白石由里は窓口を離れ、傍らにあった古びた長椅子に腰を下ろした。警察署という空間がそうさせるのか、彼女はどことなく重苦しい表情を浮かべていた。視線はじっと床に落ちている。

と、視界の端に見知った顔が入り込んだような気がした。無遠慮に足音を響かせて階段から降りてきた人物がいた。

――間宮だった。

まさかとは思ったが、同時にそうであろうとも予測はしていた。しかし、これまで考えまいと努めていた疑問が一気に噴き出したのは事実だった。

彼女の目的は間宮なのか？　彼女は間宮と知り合いなのか？　だとすれば、間宮は何故彼女を尾けるよう指示したのだ？　一体、二人はどういう関係なのだ？

俺は書類に覆い被さるようにして顔を伏せた。気付かれたろうか？　だが、その確認はできない。顔を上げられなかった。

大いに混乱し、それを制御できないほど、理性があちこちに乱れ飛んだ。額にはびっしりと汗の玉が浮かんでいた。

ペンを落としたふりをして、台の後方に身を隠した。何度か深呼吸を繰り返した。

そして、その陰からそっと前方を覗き見た。

その先にあるのは——階段を上って行く彼女と間宮の背中だった。

「……聞いてますか」

「……え？」

「私の話、聞いてます？」

はっと我に返った。山岸が隣の運転席から、こちらを窺っていた。

山岸から連絡があったのは丸太町署を出てすぐのことだった。あまりにタイミングよく携帯電話が鳴ったので、間宮が署の窓から覗きつつかけてきたのかと疑ったが、相手は山岸だった。今から会えないかと彼は言った。何と答えたのか、俺はあまり覚えていない。一瞬、山岸が誰かさえも思い出せないくらいだった。

「ああ、聞いている」

まったくの嘘だった。山岸の営業車に拾われてから彼が語ったことは、右から左へと通過していった。現に俺は、今なお眼前の壁に白石由里の顔を見ている。

「……で、俺にどうしろと？」

山岸は目を細め、「だから」と唇を歪めた。

「だから、さっきから言ってるでしょう。私の婚約相手の浮気の証拠を押さえて欲しいんです」

「彼女の名前は？」

「それもさっき言いました。桜井愛子《さくらいあいこ》」

その名前は辛うじて耳に残っていた。確か三十歳になる会社員ということだった。

「写真か何かお持ちですか？」

「いえ、ちゃんとしたものは今……」

「携帯電話には？　画像でも構いません」

山岸はスーツのポケットから携帯電話を取り出し、「ちょっと探してみます」と、別のポケットからハンカチを抜き出した。

丁寧に画面を拭ったかと思うと、今度は携帯電話を裏返した。最後に側面を拭き取ると、山岸はようやく画面に指を這わせた。

俺は訝しげに、また、冷ややかな目でその一連の動作を眺めていた。ある意味で、車内がこれほど綺麗なのも納得がいった。そして同時に、山岸への嫌悪感が更に湧き上がることにもなった。

後方に駐車していた軽自動車のライトが点いた。ハイビームになっていたのか、背後から車内を照らされた。急激な光に一瞬目を背けると、前方の壁に映っていた白石由里の姿が消えていた。

「——予想外でした。あなたから連絡がくるとは」

そう言って、俺は期間や希望条件を訊ね、前回に述べた四割増の金額を提示した。

それでも山岸は首を縦に落とした。こうして再度電話をかけてきたのだ。それなりの覚悟だったのだろう。

「すみません……見当たらないようです」と、山岸は目を逸らせた。「いつも、きちんとしたカメラで撮影していますので」

後方の軽自動車が駐車スペースから出て行くと、山岸の顔に影が落ちた。窪んだ目をしている。それが彼を余計に陰気に見せていた。信用したくとも、それを拒絶させる何かがある。種類は異なるが、それは間宮も同じだった。

「仮に、婚約者が浮気をしているとして、あなたはそれでも結婚するんですか」

「それは……あなたには関係ない」

「桜井愛子は何者ですか？　婚約者という話は嘘なんでしょう」

あくまでも個人的な見解だと理解していたが、婚約者の写真一枚も持っていないなど不自然であったし、どう考えても、山岸のような男に惚れる女性が存在するとは思えなかった。

「仕事は仕事だ。あなたの依頼は受けましょう。しかし、依頼に嘘があるのならば、俺も嘘の報告をします。それでも構いませんね」

俺はドアを開け、助手席から片足を外へ出した。

「待ってください」と、山岸が引き止めた。「違います……嘘ではないんです。その、何というか……」

山岸は携帯電話を握り、あやふやにハンドルを見つめていた。その口からは「えっと」と、小さく漏れ続けている。

煮え切らない態度に苛立ちを覚えたが、見方によっては、まるで告白前の中学生のようでもあった。明らかに頬が朱に染まっている。

もっとも、そんな幼稚さを面白がれるほどこちらは純粋でなく、ただただ不気味さが際立っていたが、山岸の胸の内は察せられた。

――いい年をした大人が回りくどい。

山岸は桜井愛子に惚れている。桜井愛子のことを知りたがっている。それこそ、婚約者として契りを交わしたいくらいに。

俺は車から降り、ナンバープレートを確認しつつ吐き気を乗せて舌を打った。山岸にも聞こえたはずだったが、彼はもぞもぞと体をくねらせていた。

傍にあった階段を上り、新鮮な空気を求めて地上へ出た。既に陽はビルの背後に隠れており、地下と変わらぬくらい冷えていた。

きっと今頃、山岸は助手席をきちんと拭い、消臭スプレーでも撒いているのだろう。

さて、どうしたものか——。

強く望んだ訳でもないのに、依頼者が二人になってしまった。おまけに、その二人は気に食わない人物でもある。間宮に山岸……。

間宮への今日の報告を考えると、頭が痛かった。俺はもう白石由里を見失っている。いや、自らそうしたのだが、丸太町署に入って以降、彼女の尾行は途絶えてしまった。彼女が今、どこで何をしているのか分からない。

もちろん、これから彼女の自宅マンションの前で張り込むつもりであるが、まるで気が乗らなかった。

丸太町署の階段を上る間宮と白石由里の背中が目に焼きついている。二人は一体どういう関係なのか。俺の頭の中を這い続けているのはそれだけだと言ってもいい。

多分、間宮は気付いていた。署内で顔を伏せていた俺の存在に。間宮自身が白石由里を尾けるよう命じたのだから、彼女の背後に俺がいるのは当然なのだ。こうして冷静になって考えてみると、あの時、何も隠れる必要などなかったのだ。間宮に見られたところで、堂々としていればよかったのだ。

慌てて身を潜めた俺を目にして、間宮はどんな表情を浮かべたのだろうか。きっと、大いにほくそ笑んでいたに違いない。それを想像するとあまりにも腹立たしく、また恥ずかしくもあった。

俺は携帯電話の電源を切り、地下へ戻った。トイレに入り乱雑に顔を洗った後、地下鉄のホームへ下りた。

4

「おい、昨日の報告はどないした」

翌四日は、間宮からの電話で目が覚めた。午前十時を五分ほど過ぎていたが、俺はまだベッドに横になっていた。

寝惚けていたのか、着信音を聞き分けられなかった自分に腹が立った。間宮の声で一日が始まるなど、不快以外の何ものでもない。

「報告の必要はないだろう」

「あほか。その日の終わりに、きちんとするのが条件やろが」

「昨日に関しては、あんたの方が詳しい。それをわざわざ俺の口からさせるのか。皮肉にもほどがある」

「ふん。まあ、一理あるな」

意外にも間宮はあっさりと引き下がった。

「あんた、白石由里とどういう関係だ」

「ちょっと待て」

押し殺したような声で制したかと思うと、間宮はいきなり笑い声を響かせた。

「なかなか笑わしよるな。昨日のお前の慌て様、面白《おもろ》かったで。え、何で隠れた？　こっちはお前が尾行してること知ってんのによ」

やはり見られていた。あの行動を思い出すだけで、一気に目が覚めていた。

昨日は山岸と別れた後、地下鉄に乗車したものの、東山駅に到着する前に引き返した。そして、間宮への報告も怠った。どうしても気が進まなかったのだ。

「あんたの顔など見たくない。特に昨日はな」

「何を言うても格好つかへんぞ。署のロビーには数人しかおらんかった。あんな不自然に隠れたら、白石由里にも気付かれてしまう」

「実際、彼女は気付いたのか」

「さあな。知りたいんやったら、直接訊いたらええやろ。尾行の下手な情報屋さんよ」

間宮はひどく陽気だった。が、俺はその言葉に、ふと違和感を覚えた。

「──いいのか」

「はあ？」

「白石由里を尾けつつ、接触しても構わないんだな」

電話口が黙り込んでいた。間宮の失言だったのではなかろうか。そんな気がした。珍しく一瞬、間宮は無防備になった。きっと、状況に何か変化が起きたのだ。しかも良い方向に。それが間宮の口を滑らせたのではあるまいか。

しかし俺には、その変化どころか、状況そのものさえ見えていなかった。俺は地団駄を踏む思いで、ベッドから起き上がった。

「あんた、白石由里とどういう関係だ」責め立てるように繰り返した。「事件の関係者か。どんな事件だ？　いつの事件だ？　答えろ」

醜態を晒してしまった反動もあって、攻撃的になっていた。

間宮はまだ口を開かない。電話を通してであるが、これほどに沈黙する間宮を前にするのは初めてのことだった。

この機を逃さず、更に攻め込んでやろうと思ったが、逆に不気味さも感じ始めていた。俺はそれを打ち消すように喋り続けた。

「あのあと、白石由里と何を話した？　あんた、まさか——彼女に惚れているんじゃないだろうな」

何故か、山岸の陰気な顔が浮かんでいた。

「……何やって？」

間宮がようやく応えた。素っ頓狂な声だった。それはつまり、こちらがそんな素っ頓狂な問いを投げたということだった。

「おれがあの女に惚れてるやと？」

「あんたは好意を寄せていた」俺は続けた。引っ込みがつかなくなっていた。「そこで刑事という立場を利用して、彼女に近づいた。彼女が抱えている問題を解決してやると言って」

「お前、それ本気で言うてんのか？」

「図星か？」

「刑事をおちょくるんも大概にしとけよ。立場を利用してやと？　なめてんのか、ぼけ。おれは女を落とすために刑事になったんと違《ちゃ》うぞ、こら。女一人落とすのに、誰がそんな回りくどいことすんねん、どあほ」

　間宮が流れるように怒鳴り声を放つ。すべての語尾に脅し文句がつくようになっ

た。どうやら、本気で怒らせてしまったようだった。失言したのはこちらも同じらし

い。

「あんたの依頼とは別に、俺はもう一つ仕事を引き受けることになった。その依頼主

は、あんたが言うところの回りくどいことをするタイプの男だ」

「はあ?」

「珍しく、あんたに同感だ。その男から依頼内容を聞かされた時、俺もそう思った。

自分の想いを告げるのに、どうしてそんな回りくどいことをするのかと。だが、そう

することしか知らない男もいるようだ。俺は、その男のことが嫌いだ」

「――そんな話、おれに聞かせて何の意味があるねん」

　俺は一つ呼吸を落として続けた。

「まだ仕事には着手していない。だが、白石由里の件と並行して進めることになる。

それをまず、あんたに伝えておく」

「ほう、律儀やないか」

「現時点で、その男の名前は伏せておくが、今後の展開によっては、犯罪の可能性が出てくるかもしれん」

「犯罪やと？」間宮の声が重くなる。

「その男はある女を尾けて欲しいと言った。あんたが俺に依頼した内容とまったく同じだ」

「おれの仕事も犯罪に絡んどるって言いたいんか？」

「そうなのか？」

「知るか、ぼけ」

「その男の依頼は一般的な社会常識から外れている。それがこのままエスカレートするようであれば、すぐにあんたの前に突き出す」

「ほう、偉そうに。お前、法の番人にでもなったつもりか？　犯罪かどうか、お前が見極めるってか？」

ぐっと奥歯を嚙んだ。間宮の物言いは確かに正論だった。

「別に俺が判断しようというのではない」

「ごちゃごちゃ言うてる暇があったら、さっさとそいつを連れてきたらええ。どうせ、ろくな奴やあらへん」

山岸がろくな人間でないことは俺も異存はない。ただ、少なくとも数日間は仕事をするつもりだった。そうでなければ、山岸に代金を請求できない。

「俺は今日から二つの尾行に当たることになる。白石由里の件に関して、落ち度が出るかもしれん。それを先に言っておく」

「ふん。律儀に申告しておいて、その実、手を抜きますよって宣言か。お前、やり方が詐欺師みたいになってきたな」

「依頼人が二人に、尾行の対象者も二人。しかし、こちらは一人だ。人を雇う余裕もない」

「ふうん」

間宮は気の抜けたような返事を寄越した。だが、そこには何やら含みがあるように感じた。いつもならば、絶対に更に突っかかってくるはずだった。

「――簡単な話やな」

「何がだ」

「お前がきちんと仕事をするための方法や。依頼人が一人に尾行の対象者も一人、そうなればええだけのことやろが」

一瞬、背筋に鋭い痛みが走った。

「どういう意味だ」

口にしたものの、間宮の返答に怯える自分がいた。

「もう、ええわ」と、間宮が言った。「白石由里の尾行はもうええ」

携帯電話を握り締め、ごくりと息を飲んだ。

「——何だと？」

「お前の出る幕は終わったってことや」

「終わった？」突っかかったのは俺の方だった。「こっちはまだ何も始まっちゃいない」

「そんなもん知らん」

「ふざけるな。仕事を請け負った以上、俺は最後までやり遂げる。あんたの命令ではなく、自分で終わらせる。それが不服ならば、納得のいくようすべてを説明しろ」

役立たずだと言われた訳ではない。白石由里の件を他人に任せると言われた訳でもない。それでもやはり怒りが湧き上がった。隠し切れないほどに。

間宮からの返事はない。

沈黙の中、俺は悔いてもいた。こんな風に告げられることを、先程、間宮が口を滑らせた時点で気付くべきだったと。

一体、何が起こったのだ？

いや、何が終わったのだ？

俺はこの四日間、白石由里を追った。そしてその間に、間宮は何かを解決させた。俺がまったく知らないところで、俺には何も告げずに……白石由里の尾行の終了は、間違いなくそういう意味だと思われた。

「近々顔出せや。代金を払ったる」

それだけを言って、間宮は電話を切った。

まだ動くことができなかった。肝心なことは何一つ分かっていないのだ。何が起こり、何が終わり、その中で自分はどんな役割を果たしたのか――。

俺は目頭をこすり、両手で頰を叩いた。このまま終わらせることなどできる訳がなかった。間宮の言いなりになるなどご免だった。

俺は熱いシャワーを浴び、また野村会病院へと勢いのまま自宅を飛び出した。

5

白石由里を病院の受付に眺めつつ、俺は隅の方の長椅子に腰かけ、新聞を広げた。

昨日三日と、今日四日の地元紙だった。

間宮は言った。「白石由里の尾行はもうええ」と。その台詞の裏で、昨日何かが起こり、何かが解決を見たのは確かだろう。俺はその「何か」を見つけようと、ずっと新聞を睨み続けていた。

彼女が昼食へと姿を消した間も、俺は長椅子から離れなかった。缶コーヒーを片手に静かに記事と格闘していた。

しかし、ぴんとくるようなものは一つもなかった。「京都市」の文字が並ぶ記事には二度目を通したが、白石由里の名前はおろか、「二十九歳の女性」や「病院勤務」という表記さえも発見できなかった。

──事件絡みではないのか？

長く息を吐き出した。首や肩が固まっており、少しでも捻ると痛みが走るほどだった。俺は新聞を畳んで脇に置き、丹念に首筋を揉んだ。血液がすべて目の中に流れていくようで、眼球がじんじんと痺れた。

「──兄ちゃん、えらい熱心に読んどるな。もう二時間にもなるで」

野球帽を被った老人が隣で微笑んでいた。灰色のスラックスに、紺色のジャンパーを羽織っている。どちらもオーバーサイズで、服に着られているような印象だった。

七十歳は超えているだろうか。つぶらな目の下には、くちばしのように突き出た鼻があった。髪は真っ白で、全体的にハトを連想させる老人だった。

「何か面白い事件でもあったんか？」

「いいえ、別に」

老人は暇を持て余しているといった様子で、「これ、構へんか」と、新聞を指差した。

「昨日の朝刊ですよ」

「ええよ。こんなに時間がかかるんやったら、本の一冊でも持ってきたらよかったわ」

「診察ですか」

「いいや、この前検査を受けたんやけどな、その結果を聞きにきただけや。それやのに、二時間も待たされるやなんてあほらしい」

辺りを見回した。さすがに総合病院といったところか。ロビーの長椅子はすべて埋まっていた。きっと皆、この老人のように、あほらしいと思いながら待たされているのだろう。

「兄ちゃんはどないしたんや？　健康そうに見えるけどな。誰かの見舞いか？」

「まあ、そんなところです」

適当に合わせて答えると、老人が意外なことを口走った。

「ほうか。何日も入院してはるんやな」

「——え？」

「兄ちゃん、この前も病院におったやろ」

そう言って、老人が顔を近づけてきた。俺はその分だけのけ反ったが、老人は「やっぱり間違いないわ」と満足げに頷いていた。

「わし、目は悪うないねん。前にも兄ちゃんを見かけとるわ。ああ、検査した日やな」

「そうですか……」

穴があったら入りたいとは、こういう場面をさすのだろうか。間宮から指摘されるよりも遥かに堪えたし、受けた衝撃も大きかった。いくら病院という閉じられた空間であろうとも、素人の老人に存在を気付かれていたなんて——新聞で顔を覆いたいくらいだった。

「こっちもどうぞ」

俺は今日の新聞も併せて老人に手渡し、腰を上げた。早くこの場を去りたかった。

老人は新聞を受け取ると、嬉しそうに目尻にしわを作り、長椅子の上であぐらを組み始めた。

「見舞いで大変かもしれんけど、時間があるんやったら、兄ちゃんも検査受けたらどうや。病気になってからでは遅いんやで」

俺は形だけ老人に頭を下げ、玄関ホールを抜けた。多分、白石由里は変わらず受付に座っていたと思うが、定かではなかった。

情けない、そう思った。確かに白石由里の尾行は味気なかった。おまけに間宮からの強制でもあったし、そこまで懸命になれなかったのは事実だ。だが、それでもやはりショックは隠せなかった。間宮からではなく、あの老人から「役立たずだ」と宣告を受けたようなものだった。

病院を離れ、最寄駅まで歩いた。二条城の堀に沿って下がって行く。気分を落ち着かせようと努めたが、無駄な抵抗だった。

勇んで自宅を飛び出したものの、間宮と白石由里の関係性は紙面のどこにも見出せなかった。それを匂わせるような記事さえも目に留まらなかった。そして挙句には、見知らぬ老人から「この前も病院におったやろ」と指摘される始末だ。

間宮と白石由里は事件でつながっているのではないのか？　だとしたら、それは一体何なのか。いや、まだ昨日と今日の新聞に目を通しただけだ。明日には記事になるかもしれないし、あるいは間宮から依頼があった時点で、既に紙面に掲載されていたのかもしれない。

俺の頭は、そんなところで右往左往していた。

と、足を止めた。不意にあの老人の言葉が耳を刺した。そして同時に、今朝の間宮からの電話も脳裏を震わせた。

「あんな不自然に隠れたら、白石由里にも気付かれてしまう」

そうだ、丸太町署のロビーはがらんとしていた。病院のロビーとは正反対に。昨日、署内には俺と白石由里と、あと数人がいるだけだった。

もしかしたら、白石由里も知っていたのではあるまいか——俺の尾行を。こちらの存在を。

いや、まさかそんな……。

だが、そう考えると、腑に落ちる点もいくつかあった。

まだ若い女性にしては、あまりにも日々に色がなく、彼女は同じような時間を過ごしていた。それは、俺に尾行させやすくするためだったのではないか。

勤務中は一歩も病院から出なかった。居眠りをしても、必ず彼女の姿は受付にあった。そして終業すれば、どこにも寄らず真っ直ぐ自宅に帰った。

休みの日には、派手なストールをしてランチに出かけた。あれは、俺が見失ったとしても、すぐに見つけられるようにという目印だったのではあるまいか。

友人の女性と入ったイタリアンの店でも、彼女は目につきやすい通り側の席に座っていた。おかげで、俺は筋向かいのコーヒーショップから、楽に彼女を確認できた。

白石由里の行動はすべて、俺の存在を知った上でのものだった――おそらく、間宮から聞かされていたのだ。だからこそ、彼女は丸太町署を訪ねた。通い慣れたような足取りで。

だとしたら、何故そんな真似を――。

体がぴくりと跳ねた。尻のポケットで携帯電話が振動していた。

山岸からだった。

「何でしょうか」

「いえ、その、様子はどうかと思いまして」

まだ仕事中なのだろう、街の喧騒が漏れ聞こえていた。

「報告は夜と決めたはずです」

「いや、でも……」

山岸の調子は相変わらず煮え切らなかった。

「受けた以上、仕事はきちんとします」

「……本当ですね？」

山岸はまだ半信半疑といった様子だった。もっとも、それはこちらも同じであった。いや、真面目に取り組むつもりなど毛頭ない。それが彼に伝わっているのかもしれなかった。

「本当にお願いしますよ」

山岸は念を押し、電話を切った。

実際、山岸の依頼にはまだ着手していなかった。尾行を始めようにも、対象者の画像がまだ届いていないのだ。

俺はその点について、あえて指摘しなかった。仕事をしなければ金にならないが、このまま画像が送られてこないで欲しいとも願っていた。矛盾した物言いであるが、それが俺の本心だった。

腕時計を見ると、午後四時になろうかという頃だった。白石由里の勤務時間はあと二時間ほどである。どうすべきか迷ったが、俺は地下鉄二条城前駅で彼女を待つことにした。付近のコンビニで、地元紙ではなく全国紙をいくつか購入した。

望みは薄かったが、それでも俺はそれらしい記事を探した。

構内を吹き抜ける寒風に指先が震え、感覚がなくなり出した頃、白石由里が現れた。駅のホームへと階段を下りている。俺は新聞を脇に挟み、指先に息を吹きかけながら彼女の背中を追った。首には鮮やかな水玉ではなく、コートの色に合わせた無地のストールが巻かれていた。

6

白石由里の目的地は自宅ではなかった。自宅のある東山駅まで乗り換えの必要はないが、彼女は途中の烏丸御池駅で下車した。昨日、友人とランチの待ち合わせをしていた駅である。

烏丸、河原町《かわらまち》辺りで誰かと会い、食事や酒でも楽しむのだろうか。彼女はしきりに腕時計を気にしていた。そんな光景を目にして、彼女も普通のOLのように夜を過ごすのだと安心した。

と同時に、これが本来の彼女なのだと気付いた。どこにも寄らず帰宅していたのは、やはり尾行の存在を知っていたゆえではなかろうか。

彼女の意志によるものか、間宮からの指示であったのか分からない。いずれにせよ、二人の間には何かがあり、俺が彼女を尾けている最中に、その何かが解決したのは間違いなさそうだ。こうして白石由里が寄り道するのも、その足取りが心なしか軽く弾んで見えるのも、それを証明しているように思われた。

待ち合わせの相手は既に到着していた。昨日と同じ女性だった。だが、社の地味な制服ではなく、ジーンズにツイードのジャケットという格好であった。

二人は互いに手を挙げると、烏丸通から一本東に入った東洞院通《ひがしのとういんどおり》を下り始めた。

仕事終わりであろうスーツ姿で通りはあふれている。金曜日の夜とあってか、その数は普段よりも多く、あちらこちらで塊となっていた。その塊を縫うようにして、ゆっくりと車が走り抜けていく。やはり、普通のセダンよりも営業車が目につくだろうか。

営業車が続けて二台、傍を通った。運転席は確認できなかったが、うしろの一台は山岸の車とよく似ているような気がした。ナンバープレートまでは確認できなかったが、嫌でも度を越えて綺麗だったあの車内を思い出してしまった。

二人は三条通《さんじょうどおり》を少し過ぎたところで、建物の中に姿を消した。尾行に不向きな奥まったところにある和食の店だった。

一見したところ、続いて入店するのは難しそうであった。かといって、窓越しに白石由里を監視できるような店も周囲にはない。

俺はしばらくの間を置いた後、そっと店に近づいてみた。ビルは四階建てで、少々複雑な構造になっていた。二人が入った店は半地下になっており、店内を窺うには、出入り口の扉からしかなかった。

大きな店ではない。手前にカウンター席があり、奥に階段が見える。二階建ての造りになっているらしい。肝心の二人の姿はない。多分、二階席へ上がったのだろう。

俺は再び通りまで戻り、携帯電話をかけているふりをしてどうすべきか考えた。

白石由里はこちらの存在に気付いていた。俺の容姿まで知っているのか判断できなかったが、仮にそうだとして、俺を察知するだろうか。彼女はもう尾行は終了したと思っているはずである。

パトカーが一台、通り過ぎた。間宮が乗っているはずもないのに、俺は反射的に背を向けていた。

その瞬間、視界の隅に見覚えのある顔が映ったような気がした。いや、気のせいだろうか。

六角通《ろっかくどおり》を東へ入った。俺は携帯電話を握ったまま、小走りに足を踏み出した。

若い男だった。だが、どこで目にしたのかまるで思い出せない。しかし、確かに俺の記憶にある顔だった。そして、その記憶は比較的新しくもある。おそらくは、白石由里の尾行を始めてから目撃したはずだ。

男の影はすっかり消えていた。というよりも、通りにあるのは似たような背中ばかりだった。もう陽は完全に落ちている。街灯の明かりは頼りなく、諦めざるを得なかった。

仕方なく引き返した。途中、何度もうしろを振り返ってみたが、見える景色に異物は感じられなかった。代わり映えのない狭苦しい夜がそこにあるだけだった。

一人で立ち止まっていては不審に思われる。電話のふりをするにも限界があった。最も悩むのはこういう時だ。尾行対象者が動きを見せないのも困るが、張りたいのに、適切な場所が周囲にないのは更に難儀する。

二人はディナーに入った。少しは酒も飲むだろう。最低でも二時間は待たされるはずだ。それを見越して、俺は付近にある別の店に入ることにした。

東洞院通沿いにある洒落たカフェバーだった。男の一人客にはそぐわない雰囲気であったが、入ってすぐ横がカウンターになっており、通りに面した壁がガラス張りであったことから選んだに過ぎなかった。

そのガラス壁付近に陣取り、ビールとピザを注文した。通りはよく見えるが、もちろん、二人が入った店は見えない。

ビールを一気に流し込み、一息ついた。すると、あごひげを生やした店員が目敏く気付き、「おかわりは?」と声をかけてきた。俺は一つ頷き返し、「新聞はありますか」と訊ねた。さきほどコンビニで買った新聞は既に捨てていた。結果はやはり望み通りにいかず、それらしい記事を見つけられないままだった。

「地元紙の夕刊でしたら」と、店員が言った。

有難かった。夕刊にはまだ目を通していない。だからといって、期待が膨らんだ訳ではないが、時間を潰すにはちょうどよかった。

カウンター席の奥にテーブル席が並んでいる。奥に細長い間取りは京都の特徴でもある。見上げると、大きな丸太のような梁が天井を走っていた。多分、京町家を改装した店なのだろう。

届けられた夕刊を開き、ピザを摘まんだ。同じように、白石由里を連想させる文字を探したが、三切れを頬張るまでに作業は終わってしまった。これだという記事に遭遇するとは思っていなかったが、さすがに少し堪えた。

俺は新聞を畳み、目をつむった。浮かんでくるのは白石由里と間宮の顔で、その合間に少しだけ山岸が現れた。

白石由里と間宮はどういう関係なのか。

考えるのはそればかりで、答えを得られないのも相変わらずの堂々巡りだった。

事件にならないまでも、白石由里は何らかの問題を抱えていた。だから彼女は警察を訪ねた。彼女の勤務先である病院は丸太町署の管轄内だ。そして、そこで対応に出たのが間宮だった。間宮は彼女の話を聞き、どれほどの日数を置いた後か知らないが、俺に尾行するよう命じた。それは彼女も了承の上だったと考えられる。そうして俺は白石由里の背中を追った。だが四日後、尾行の打ち切りを突然に告げられた。彼女の問題が何らかの形で解決を見たからだ——。

新聞の上に置いた携帯電話に目をやった。間宮の潰れた声が聞こえてくるようだった。

間宮は何故、俺に尾行を命じたのか。そして、あの四日の間、何をしていたのか。単なる白石由里の調査でないことは確かだ。素性調査ならば、彼女と対面した時に署内でできる。それに、間宮の性格上、すべてを俺に任せることなどあり得なかった。刑事が民間人に一任するなど聞いたことがないし、何より間宮は俺を煙たがり、俺は間宮を毛嫌いしている。俺は間宮の一つの駒でしかない。それは間違いない。

では、その駒としての俺の役割は何だったのか――。

「はい、お待たせいたしました」

目の前に一枚の皿が差し出された。

「いや、ピザはもう届いてますが」

「え？　あれ、申し訳ございません」

あごひげの店員は深々と頭を下げ、皿を持って下がった。そして伝票を確認し、別の席へと運び直した。

その光景をぼんやり眺めていた。目が合うと、店員は苦笑を浮かべ、再び丁寧に腰を折った。

――待てよ。

一瞬、何かが見えたような気がした。

本当は――皿が二枚あったとしたら？

俺は二杯目のビールを飲み干し、慌てて勘定を済ませた。東洞院通に出て、北へ向かった。

周囲に視線を這わせた。

ここにいるはずだ――。

三条通まで上がり、また下がった。それを二度繰り返した。店から漏れる光と街灯を頼りに、男の背中を探し続ける。仕事を終えたスーツ姿がまた増えていた。この中のどこかにいる。先程目にした営業車はきっと——。

いた。二枚目の皿、山岸だった。

山岸は周囲に視線を振りながら、ゆっくりと歩いていた。手ぶらだった。例の和食店が入ったビルの前まで来ると立ち止まり、ビルの奥をそっと覗いた。

「ついてこい」

俺は山岸の背後から近寄り、重々しく命じた。

山岸は飛び跳ねるように振り向き、次の瞬間、その場から逃げようとした。俺は彼の腕をしっかりつかんでいた。

「何をしている」

「別に……晩御飯でも食べようかと思いまして……」

「嘘はもういい」

「嘘なんて、そんな——」

通行人が奇異の目を投げていた。ここで揉めていては都合が悪い。俺はビルの階段を上り、踊り場へと山岸を連れて行った。

そして、おもむろに切り出した。詰問するような口調になっていた。山岸に対して丁寧語を使う気などもう失せていた。

「――桜井愛子は偽名なのか」

7

「桜井愛子は偽名なのか」

俺は再び問うた。

「え、何を言ってるんです？　偽名なんかじゃありません」

「では、何故ここにいる？」

「ですから……」

俺は詰め寄り、右手で山岸の胸倉をつかみ上げた。ネクタイが折れ曲がっている。持ち主に似て、陰気そうな紺色のネクタイだった。

「あんた――白石由里を追っていたのか」

「え、誰ですって？」

「俺が別件で尾けていた女性だ。あんた、それを知って俺に接近してきたのか？」

「どうやって知った？　あんた、もしかして警察の人間か？　間宮と知り合いなのか」

　更に締めつけた。山岸は顔を紅潮させ、苦しそうにあごを突き出していた。

「ちょ、ちょっと……息ができない」

　俺は右手を放し、その手で山岸の肩を突き飛ばした。

「何が何だか……」

「一体、何のことですか」

「あんたが惚れている桜井愛子の本名は何だ。正直に言え」

「さっきから何を言ってるんです？　私が好意を寄せているのは桜井愛子です。他の誰でもありません。偽名などではありません」

　やはり、桜井愛子は婚約者などではないらしい。山岸が一方的に想いを抱いているに過ぎないのだ。怒りに任せて口走ったようだが、本人はまるで気付いていない様子だった。

「あなたがさっきから言っている、シライシュリというのは誰ですか。そんな名前、聞いたこともない」

　いつの間にか、山岸の手にはハンカチが握られていた。昨日、営業車の中で見たものとは柄が違っていた。

彼は肩で息をしながら、そのハンカチで首筋を丹念に拭っている。いや、拭き取っていると言うべきだろうか。その作業はネクタイ、シャツへと続いた。俺は胸の前で両腕を組み、じっと睨みつけていた。

山岸の目には力があった。暗く陰鬱であるが、濁ってはいない。視線は俺の右手にじっと固定されており、異様な熱を発している。内包している危うさが垣間見えるようだった。

嘘はないらしい――俺はそう判断した。

となると、山岸はどうしてここにいたのか。白石由里が入った店の前に。

二枚目の皿。つまりは第二の人物。

白石由里を尾行していたのは俺だけではなく、別にもう一人いたのではないか。俺はそう考えた。そして、そのもう一人の人物が山岸だった、と。

だが、どうやらそれは間違いだったようだ。勇み足であったかと嘆いても、この状況では折れようがない。強引に山岸を連れてきた手前、勘違いだったとは言えなかった。

山岸が警察関係者であるはずがない。勤務先の銀行の名刺ももらっている。営業車にも乗った。

冷静に考えれば、山岸が間宮と何らかの関係を持っている訳がなく、俺が白石由里を尾けていることも知らないはずなのだ。

しかし、山岸はここにいた。

その目的は白石由里ではなく――桜井愛子。

――はっとした。

「写真を見せろ」俺は一歩踏み出した。「桜井愛子の画像を見せろ」

依頼者は間宮と山岸の二人。だが、俺はその尾行対象者が一人だと早合点した。どちらも白石由里を追っているのだと。

山岸は懐から携帯電話を取り出した。もちろん、ハンカチで丁寧に拭いながら。

「送ろうと思って、移し変えました」

山岸は画面をこちらに向け、堂々とした態度で腕を伸ばした。

そうだ――白石由里は今、二人で夕食の最中ではないか。

「彼女が桜井愛子です。画面に触れないでください」

そこに映っていたのは、その相手の女性だった。昨日は社の制服で白石由里とランチに出かけ、今は白石由里と夕食の席を共にしている女性に間違いなかった。

今度は山岸の方から近寄ってきた。

「私が尾行するよう依頼したのはこの女性です。あなたが言うように、私は彼女のことを想っています」

「婚約したいくらいに？」

「彼女は商社に勤めています。我々の銀行が融資をしている取引先です」

山岸が流暢に喋り出した。何かスイッチが切り替わったのか、本性が現れたのか、別人のような口調だった。

「初めて彼女を見た時、大層驚きました。こんな綺麗な人がいるのかと。一目惚れでした。ですが、彼女は別の業務を担当しています。わざわざ彼女のデスクまで赴いて、声をかけることなどできません。仕事をしている最中にそんなこと――」

「だが、尾行はするんだな」

皮肉を投げたが、まるで耳に入っていないのか、山岸は更に続けた。

「私は彼女のことが知りたい。彼女の趣味も生活も、すべてのことを知りたい。だから、私はあなたに頼んだ。私が仕事をしている間、彼女はどんな風に時間を過ごし、どんな表情を浮かべているのか――」

「だが、あんたはここにいる。俺を雇う必要などなかった」

「あなたを信用し切れなかったからです。だから今、私はここにいる。現に、今日の夕方、あなたは何をしていました？」

病院を出て、新聞を手に駅で白石由里を待つ前だ。その時、山岸から電話があった。

「私が連絡を入れたのは、あなたがきちんと仕事をしていなかったからです。あなたは桜井愛子の周囲にいなかった。これでは、何のためにあなたに依頼したのか分からない。安心して仕事もできません。私はまだ社に戻っていないんですよ。今日も、あの地下駐車場に車を停めたままです。何度も繰り返すようですが、私は本気で――」

「もういい」と、俺は遮った。

「よくありません。私は桜井愛子を――」

「黙れ」

また山岸の胸倉をつかんだ。言いたいことが次から次へと喉をさかのぼってくる。吐き気を催すほどだった。本人は切に自身の思いを訴えているようだが、要は単なるストーカーの戯言だった。正しいと信じ込んでいる異常な自論を振りかざしているだけだった。

この「正論」に付き合っていては、俺自身が犯罪の片棒を担ぐことにもなりかねない。その危険性が如実に匂う。

俺はジーンズの尻ポケットから茶封筒を引き抜いた。昨日、山岸から受け取った着手金だった。

「俺は降りる。気分が悪い」

封筒を押しつけた。

「馬鹿な。途中で仕事を投げ出すなんて、ルール違反です」

そのルール違反を犯しているのは誰だ——そう言ってやりたかったが、ぐっと堪えた。口にしたところで、山岸には微塵も響かない。壁にぶつかり、踊り場で無残に散ってしまうだけだ。

俺は握っていた拳を解き、階段を下りた。山岸がまだ何か喚いているようだったが、次第に聞こえなくなった。ビルの一階がやけに騒々しい。怒声まで届く始末だった。

酔っ払い同士の喧嘩かと思ったが、目の前に現れたのは、地面にうつ伏せにされた若者の姿だった。そして、その若者を押さえつけるように一人の男が馬乗りになっていた。

動くな、じっとしていろ、そんな怒鳴り声が聞こえる。俺は足を止め、二人の男を見つめた。

若者と視線がぶつかった。

——あの男だ。

間違いない。山岸にも似たあの目つき。先程、六角通で見失った男。そして、どこかで見たはずの男だった。

若者は抵抗しようと必死に首を動かしている。その耳に小さく光るものがあった

——星形のピアスだった。

その瞬間、思い出した。

昨日の、あのコーヒーショップ——隣の席。

そう、そこには、雑誌を読みつつ何度かこちらを窺う若者がいた。

やはり、皿は二枚あったのだ。間違っていなかったのだ。ただ、二枚目の皿は山岸ではなく、あのピアスの若者だったのだ。

「おう、こんなところで何してるんや。尾行はもう終わったはずやろ」

背後から声をかけられた。振り返らずとも、すぐに誰か分かった。

8

「ちょっと晩飯でも食べようかと思ってね」

思わず山岸と同じ台詞を返している自分に驚いた。

「何を言うてんねん。もっとましな言い訳はあらへんのか」

間宮はくたびれたベージュのコートに両手を突っ込み、嫌らしそうにタバコを吹かしていた。

「――こういうことだったのか」

「そういうことやな」

「尾行者が二人いるとは今日まで気付かなかった」

「もう知ってるって自慢か、それ」

件《くだん》の若者に目をやった。彼は地面に組み伏せられていたが、今はうしろ手に立たされ、がくりと首を落としていた。

「大人しくついてくりゃええもんを、ぎゃあぎゃあ騒ぎやがって。手錠かけへんだけでも有難く思えよ、ガキ」

間宮が若者に向けて吐き捨てた。

「暴れたのか？」

「車の中でちょっと話を聞かせろ言うたら、逃げ出しよってな」

「そういえば、さっきパトカーを見た」

「ここは人通りが多過ぎる。もう少し下がったところで待機しとるわ」

「誰なんだ、この若者は」

「はあ？　お前、さっき知ってる言うたやないか」

「白石由里のストーカーだということしか知らない。大学生か？」

「いや、二十三歳のフリーターや。名前は瀬川《せがわ》」

若者の背後に張りついた刑事が間宮に目配せをしていた。指示を仰いでいるようだった。

「おう、車に放り込め。お前はそいつを連れてパトカーで署に戻れ」

ビルの前に野次馬が集まり始めていた。若者と刑事のあとに続き、俺と間宮はビルを離れた。野次馬の中に白石由里の姿はなかったが、山岸の顔は確認した。

あんたもこうなる、という警告になったかどうか。いや、きっと、地面に寝転がされていた若者が、自分と同じ種類の人間であると気付いていないに違いない。

「俺は――あの若者をあぶり出すために使われたんだな」

「あぶり出す？」

「白石由里はストーカー被害に悩んでいた。そこで彼女は丸太町署を訪ねた。直接対応したのがあんただったのか、あるいは上から命じられたのか知らないが、とにかく、あんたは彼女から詳細を聞いた。だがその時点では、彼女はストーカーの事実は把握していても、その正体までは知らなかった。当然ながら、あんたら警察も把握できていなかった」

前を歩く間宮は何も答えなかった。軽く首を右へ傾けている。先を促されているのかどうか分からなかったが、俺は続けた。

「そして、あんたは俺に連絡を寄越した。白石由里を尾行しろと。彼女とストーカーの間に俺を嚙ませることで、瀬川の存在を浮き彫りにしようと考えた。瀬川が前を行く俺に気付き、俺に接触を図ってくるという算段だったんだろう。もう一人、白石由里を追う者がいる。あの男は誰だと――。そうして瀬川が俺に近づけば、そこであんたらの登場だ。署に引っ張る。俺はそのためのおとりだった」

間宮の肩が小刻みに揺れていた。その振動は次第に大きくなり、とうとう笑い声に変わった。

「あほか、お前」

間宮が立ち止まった。振り返ったその顔に街灯の明かりが落ち、会心の笑みを照らし出していた。

「何がおとりや。えらい自分を格好よく言うやないか」

「違うのか？」

「当たり前や。お前、警察をなめんなよ。ストーカーの正体を知らんやと？　そんなもん、調べればすぐに判明するわ。一日、白石由里を追えば、瀬川の人相も名前も分かる。おれの部下はお前みたいなぼんくらやない」

ぐっと拳を握りしめた。だが、その拳を振り上げることもできず、抑えるしかなかった。もちろん、上げたところで、間宮に返り討ちにされるだろうが。

「ならば、あんたはどうして、そのぼんくらに尾行を命じた？」

「瀬川への警告に決まっとるやろが。いきなり瀬川を署には引っ張れん。あのガキはストーカーやが、証拠があらへん。歩いている先にたまたま白石由里がいただけだと主張しよったら、こっちは何にもできん。だから、間にお前を噛ませることにした。白石由里を警護してるって体《てい》を作ったんや。それを瀬川に分からせようとした」

「――警護」

昨日、コーヒーショップで瀬川と席を隣り合わせた。あれは偶然だったのではなく、瀬川の方から探りを入れてきたのだ。ここ数日、何故か見かける男。白石由里との間に入り込んできた男。一体何者か？　もしかすると刑事だろうか——隣の席から、瀬川はちらちらと俺を観察していたのだ。

「あのガキがお前を刑事やと思い込み、ストーカー行為をやめるんやったらそれでええ。白石由里も被害届は考えると言うとった。けど、それでもまだ続くようやったら——」

「届けを受理して署に引っ張る」

「そういうことや。けど、案の定、瀬川のストーカー行為は収まらんかった。だから昨日、届けを受理した。お前が台の裏にこそこそ隠れたあとやな」

目を逸らし、俺は街灯の光からさっと外れた。

「だから、あんたは白石由里の尾行終了を告げた」

「せや。翌日、つまり今日やな、こうして瀬川を確保することに決まったからな。まあ、警察も忙しいから、たったの一人しか人員を割けへんかったけど、楽なもんやったわ。瀬川を見失っても、残りは二人もおる。白石由里にお前や。どっちかを見つければ、その背後には瀬川がおる訳やしな」

なるほど――皿は二枚ではなく、三枚あったのか。

俺に瀬川に間宮の部下。

自分のうしろに二人も尾いていたとは知らなかった。恐れ入ったというのが本音だった。

「しかし、俺は必要だったのか？　俺の代わりに、あんたの部下が間に入った方が瀬川は警戒する。何せ、本物の刑事だ」

「あほか。いくら刑事でも同時に前もうしろも見られんやろ。お前を挟めば前だけで済む」

「それにしても一人とはいえ、警察はよく動いたな。ストーカーの存在は白石由里の思い込みだった可能性もある。警察は事件が起きてから動くものだと思っていたが」

「お前、ニュース見てへんのか。近頃はストーカー絡みの事件が頻発しとるやろが。殺人にまで発展するケースも多い。それに応じて、警察への風当たりも強うなる。上の連中も立場があらへん。まあ、ようやく重い腰を上げたってところか。こうして未然に事件を防げたんやから、ええことやろ。給料に響かんのは腹立たしいけどな。せやから、ギャラはいつもと同じや。ええな」

俺は鼻で笑った。代金など、はなから期待していない。

未然に防ぐ、か。

ふと、病院で出会ったハトのような老人を思い出した。彼は言っていた。「病気になってからでは遅いんやで」と。

「気持ち悪いな。お前、何を笑ってるねん」

「――もう一人いる」

「はあ？」

「ストーカーはもう一人いる。山岸守という男だ」

俺が持っている別の一枚の皿だ。

「ヤマギシ？　そういや、電話で何や言うとったな。それのことか」

「ああ、別件で俺が受けた依頼だ。彼は桜井愛子という女性をストーキングしている」

「サクライアイコ？」

「今、白石由里と一緒に食事をしている女性だ」

「何やって⁉」

間宮は咥えていたタバコを地面に落とし、靴底で踏みつけた。

「偶然だが事実だ。そしてどうやら、桜井愛子は白石由里と違い、ストーカーの存在に気付いていないようだ。あんたと出くわす前、俺はその山岸と会っていた。そして、あんたが瀬川に警告を与えたように、俺も警告の意味を込めて、山岸の依頼を断った。だが、彼はまるで聞く耳を持たなかった。このままでは事件に発展するかもしれん」

「だったら、今すぐおれの前に連れてこい」

「未然に防ぐんだろう？　あとはあんたの仕事だ」

そう言って、山岸の名刺を差し出した。間宮は受け取ると、名刺と俺の顔を交互に見比べていた。

「代金はいい。貸しにしておく」

間宮の元を静かに去った。山岸の人相や風貌を伝えなかったが、名刺がある。あとは間宮がどうにかするだろう。桜井愛子にも接触し、被害届を提出させることだろう。

夜の京都を歩いた。人通りの少ない通りを選んで進んだはずだが、いつの間にか、地下鉄の駅へと階段を下りていた。

あの公園のベンチに座っていた。白石由里の自宅付近の公園である。頼りない街灯の下、俺はコンビニで買ったパンを摘まんでいた。

　ふっと息を吐いた。

　どうしてここまで来てしまったのか――。

　その理由はもう分かっている。どれだけ否定しても否定し切れなかった。目の前の暗がりに、白石由里の姿が映し出されていた。

　――どうやら俺は白石由里に惚れてしまったらしい。

　目を閉じた。冷静になろうと努めた。だが、やはり浮かび上がってくるのは彼女だった。

　自分でもよく理解していた。これでは瀬川や山岸と同じではないかと。自宅近くの公園で彼女を待つなど、ストーカー以外の何ものでもないと。

　自然と苦笑が零れ落ちた。

　一体、ここで何をしようというのか？

　俺は頭を振り、白石由里の姿を吹き飛ばそうと立ち上がった。

　ストーカーなどもう十分だ。二人で十分だ……。

　その時、暗闇から猫の鳴き声がした。以前にも聞いた鳴き声だった。

　パンを千切り、放り投げてやった。

しばらく待っていると、街灯の明かりと闇との境界線に、一匹の白い野良猫が現れた。あっという間に食べ終えると、その猫はもの欲しそうな目でこちらを見つめた。

また投げてやった。

すると今度は、どこからか別の猫が姿を見せた。

思わず頬が緩んだ。

野良猫も二匹いたのか――。

いや、待てよ。まさか、三匹目があの暗がりに……。

それを想像すると、俺はもう笑っていられなかった。

旅は道連れ世は情け

白河《しらかわ》三兎《みと》

2009年、『プールの底に眠る』で、第42回メフィスト賞を受賞しデビュー。'12年、『おすすめ文庫王国2013』にて、『私を知らないで』がオリジナル文庫大賞のベスト1に選ばれる。デビュー二作目の『角のないケシゴムは嘘を消せない』(後に『ケシゴムは嘘を消せない』と改題)で、いち早く氏の才能に注目した文芸評論家の北上次郎氏は、『私を知らないで』の書評で「現代エンターテインメントの最前線をひた走る作家として注目されたい」と熱く推している。同じ青春小説でも、『ふたえ』のような緻密に伏線を張り巡らしたものや、『十五歳の課外授業』のように、オフビートな笑いをちりばめたもの、と変幻自在。その独自の物語世界にはコアなファンが多い。(Yo)

【22時1分】

「ほら、『旅は道連れ世は情け』って言うだろ。これも何かの縁なんだから、道中だけでも仲良くしようや」

定刻通り二十二時ぴったりに客船が動き出すと、右隣の席のおじさんが話しかけてきた。テレビドラマによく登場する人情派の刑事みたいな温厚そうな風貌をしている。

「はあ」と僕は突然のことに反応に困った。

左隣の席へ目を向ける。右のおじさんよりも幾分年上に見える男が気難しそうな顔をして座っている。強面のおじさんは鞄から慌ただしく文庫本を取り出した。そして『俺は読書するから巻き込むな。二人で勝手にやってくれ』と言わんばかりにそっぽを向いてページを捲り始める。てっきり『私語は慎むように』と注意すると思ったのだが。

「ウザがらんでもええじゃないか。兄ちゃんには兄ちゃんの進むべき道があって、俺には俺の道がある。人生にはその人それぞれの目的地がある。でもな、道が重なっている時は仲間だ」と右のおじさんは説教くさいことを言う。

「はい」

「そう肩に力を入れるな。『旅の恥は掻き捨て』って言葉もあるんだし、緊張せんでええ。ざっくばらんでいこうや」

「はあ」

そうは言っても、気後れしないではいられない。

「いっけね！」と右のおじさんは声を張り上げる。

忙しない動作でPTP包装から錠剤を取り出し、口に放り込んでごくりと喉を鳴らす。どうやら酔い止めの薬を飲み忘れていたようだ。通常は乗る三十分くらい前に服用するものだ。

「まあ、気休めみたいなもんだから、いいっか。にしても、なんで高速ジェット船が満席なんだ。ちんたら揺られたくないよな」

竹芝《たけしば》客船ターミナルから伊豆諸島の小さな島、式根《しきね》島《じま》への移動手段は二つ。約三時間で到着する高速ジェット船か、約十一時間もかかる大型客船。料金は前者が一律で、後者がピンキリ。

大型客船の一番安いチケットと高速ジェット船の料金の差額は二千五百円ほど。時間をお金で買える人、大部屋や甲板での夜通しの宴会を旅行の楽しみに入れていない人、船酔いのリスクを数時間に留めたい人は、高速ジェット船を選択する。

ただ、今は夏の行楽シーズンまっただ中であることに加えて、一昨年の夏に記録的なヒットを飛ばしたアニメ映画『土の中の思い出はいつまでも色褪せない』に出てくる島のモデルになったことで式根島は一躍人気の観光地となり、高速ジェット船のチケットは余っていなかった。

大型客船もほぼ満員。空きがあったのはリクライニングシートのチケットだけ。二名定員の特等室も相部屋の個室も集団で雑魚寝する和室も埋まっていた。僕としては、さほど急ぐ理由はなかったので、十一時間の船旅に不満はない。

「式根島へ行くのは何回目になる?」と右のおじさんは僕に質問する。

「二回目です」

七年振りだ。月日はこの世にあるものを否応なく変えていく。僕も例外じゃない。この七年の間に、頭も心も柔軟性を失った。置かれている環境も様変わりし、十八歳の頃のように好き勝手に動き回れない。身も心も不自由極まりない。七年前とは大違いだ。

あの時は、期待に胸を膨らませて式根島を目指した。不安も多少あったけれど、わけのわからない熱に浮かされていた僕は明るい未来にしか目を向けていなかった。純粋な気持ちさえあればどんな困難も乗り越えられる、と信じて疑っていなかったのだ。

今の僕は地に足がついている……いや、地面に足がめり込んで身動きができないような状態だが、不安しかない。あの島に上陸することがただただ怖い。過去を直視することから逃げ続けてきたから、これまで式根島へ足が向かなかった。

しかしとうとうこの日が来た。僕が望もうが望むまいが、運命の大きなうねりが僕を呑み込み、式根島へ押し流していく。人智を超えた力には為す術がない。抗っても無駄だ。従う他ない。

きっとこれが僕の定めなのだろう。七年前、桃恵《ももえ》さんを呪われた宿命から解き放とうとして、僕は彼女の運命を捩じ曲げてしまった。それを元に戻し、過ちを正さなくてはならない。今も昔も彼女を救済できるのは僕しかいないのだから。

【6月27日】

桃恵さんと出会ったのは、僕の十八歳の誕生日のきっかり一ヵ月後だった。六月末に、家で期末試験の勉強に頭を悩ませていると、インターホンが鳴った。リビングへ行き、受話器を取る。

「あの、九〇二号室に住んでいる倉科《くらしな》ですが」と、か弱い女性の声が聞こえた。「カードキーを家の中に忘れちゃって、部屋の鍵は開けっ放しで、それで、エントランスのドアを開けてもらえないでしょうか?」

うちのマンションはオートロックだから、締め出されてしまったのか。九〇二号室の人とは面識がなかったけれど、僕は「いいですよ」と了承してエントランスのロックを解除するボタンを押した。

「どうぞ」

「ありがとうございます」

「いえいえ」

受話器を置き、自室へ戻って勉強を再開する。シャーペンを手にし、『次の数列の極限を求めよ』という数学Ⅲの問題に挑む。だが、ペンが動かない。どう解いていったらいいのかさっぱりわからない。暗号にしか見えない。

問題を凝視していたら、トリックアートみたいに答えが浮かび上がってくればいいのに。そんなことに意識を向けていると、またインターホンに呼ばれた。でも鳴り方がさっきとは違う。エントランスじゃない。訪問者は玄関まで来ている。

誰だ？　このマンションは人間関係が希薄な上に、うちの両親は近所付き合いをしないから、隣人が訪ねてくることはない。新聞とかの勧誘か？　時々、エントランスのオートロックをどうにかして突破し、玄関越しに営業をかける頑張り屋がいる。心苦しいが、『今は親がいないから』と突っ撥ねなくちゃ。決意を固めて受話器を取った。

「あの、倉科です。先程はありがとうございました」

「あー、はい」

「お礼にアイスを持ってきたので、受け取ってくれますか？」

「別にいいのに」

「ほんの気持ちですから」

「わかりました。少し待っててください」

受話器を戻して玄関へ向かう。ドアを開けると、ばっちりメイクをして長袖のワンピースを着た女性が「つまらないものですが」と言ってコンビニのビニール袋を僕に手渡す。

「どうも」

「ちょっと溶けかけているかもしれないけど」

袋の中を覗いてみる。ハーゲンダッツのカップとスプーンが二つずつ。カップに入ったアイスなら少しくらい溶けても大丈夫だろう。あれ？　『溶けかけている』ってことは、自分の家の冷凍庫から持ってきたんじゃない。買ってきたものだ。

「アイスを買いに行ったら、鍵を忘れたんですか？」

「はい」とばつの悪そうな顔をする。

「それじゃ、これって自分用に買ったんですよね？」

「ええ」

「なら、貰えないです。自分で食べてください」とビニール袋を返そうとする。

「いえ、どうぞ受け取ってください」

「いいですって」

「いや、本当に、本当に」と倉科さんと僕は押し問答を繰り返す。

「気持ちだけで充分です」

「じゃ、一緒に食べる？」

「一緒に？」

思い掛けない提案に戸惑った。彼女はちょっぴり太っているけれど、可愛らしい女性だ。二十代前半くらいだろうか？　クラスの女子にはない洗練された色香が鼻先を掠め、僕の胸をじりじり焦がす。

「ごめんなさい。厚かましいことを言って。一緒なんて嫌ですよね」

「いや、嫌じゃないです」と早口で否定する。

「本当に？」

「はい。どうぞ、上がってください」

僕はドアを大きく開けた。

「いいんですか？」

「ええ。玄関先で立って食べるのもなんですから」

「では、お言葉に甘えて、お邪魔しまーす」と明るい声を響かせる。

僕は倉科さんを自室へ通した。ダイニングやリビングを避けたのは、どこかに後ろ暗さがあったからだ。親のいない時に女性を家に上げるのはいけないことのように思えた。自室は僕のテリトリー。疚《やま》しいものはこの部屋へ詰め込んでおけば一番安全だ。

倉科さんに勉強机とセットの椅子を勧め、僕はベッドに腰かけた。彼女はアイスの内蓋を剝がすと、「アイスの蓋を舐める人って意地汚く思う?」と物欲しそうに訊ねる。

「いえ、普段から僕はやっています」

「よかった」

満面の笑みで喜び、目を閉じて内蓋を愛おしそうにゆっくり舐める。艶めかしく動くサーモンピンクの舌が僕をおかしな気分にさせる。目が離せない。その舌に心を搦め捕られてしまったよう。

不意に倉科さんは目を開け、「はしたなくてごめんね」と謝る。僕の視線を察したのか?

「あっ、いえ」

慌てて目を逸らし、僕も内蓋を剝がしてペロペロ舐める。

「食いしん坊なの。本当はダイエットしなくちゃいけないんだけど」

「そんなに太ってないですよ」と口にしてすぐに失言だったことに考えが至る。「違います。すみません」

「いいのよ。どうしても甘い物の誘惑に勝てなくてね。よく夫に食べ過ぎや間食を注意されているし」

　今になって左手の薬指に指輪が嵌められていることに気がつく。淡い期待感は跡形もなく消えた。と同時に背徳感が一気に膨らんだ。『人妻を家に連れ込んでいる』というスリリングな事実が僕を徒《いたず》らに興奮させる。

「右手、どうしたんですか？」

　手に巻かれた包帯が気になった。

「これは、料理中にちょっと火傷しちゃったの。ドジな自分にうんざり。さっきもアイスのことばかり考えていたから、カードキーを家に忘れちゃって」

「そうなんですか」

　本心ではアイスをあげるのを惜しんでいたのかもしれない。だから一緒に食べることになった時に、あんなに喜んだのだろう。

「ポケットにカードキーがないことに気付いたのは、マンションの前。『どうしよう？　アイスが溶けちゃう』ってパニクった。それでインターホンで一〇一号室から当たってみたの。だけど留守だったり、『本当にここの住人ですか？』って疑われたりして、なかなか開けてもらえなかった」

　このマンションは一フロアに六部屋あり、うちは四〇四号室だから、二十回以上チャレンジしたことになる。そりゃ、アイスも溶ける。表面とカップの周りがかなり柔らかくなっていた。

「先にアイスを食べればよかったんじゃないですか？」

「そっか。その手があったね」と渋い笑顔を見せた。「とにかく、助けてくれてありがとう」

「いや、大したことじゃないんで」

「勉強中だったの？」と倉科さんは机の上に目を向ける。

「はい。期末テストが近いんで。でもちょうど行き詰まっていたところなので、いい気分転換になりました」

「この『極限を求めよ』ってところで詰まっちゃったの？」

「数学が苦手で」

どの教科も得意じゃないけれど、中でも数学は目も当てられない。算数の頃から数字を毛嫌いしていたから、数学になっても成績は常に最低ランクだ。

本来なら文理選択で文系を選ぶところだが、担任の先生の『なりたい職業が決まっていないなら、理系の方が可能性は広がる。技術職や研究職だけじゃなく、事務職や営業職にも就ける』という助言を真に受けた。こんなにも四苦八苦するなら、文系にしておくべきだった。

「これって数Ⅲの問題だよね？」

「はい」

「数列の極限は数Ⅱの応用だから、数Ⅱで習ったことを思い出せば解けるよ」

なるほど。道理で全然わからないわけだ。

「数Ⅱでやったことはほとんど頭に入っていません。部活漬けだったから」

「何部だったの？」

「柔道部です」

「えー、すごーい。だからいい体しているんだね。腕も太いし、胸板も厚いね。ちょっと触っていい？」

「いいけど」

倉科さんはアイスにスプーンを突き刺して机に置いた。立ち上がり、前屈みになって僕の右の二の腕を両手で触れる。途端に心臓が跳ね上がる。母親以外の異性に体を触れられた経験は数えるほど。行き付けの床屋のおばちゃん、歯医者の助手、看護師、その程度だ。

「凄い。凄い。力、入れてみて」

照れ臭くて敵わなかったけれど、『いいところを見せたい』という気持ちが働いて、体中から力を掻き集める。奥歯を噛み締めて腕に力を込めた。

「硬い。硬い」と更にテンションを上げる。

「いや、引退して一ヵ月近く経っているから、衰えていて」

「もっと逞しかったんだ。いいなー。私なんてプニプニ」

両腕を挙げて力瘤を作るポーズをする。でも長袖だからよくわからない。それ以前に、豊満な胸に目が行ってしまった。

「あっ、『筋肉がなくても太い腕だな』って思った?」

「そんなことは」と否定して顔を背けた。「僕は柔道ばっかりやっていて、脳味噌まで硬くなっちゃったから、苦労しています」

「数学の期末テストっていつ?」

「来週の木曜です」

十日後。

「それじゃ、テストまでの間だけ家庭教師になってあげよっか? もちろん、タダで。私の得意科目は数学だったんだ」

「えっ? でももうお礼は貰ったし」

「気分転換。私、専業主婦なんだけど、夫の束縛がきつくてあまり人と話す機会がないの」

「友達と会ったりできないんですか？」

倉科さんは椅子に座り、アイスを手に取って一口食べる。そしてスプーンを咥《くわ》えつつ「うーん」と唸って悩ましげな表情を浮かべた。

間が持てなくて僕もアイスを食べる。時間をかけてスプーンを口に運び続ける。食べ終わりそうになった時に、彼女は「よく言えば、夫の愛が大き過ぎるってことなんだけどね」と強張った顔のまま言った。

何か複雑な事情がありそうだが、恋愛経験がゼロの僕は愛について知っていることが一つもなかった。だから「勉強を教えてもらえるのは有り難いです」としか返せない。

「本当に？　じゃ、やる？」

「はい」

「あっ、ご両親の許可は？」

「うちは放任主義で、僕のやることにはほとんど口出ししないので大丈夫です。面倒だから何も言わなくてもいいかも。どっちも夜の九時過ぎにならないと帰ってこないし」

「そうだね。話を通そうとすると、下手に心配させちゃうかもね。一週間とちょっとだけだし、こっそりやろうか？」

「はい」

「じゃ、今日からする？」

「できれば」

「嬉しいな。なんか楽しくなってきた」

そう言ってスプーンでアイスを掬《すく》って食べようとしたら、口に入れる直前に落下した。左の膝小僧の上に落ち、黒のストッキングに沁み込んでいく。

「あっ」と倉科さんは声を上げる。

僕は急いで立ち上がり、アイスのカップとスプーンをごみ箱へ投げ捨て、机の上に置いてあるティッシュペーパーの箱を手に取る。さっと彼女へ差し向けた。でもおろおろしているだけで引き抜かない。

困り果てた顔には『右手にカップ、左手にスプーンを持っているから手が空かないの』と書かれているようだった。机に置くか、片手でまとめて持つかすればいいのだが、パニクって頭が回らないのだろう。

倉科さんが狼狽している間に、落ちたアイスが膝から脛へ垂れていく。仕方なく、僕はティッシュを抜き取ってそっとアイスの上に押し付けた。

一瞬にして顔が火照る。母親以外の女性の体に自分から触れた記憶がない。膝と脛だから硬い感触がするはずなのに、なんの感触も伝わってこない。極度の緊張が指先の感覚を麻痺させているのか？　ひょっとして僕の指はアイスみたいに溶けてしまったんじゃ？

「ありがとう。利き手じゃなかったから、不慣れで零しちゃった」

「いえ」と顔を伏せたまま言う。

「ドジばっかりするから不安になっちゃった？　大丈夫よ。私、学生時代に家庭教師のバイトをしていたことがあるの」

大きな不安に駆られているけれど、倉科さんの指導力は疑問視していない。問題は僕の中にある。教えてもらっている間に、邪《よこしま》な想像をしない自信がない。みだらな妄想を払って勉強に集中できるだろうか？　頭に公式や定理が入り込む隙間はなさそう。

だけど身にならないとわかっていても、彼女の誘いを拒めなかった。勉強以外のことを教えてもらえるんじゃ？　そういう期待が頭の隅にあることは否定できないが、ただシンプルに倉科さんと一緒にいたかった。彼女が与えるドキドキが妙に心地良い。この胸の高鳴りをもっと味わいたい。十日間だけでもいい。

【23時15分】

消灯の十五分前にトイレへ行く。すると『俺は鶴野《つるの》和也《かずや》だから、よくカズさんって言われるんだ』と愛称を教えてくれたおじさんが「俺もしたくなっちまった」と言って、僕の右隣の小便器で用を足し始めた。

「兄ちゃんのアレは体に比例してんだな。立派で羨ましい限りだ」

「はあ」

僕はカズさんの股間を見ないように努めていた。そうすることがマナーだと思っているから。何故、この人はこんなにもデリカシーがなく、馴れ馴れしいんだろう？

自分の席へ戻ると、一つ前の席にアニメオタクと思しき若い男女が座っていた。どちらも二十歳くらいで、アニメキャラクターの缶バッジを数個つけたキャップを被っている。やけに瞳が大きくて非現実的な色の髪の毛のキャラクターが目障りでしょうがない。

僕は無意識のうちに顔を顰《しか》めていた。なんであんな映画がヒットしたんだ？　小さな島で育った男女の恋愛物語。女は島を出て都会へ、男は家業を継ぐために島に留まる。各々に恋人ができるも、相手のことが忘れられずに最後は一緒になる。ありふれた話だ。

手垢まみれの『土の中の思い出はいつまでも色褪せない』はどういうわけか多くの人の共感を呼んだ。そしてアニメの世界観に心酔したファンが、モデルとなった式根島に殺到した。映画に出てくる砂浜や温泉や食堂などを訪れ、登場人物と同じポーズで記念撮影をするのが主な目的だ。俗に『聖地巡礼』と呼ばれている行為だ。

特にファンが真似したがったのは、映画の中盤で主人公とヒロインが森の中で松の木の根元にタイムカプセルを埋めるシーンだ。「五年後に一緒に開けよう」と約束し、木に二人のイニシャルを刻む。式根島では法に抵触する行為なのだが、その名場面を再現するカップルが続出した。

ファンの間では、松の木に入ったイニシャルは『ここはもう僕たち二人のものだから、別の木を探してくれ』という目印になっている。誰が決めたのか、一本の木には一組のカップルしかタイムカプセルを埋められないのだ。

島の西側に遊歩道があるのだが、その道沿いに生えている松の木は次々にファンの餌食にされた。新聞やテレビで憤慨する島民が取り上げられた。島民からしたら、観光客がごみを埋めて木を傷付ける行為に他ならない。警察はパトロールを強化し、注意を促す看板が所々に立てられた。

しかし焼け石に水だ。モラルの欠けたファンたちが引っ切り無しに押し寄せてくる。朝の番組であるコメンテーターが「映画と同じことをしたら永遠に結ばれる、という迷信が出来あがっている。このままでは島にある松の木は一本残らずイニシャルを刻まれてしまう」と警鐘を鳴らしていた。

そうなる日も遠くないだろう、と僕はやきもきしながら悲劇的な未来を予想していた。居ても立っても居られなかったけれど、無力で臆病な僕にはどうしようもない。ただじっと成り行きを見守り、その日が訪れるのを心して待つことしかできない。

ところが一ヵ月前に封切られた続編映画『ぼくの中の君はいつまでも泣いている』の評判が振るわずにファンが離れつつある。バッドエンディングに批判が集まっているのだ。そのまま酷評の嵐が吹き荒れれば、半年もしないうちに島に平穏が戻ってくるように思えた。

その矢先に、遊歩道を外れて山中に踏み入ったファンのニュースが流れた。タイムカプセルを埋めようとしている最中に、「お化けが出た！」と見間違えた彼氏が恋人を置いて一目散に逃げ出した。平静を失っていたあまりに派手に転んで鎖骨を折り、その場から動けなくなる。離れ離れになった彼女も道に迷った末に足をくじき、警察と救助隊が出動する事態になった。

そのトラブルに端を発した騒動が巻き起こると共に、悪質なファンに対する世間の風当たりが益々強まった。「自業自得！」「罰が当たっただけ」「おまえらが土に還れ！」などの非難を受けてファン離れは加速している。

未だに聖地巡礼をしているのは、狂信的なファンか旅行のキャンセル料を惜しんだ元ファンかのどちらか。前の席のカップルは缶バッジをこれ見よがしにつけているから、前者だ。続編が全てを台無しにする駄作でも、世間を騒がせている島でも意に介さないようだ。

この男女はいつまでファンを続けるつもりなんだ？　一途にどこまでも応援する気か？　好奇心から訊ねてみたくなる。日本中からバッシングされても、森の奥に入って毒蛇に咬まれても、土の中から大量の骸骨が出てきても、松の木の精霊に祟られても、『あの島へ行くと破局する』という迷信ができても、それでもファンをやめないのか？

中にはそういうファンもいるのだろう。恋と同じだ。前後を忘れて夢中になっている時は、冷静な判断ができない。目に入るのは相手のことのみ。ただひたすらに前に突き進んでしまう。猪突猛進。止まれない。邪魔するものはなんであれ薙ぎ倒していく。

あの時の僕もそうだった。桃恵さんのことしか目に入らなかった。でも見ていたつもりで何も見えていなかった。僕は果てしなく無知だった。恋のことも、桃恵さんのこともまるで理解していなかった。僕は目に見えないものを闇雲に追いかけていただけだった。

どの地点から振り返っても、過去の自分は哀れで浅はかでみっともない。取分け、青春という言葉が当て嵌まる年齢の頃は、見るに堪えない滑稽ぶりだ。だけどキラキラと眩い。

その当時は認識していなかったが、体の内側から光が迸っていた。氾濫していると言ってもいい。止め処なく光が外へ溢れ出し、前方を照らす。だから進む道がどんな悪路でも光り輝いて見える。

あれは何を光源にしていたんだ？　二十五歳の僕にはない輝きだった。今は残光すらない。何も手元に残っていないからか、全てが幻だったような気さえしてくる。本当は何も起こらなかった。そうすることができれば、どんなにいいことか。

【6月30日】

臨時の家庭教師は「倉科桃恵だから、小さい頃からモモちゃんって呼ばれていたの」と名乗ったけれど、七歳も年下の僕が気安く『モモちゃん』と呼べるはずがない。どんなに頑張っても下の名前をさん付けするのが精一杯。

桃恵さんは夕方の五時から八時半まで家庭教師を務めてくれる。その後は夫のために料理の腕を振るう妻になる。彼女の夫は映画会社に勤めていて、多忙で十一時前に帰宅することはないそうだ。

案の定、桃恵さんの指導の大部分は頭に入らなかった。化粧の匂い、滑らかな息遣い、おっとりとした声、愛くるしい瞳、緩やかな動作、甘ったるい喋り方、フェミニンな服装、ふわふわ揺れるウェーブヘア、そこはかとなく漂う色気、それらが寄って集《たか》って僕の思考をショートさせる。

彼女に数学を教わることになって今日で四日目なのに、少しも慣れない。終始、心を掻き乱されている。桃恵さんは椅子に座った僕の斜め後ろに立って指導するのだが、時々僕の右肩に彼女の胸が当たる。軽い接触だ。時間もほんの僅か。

だけど、この世で最も柔らかい物質で満たされたプールに頭から飛び込んだような感覚に襲われる。瞬く間に全身がふやけ、脳味噌がとろけてしまう。足し算すらままならなくなる。

桃恵さんが問題を課した時もヤバい。彼女は「じゃ、この四つの問題を十五分以内にやってね」などと指示すると、僕が解き終わるまで手持ち無沙汰になる。それで暇潰しに僕の愛読書の『YAWARA!』を手に取ったのだが、いつもベッドに仰向けになったり腹ばいになったりして読むから、気が気じゃない。ついつい横目で見てしまう。

漫画に食い入っている彼女は僕の目の動きに気付かない。全くの無防備。脚を組み直すことや、股を広げていることもしばしばある。常にワンピースやスカートの下に色の濃いストッキングを穿いているから、油断しているのかもしれない。でも下着が見えなくても充分すぎるほど刺激的だ。

全然勉強に身が入らないので、桃恵さんが帰ってからが本番だ。教わったことを一から復習し、明日教わることをみっちり予習する。そうしないと、彼女に『教えたことを少しも理解していない』と失望されてしまう。桃恵さんに嫌われたくなくて、夜遅くまで机に向かった。

「解き終わりました」と僕は声をかける。

桃恵さんはベッドから起き上がり、漫画を棚へ戻す。

「蓮《れん》くんって強かったの？」と彼女は棚の隅に並べられているトロフィーや盾に目を向ける。

「成長が早くて周りより体が大きかったから、小学生の頃は強い方でした」

体格の良さを買われて柔道を始めた。近所にあった柔道の道場の師範からスカウトされたのがきっかけだ。野球やサッカーなどの球技は苦手にしていたけれど、柔道の『相手を投げ飛ばせばいい』という単純さは僕に合った。

「高校ではどうだったの？」

「都内では、五本の指に入るか入らないかの強さでした」

「すごいじゃん」

「でも最後の大会の団体戦でかなりの格下に負けちゃって、僕のせいで決勝に進めなかったんです」

「勝負は時の運でしょ？　実力通りの結果にならないこともあるよ」と桃恵さんは慰める。

「監督に『相手は右肩を怪我しているから、そこを攻めろ！』って指示されていたんだけど、僕はどうしてもできなくて……」

対戦相手は右腕を挙げるのも辛そうだった。組んだら顔が苦悶に歪んだ。僕の道着の襟を摑む右手は弱々しく、相手の右腕の袖を引っ張れば、容易に体勢を崩せると思った。だけどみるみる僕の手から力が抜けていった。

「指示を聞かなかったことを後悔しているの？」

「相手の弱みを突いて勝ち進んだら、絶対に後悔する。そんな気がしたんです。でも試合後に監督に『おまえは優し過ぎる。勝負師として甘い。柔道は高校でやめた方がいい』って言われて、部員たちもなんか余所余所しくて、僕は間違ったことをしたのかなって思えてきて……」

「私は蓮くんが正しいことをしたと思うし、そういう優しさを持った人は好きよ」

心にすっと光が射した。

「本当ですか？」

「ごめん。今のは忘れて」とすぐに撤回した。

「えっ？」

「綺麗事を言っても蓮くんのためにならないよね。だから大人らしいことを言う。監督さんの指示は人として間違っている。でも大人の世界では、結果を優先しなくちゃならない時があるの。蓮くんとは背負っているものが違うから。きっと監督さんには何を犠牲にしても守りたいものがあった。蓮くんにそういうものはある？」

胸に穴が空いたような心持ちになった。僕には背負っているものが何もなかった。柔道が好きで好きでしょうがないわけじゃない。全国大会に出ることが悲願でもなかった。他に取り柄がなかったから、なんとなく柔道を続けていただけだ。僕は負けるべくして負けた。気持ちで負けていたんだ。

「僕は初めから柔道に向いていなかったのかもしれません」

「蓮くんは心の底から守りたいものがまだないだけよ。全てを擲《なげう》ってでも守るべきものができたら、その時は蓮くんの人一倍の優しさが素敵な方向へ働くと思うな。誰よりも強く勇ましく闘って大切なものを守り抜く。そういう大人に蓮くんはなるよ」

そんな猛々しい自分の姿はまるで想像がつかない。本当にいつか必死になって守りたいものが僕にできるのだろうか？　できたとして僕なんかに守れるのか？

わからないことだらけだったけれど、今の僕にとって一番大切なのは、この時間だ。それだけは自信を持って断言できる。数学のテストまであと七日。テストの日が訪れないでほしい。永遠に桃恵さんとの時間を彷徨っていたい。

【1時13分】

なかなか寝付けない。気が昂っているせいもあるが、リクライニングシートが僕の体に合っていない。窮屈で堪らない。それに加えて、乗客の安全確保のために腰をシートに固定することが義務づけられている。仕方のないこととは言え、おかげで自由に姿勢を変えるのが難しい。

せめて体を横向きにして肘枕ができればよかったのだけれど、ほぼ身動きが取れない。シートに縛り付けられているようなものだ。あまりにも不自由なので、気分は『羊たちの沈黙』に登場する猟奇殺人犯のハンニバル・レクターだな、と不謹慎なことを思ってしまった。

それくらいしんどいんだ。ずっと同じ体勢だから、身体のあちこちが痛くなってくる。おまけに、さっきからちらちら視線を感じる。それも安眠の妨げになっている。

「眠れんのか？」とカズさんは最大限に声を潜めて訊く。

僕は首を横に捻る。ぼんやりとした明るさの中で二つの目が僕に向けられていた。僕もできる限り声を抑えて「ええ」と言うと、カズさんが僕へ顔を近付ける。

「俺もだ。船の揺れと兄ちゃんのことが気になってな」

どっちの方が比重は大きいのだろうか？　カズさんの顔色がすこぶる悪い。薄暗くてもはっきりとわかるほど。血の気が引いているように見える。

「吐き気があるなら、トイレに付き合いますよ」

「船酔いじゃないんだ。うちの息子がさ、兄ちゃんと同じくらいの歳だからか、ふと『こんなふうに親子で旅行できればいいのにな』って思ったら、なんかしんみりしちゃってさ」

僕の父親は僕が二十歳になると、定期的に酒を酌み交わす機会を設けた。大人扱いしてくれるのは嬉しかったが、鬱陶しくもあった。カズさんの息子も父親が急に距離を縮めてきてまごついているのか？

「仲があまり良くないんですか？」

「好かれてはいなかった。俺は仕事一筋で家庭を蔑《ないがし》ろにしていたからな。息子に家族サービスを強請《ねだ》られても、ほとんど遊んでやらんかった。『パパは仕事で大きな山に挑んだり、お星さまを捜したりして忙しいんだ』とかなんとか言って誤魔化していた」

過去形ばかりだ。離婚しているのか？　家庭を顧みなかったことで、妻や息子との間に亀裂が入った？　なんらかの取り決めによって子供と会えないのかも。

「家族旅行をしたことは？」

「旅行は一回だけだったな。救いようのないアホだったから、仕事ばっか優先しちまったんだ。世のため人のためになることが、回り回って家族を守ることに繋がるんだって思っていたのさ。息子には可哀想なことをしたよ」

「どこへ旅行したんですか？」と僕は話の焦点を子供から旅先へ移す。

込み入った話は他所でやってほしい。僕には関係のないことだ。旅先がどこであろうと、その土地の観光スポットや名産の話題に逃げよう。

「箱根。息子が六歳の時だったから、十八年くらい前だ。やっとこさ、まとまった休みがとれて、箱根へ家族三人で旅行に出かけたんだ」

「僕も一度だけ行きました。小学校の遠足で。黒たまごを食べたり、遊覧船に乗ったりした思い出があります」と当たり障りのないことを話す。

「俺たちも乗ったよ。よく晴れた日で、富士山が綺麗に見えた。息子は後部デッキから景色を楽しんでいたよ。そしたら、はしゃぎ過ぎたのか、『喉が渇いた』って訴えた。それで、妻に『売店でジュースを買ってくるから、子供を見ていて』って頼まれたんだが、途中で仕事の連絡が入った。俺は『ずっと捜していたお星さまが見つかったから、ちょっと電話する。そこでじっとしているんだぞ』って言って電話をかけた。その間にほんの少しだけ息子から目を離してしまったんだ」

背中がひやりとした。まさか、船を苦手そうにしていたのは……。出航直後に飲んだ薬は酔い止めじゃなくて精神安定剤か何か……。体を硬直させて話の続きを待ったけれど、カズさんは何も語らない。顔を天井に向け、目を閉じた。

いくら待っても口も目も開かない。もしかして涙を堪えているのでは？　重苦しい空気が漂ってくる。僕から何か話さなくちゃいけないのか？　カズさんは慰めの言葉を待っているんじゃ？

勘弁してくれ。勝手に不幸話を始めておいて、それはないだろ。縁もゆかりもない他人に関わっている余裕など僕にはない。自分のことだけで手一杯なんだ。カズさんには悪いけど、自分でなんとか……。

いや、何も言う必要はないのだろう。彼は慰めの言葉が欲しくて話したんじゃない。ふっと湧き上がった感情を一時的な縁で繋がった僕へ放っただけ。僕が受け取ることも、投げ返すことも期待していない。

僕は今までカズさんの人生に無関係だったし、これからも関わりを持たない。この道中だけの付き合い。後腐れのない相手だからこそ、彼はさらりと吐露できたのだ。救いを求めたのではない。重荷を下ろしたかったわけでもない。ただ単に吐き出したかったんだ。

僕は何も言わずにそっと目を閉じた。そして瞼の裏側に桃恵さんとの淡い思い出を描く。


【7月11日】

数学のテストの四日後、担当科目の先生が「今回はよく頑張ったな」と言って答案用紙を僕に返却した。八十三点だった。これまで取ったことのない高得点だったが、九十点台を目指していたから落胆した。

しかし先生が「平均点は六十一点だ」と発表した瞬間に、気持ちが上向いた。平均点から二十点も高いなら誇れる点数だ。数学以外の科目がみんな五十点以下でも全然問題ない。

下校時間になると、自宅マンションへすっ飛んで帰り、桃恵さんの部屋へ向かった。『テスト結果が出たら、教えてね』と言われていた。褒められたかったし、喜ばせたかったから、他の科目は全て捨てて数学の勉強だけに打ち込んだ。

意気込んでインターホンを押す。久し振りに会える。嬉しくて心が躍る。胸を弾ませて待つこと十数秒、「はい」と桃恵さんが応じた。

「蓮ですけど」

「どうしたの？」

「ちょっと見せたいものがあって」

「ごめん。今、すっぴんだから、また今度にしてもらえるかな」

思わぬ返しに面食らう。完全に想定外だった。でも僕は狼狽しながらも「数分だけでいいんです。見せたらすぐに帰ります。顔を見ないようにしますから」と粘った。

「わかった。じゃ、顔を伏せていてね」

「はい」

「今、開けに行く」

通話が途切れた。桃恵さんが玄関へ向かってくる間に、鞄から数学の答案用紙を出して待機する。

ドアが開き、「入って」と勧められる。僕は目線を下げたまま中へ入る。桃恵さんは素足にビーチサンダルを履いていた。何か塗っているようで爪がピカピカだ。

「これ」と彼女に答案用紙を手渡す。

その時、桃恵さんの右の脛に拳大の痣があることに気付く。生々しい青黒い色にギヨッとする。だけど、よく見てみると、他にも痣が。大小、濃淡様々な痣が右脚にも左脚にも。びっくりして「脚、どうしたんですか？」と反射的に顔を上げた。

「あっ！」と僕は叫ぶ。

顔にも痣があった。左目の上に。桃恵さんは素早く左腕を挙げて答案用紙で顔を隠したが、その前腕にも青黒いものが。

「転んじゃって……私、ドジだから……」

嘘だ。一度や二度転んだくらいじゃ脚は痣だらけにならない。僕が柔道をやっていた時は脛やふくらはぎに毎日痣を作っていたけれど、彼女の脚はもっとひどい。異常だ。

「誰にやられ……」と言っている途中で束縛の激しい夫のことが頭を過った。「DVなんですか？　右手の包帯も旦那に？」

「蓮くん、何も見なかったことにしてくれないかな」

雨に濡れた子猫みたいな儚げな声だった。そんな声を聞いたら、見なかったことになんかできない。日常的に暴力を受けているに違いない。桃恵さんがいつも長袖と濃い色のストッキングの装いだったのは、痣を隠すためなんだ。

「警察に行きましょう」

「駄目。大事《おおごと》にしたくないの」

「それなら、僕がやっつけてやります」

自分よりも弱い者に暴力を振るうなんて最低だ。言ってわからなかったら、身を以てわからせるしかない。同じ目に遭わせて『二度と桃恵さんに危害を加えるな』ととっちめてやる。

「やめて」と切に訴える。

「どうして？」

「お願いだから何もしないで」

「じゃ、逃げましょう。身を寄せられるところはありますか？　実家とか友達の家とか」

「無理。また連れ戻されるだけ。もう親に心配をかけたくないの」と思い詰めた顔で言う。「私が我慢していれば済むことだから」

「でもこのままじゃ死んじゃう可能性だってありますよ」

「大丈夫よ。今は仕事が忙しくてピリピリしているの。大きなプロジェクトを任されていて、詳しいことは知らないんだけど、夫が推しているアニメ映画の企画が通るか通らないかの瀬戸際で、それでちょっと神経質に」

そんなの理由にならない。仕事がうまくいかない時は妻に当たっていいのか？　老若男女、誰に訊ねてもノーと答えるはずだ。

「通らなかったら、もっと暴力的になるんじゃないんですか？」

「蓮くんは悪い方に考え過ぎよ」

「だけど、もしものことがあったら」

「そん時はそん時よ。大体、私なんか死んでも誰も困らないもの。ううん、却って死んだ方が誰のことも困らせないからいいのかも」

なんでそこまで自分のことを卑下しているんだ？　夫にずっと虐げられているからら？

「僕は困ります。絶対に嫌です。桃恵さんが殺されてしまうくらいなら、僕の手で……」

「ありがとう、蓮くん」と僕に最後まで言わせなかった。「その気持ちだけでもう胸がいっぱいだよ。蓮くんのおかげで目が覚めた気がする。客観的な視点で色々と考えてみるね」

「僕にできることなら、なんでもやります。遠慮なく言ってください」

「うん」と桃恵さんは返事して薄く笑った。

彼女には笑顔が似合う。もっと口を大きく開けて笑ってほしい。僕が夫なら妻を傷付けたり、哀しませたりはしない。桃恵さんがいつも笑顔でいられるよう最善を尽くす。

彼女を腕力で支配するなんて断じて許せない。なんとしてでも桃恵さんを守らなくては。今まで殴り合いの喧嘩を一度もしたことがないけれど、夫をぶん殴りたい衝動に駆られた。殺意のようなものすら抱いている。もし僕の目の前で夫が桃恵さんに暴行を働いたら、間違いなく箍《たが》が外れる。ありありとした憎悪を僕は握り締めていた。

三週間後、夕食にレトルトカレーを食べていると、エントランスの方のインターホンが鳴る。桃恵さんだった。彼女は「ポストに手紙を入れておいた」とだけ言った。どういう意図があるのかわからなかったが、ただならぬ予感がした。すぐさま一階の集合ポストへ取りに行く。真っ白な封筒の裏に『蓮くんへ』とあった。エレベーターの中で開封して読み始める。

八月五日から、伊豆諸島の式根島へ夫とキャンプしに行きます。私が「二人で初めて旅行した思い出の地で、お互い初心を取り戻そう」と提案した二泊三日の旅です。

二日目の夜にテントの中で夫を毒殺します。あらゆる可能性を検討した結果、『殺される前に殺すしかない』という答えに行き着きました。今のまま我慢していても希望はありません。蓮くんが言ったように、そのうち殺されてしまうと思います。

もう覚悟を決めています。引き返す気は毛頭ありません。呪われた宿命から自分を解き放つには、闘うしかないの。すでに毒薬も準備しています。薬を盛ったあと、他のキャンパーたちが寝静まってから、死体を山の中へ埋めようと計画しているのですが、協力してもらえないでしょうか？

埋める場所の下見は済ませています。大浦《おおうら》キャンプ場から御釜湾《みかわわん》第一展望台を少し過ぎたところまで死体を運んで埋めてほしいんです。徒歩で四十分くらいかかるので、体力のある男の人に頼らざるを得ません。

蓮くんが『協力できない』と思ったら、この手紙を私の家のポストへ入れてください。他の人を探すから無理しないでいいよ。手を貸してくれる人が見つからなかった時は、どうにかして埋める場所まで夫を誘《おび》き出し、薬を飲ませます。

協力してくれるなら、この手紙に書かれたことを暗記してからこっそり処分して。これから蓮くんへの指示を書きます。大変だと思うけど、しっかり記憶してください。

旅行へ出発する前日に、コインロッカーの鍵と高速ジェット船のチケットを蓮くんの家のポストへ入れておきます。それらを持って蓮くんは八月六日に竹芝客船ターミナルへ行く。事前に、親に「友達の家に泊まる」などと言って外泊許可をとっておくように。

また、携帯電話を持ち歩いていると、位置情報が記録されてしまうので、当日は携帯電話の電源を切って自分の部屋に置いてから家を出るように。後々になって蓮くんの足取りが露見しないために、『家に置き忘れた』というふうを装うのです。

竹芝客船ターミナルのコインロッカーの中には、蓮くんの着替えが入った紙袋とトレッキングポールを装着したバックパックがあります。証拠になるものが蓮くんの服や靴に付着する可能性があるから、トイレで着替えて脱いだ服はコインロッカーへ預けてください。キャップ、スポーツサングラスで顔を隠すことも忘れずに。

バックパックの中身は組み立て式スコップ、軍手、懐中電灯、ヘッドライト、ミネラルウォーター、栄養補助食品、変装用の着替え（トレッキングハット、トムフォードのサングラス、服、靴。どれも夫のもの）です。

蓮くんは大学生の一人旅という体《てい》でバックパックを背負い、高速ジェット船のチケットで十五時半頃に式根島へ上陸します。そして海を眺めるなどしてできるだけ人目に付かないように過ごし、深夜一時に大浦海水浴場の公衆トイレの前で、私と落ち合います。

それから夫のいるテントへ行き、蓮くんのバックパックに入っている荷物を私のバックパックへ移す。空にしたバックパックの余ったショルダー紐の左右に二本重ねたトレッキングポールを括る。それを蓮くんが背負い、マウンテンパーカーのフードを被せて顔を隠した死体をトレッキングポールに腰掛けるようにして負んぶし、御釜湾第一展望台へ向かう。

夫を埋めたあと、蓮くんは変装用の服に着替えて夫に成り済まし、キャンプ場に戻って私と一緒にテントで朝を迎えます。昼過ぎまでテントで過ごし、トレッキングハットとサングラスで顔を隠して十五時四十分発の高速ジェット船で竹芝へ戻ります。夫のSuicaを使って電車に乗り、私の家へ入る。もしマンションの住人に挨拶されたら、会釈だけしてください。それが夫の挨拶の仕方だし、背格好は同じくらいだからバレないはずです。夫は贅肉、蓮くんは筋肉だけどね。

蓮くんは二十一時頃までうちで休んだら、夫のシックな服に着替え、ハンチングを目深に被り、風邪のマスクをして竹芝客船ターミナルへ一人で行く。駅や街角に防犯カメラが設置されているので、俯くことを心掛けるように。

コインロッカーから自分の服を取り出して、トイレで着替える。済んだら、竹芝ふ頭公園へ行き、周囲に細心の注意を払いながら夫の携帯電話とSuicaを海へ投げ入れます。そして夫の衣服をビニール袋にまとめて私たちのマンションのごみ置き場へ捨てます。それで計画は終わりです。自分の家に帰ってください。

もし『友達の家に泊まった』が通じない状況になった時は、『なんとなく一人になって人生を見つめ直したくて、二日間竹芝ふ頭公園で海を眺めていた』ということに。数日後に、私は『夫と一緒に式根島から帰ってきたあと、疲れていたから一人で先に寝た。その間に夫は外出して行方不明になった』ということにして、捜索願を出します。

事件性があると判断する材料がなければ、警察は捜査に乗り出しません。だけど万が一に備えて半年間は接触しないようにしましょう。蓮くんと会えなくなるのは寂しいけれど、その後の二人の未来のために頑張ろうね。

一読しただけでは暗記できなかったが、気持ちはピシッと定まっていた。桃恵さんが僕の力を必要としている。なら、選択の余地はない。喜んで手を貸す。何を犠牲にしてでも彼女を守るんだ。今こそ闘う時だ。

【7時24分】

僕が中学生か高校生の頃に、カップヌードルのCMで『FREEDOM 自由を掴め。』というキャッチコピーが使われていた。その言葉やCMのカッコいいアニメーションに感銘を受けた学生時代が懐かしい。

大人になればできることが増えて、今よりも自由度がぐんと高くなる。そう信じていた少年の僕が現在の僕を見たらどう思うのだろうか？ 皮肉なものだ。そんなことを考えながら、カップヌードルカレーを啜る。侘しい朝食だ。

でもナイフとフォークを使う堅苦しい食事よりは遥かにマシだ。気楽だし、煩わしい思いをしないで済む。カップ麵で文句はない。食事中は一時的な自由が約束される。何かのグルメ漫画に『食べることは現代人に与えられた最高の癒しだ』みたいなことが書かれていたが、僕のような人間にもその権利は与えられているのだ。

束の間の憩いの時間を嚙み締めていたら、前の席のオタクカップルが口論を始めた。どうやら昨夜、男が『結婚してください』とプロポーズし、女が『ちょっと考えさせてほしい』『結婚は早いよ』『まだ学生だから』などと言って保留にしたらしい。

納得のいかない男は今朝になってぐちぐちと不満を漏らした。女は最初のうちは聞き流していたけれど、辛抱できなくなって「女々しい奴とは土下座されても結婚したくない」「手作りの婚約指輪を貰って喜ぶ女なんていねー」「興味のないアニメを無理して観てやったのに」と捲し立てた。

「な、なんだよ。一緒に観て泣いていたくせに。あれは嘘泣きってことか？」

「今はそんなことどうだっていいでしょ」と女は強い口調で撥ね付ける。

「もういい。わかったよ。こんな指輪、捨てればいいんだろ」

吐き捨てるようにして言った男は立ち上がり、早歩きで甲板の方へ向かう。海に投げ捨てるつもりなのか？

僕の隣でシーフードヌードルをずるずると音を立てて食べていたカズさんは、複雑な表情を見せる。若気の至りを楽しんでいるようにも、『どうしたものか？』と思案しているようにも受け取れた。

僕は彼氏のことを『青いな』と微笑ましく思えない。若さ故の無鉄砲な言動に身に覚えがあるからだ。記憶の奥底にべったりこびりついている汚点が僕を居た堪れない気持ちにさせる。胸に苦みを伴った痛みが走る。

あっ！　誤って具材のポテトを太腿へ落としてしまった。過去へ意識が飛んでいたせいもあるが、元々箸の使い方が上手じゃない。更に、右腕の感覚がおかしくなっているのも原因に挙げられる。なかなか身動きが取れないため、食事中は利き腕が軽く感じて思った通りに動かせないことがある。

せめてテーブルのあるところで食べられたらな。シートが狭苦しくてしんどい。だけどカズさんが『食堂は混雑しているからやめておこう』と言ったので、我慢する他ない。たくさんの視線や会話が飛び交う中では、今以上に体を縮こまらせて朝食を摂ることになる。それよりはここの方がずっといい。

「余計なお節介かもしれんが」とカズさんが女に話しかけた。「彼氏に悪気はないと思うんだ。お嬢ちゃんのことが好き過ぎて気持ちが先走っているんじゃないかな」

振り向いた女は気まずそうな顔をしていた。何かを言おうと口を開けるけれど、ひどく困惑しているようで言葉が出てこない。

「くたびれたオッサンの言うことは、信用ならんかな?」

「あっ、いえ、そんなことは……」

「そっちのキリッとしたオッサンなら、説得力が出そうだな」とカズさんは僕の左隣にいる強面のおじさんに話を振る。「んなわけで、俺の代わりに言ってやってくれ」

流し目で左の方を窺うと、いかつい顔がより一層険しくなる。でも穏やかな声で

「彼氏は好意が空回りしているだけだ。きっと甲板で君を待っている。指輪を捨てるのを止めてほしいんだ」と意見した。

「本当ですか？」と女は半信半疑な目を揺らす。

まだ男心がよくわかっていないようだ。

「ああ」と肯定した左のおじさんに続いてカズさんが「男ってのはそういう生き物なのさ。自分が悪いことがわかっていても、意地を張り続けちまうんだ」と畳み掛けた。

女の目が一点を見据える。

「ありがとうございます」と感謝して腰を上げ、駆け足で彼氏のあとを追った。

カズさんの言う通り、男は言い出したら引っ込みがつかない生き物だ。そして一度走り出したらそのまま突っ走ってしまいがち。現実的な道を進んでいるのならまだ救いがあるのだが、大抵の場合は男の拙い妄想が作り出した道だ。

十八歳の僕もそうだった。桃恵さんとの甘い未来に目を奪われていた。ほんの少しでいいから立ち止まって周りを見渡すことができていれば、二人の未来は閉ざされることはなかっただろう。たとえ、別々の道へ進むことになったとしても、それぞれが陽の当たる道を歩めたはずだ。

唐突に、アイスを膝に零した桃恵さんの姿が脳裡を掠めた。そうだった、とようやくリンクする。太腿にポテトを落とした自分と重なるまでだいぶ時間がかかったことに、罪の意識のようなものが働いた。胸の中心が締め付けられる。

僕はあの時の僕たちから遠いところにいる。二人の思い出深い場所へ向かっているのに、ぐんぐん遠ざかっていく。


【8月7日】

意識を失った人間や死体は重心が定まらないから重くて簡単に運べない。そのような話を聞いたことがあるので、苦労すると思ったけれど一度も休憩をとらずに目的地へ到着できた。所要時間も想定内。桃恵さんが作った腰掛けが功を奏したのだ。

穴掘りも彼女が用意したヘッドライトと組み立て式スコップが役立った。頭にライトを装着すると視線の先を照らしてくれるから、スムーズに作業できる。そして二つに分かれた柄を繋ぎ合わせ、ネジで締めて組み立てたスコップは、一般的な剣先スコップと変わらない大きさになり、非常に扱い易い。おかげで快調に掘り進められた。

約一時間かけて、大人一人が横になれる大きさ、一メートルほどの深さの穴を掘った。これだけ掘っておけば、そうそう見つからないだろう。永遠にここで眠ってくれ。祈りにも似た気持ちで死体を穴へ入れた。

スコップで土を被せようとすると、桃恵さんがジーンズの後ろポケットから何かを出した。十センチほどの木の棒のように見えた。棒らしきものの間から、白い光が現れて弧を描く。刃だ。彼女は折り畳みナイフを持っていた。

ゆったりとした動作でナイフを自分の喉元に当てる。

「な、何を！」と僕は奇声を発する。

「ごめんなさい。私、やっぱり夫がいなくちゃ生きていけない」

「なんで今になって？」

「夫の携帯電話を回収した時に、待ち受け画面が五年前に式根島旅行で撮った二人の写真になっていたの。本当に初心に戻ってやり直そうとしていたかもしれない。それなのに……」

「そんなの一時的なものだ。またすぐに暴力を振るったに決まってます」

彼女は頭を左右に大きく振る。

「私も死ぬ。だから一緒に埋めて。夫と二人で静かに眠っていたいの」

「待って。僕と一緒に生きよう」

スコップを離し、ズボンのポケットから指輪を取り出して彼女へ差し出す。

桃恵さんが夫と旅立った日、何気なく『もう式根島に着いたかな』と思っていたら、指輪をプレゼントするアイデアが降ってきた。大急ぎで全財産を掻き集めてマルイのアクセサリー屋に飛び込み、大量の冷や汗を流しつつ購入した。

「僕と結婚してください。安物しか用意できなかったけど、卒業して就職したらちゃんとした婚約指輪を買うから」

「受け取れない。私なんかに蓮くんのお嫁さんになる資格はない」

「そんなことはありません。桃恵さんは僕にとって女神です。正しい方向を指し示してくれる女神なんです」

「私、二人で一緒にアイスを食べる前から、蓮くんが柔道部員だったことを知っていた。マンションの住人に夫と背格好が同じで、誑《たぶら》かし易い力持ちの男はいないかってずっと探していたから。密かに住人の情報を集めていたの」

「嘘だ」という言葉が勝手に飛び出た。

有り得ない。桃恵さんはそんなことをする人じゃない。最初から僕を共犯者にするつもりで近付くわけがない。僕を気遣って嘘をついているんだ。

「本当なの」

「おかしいよ。だって、勉強を教えてくれた。計画的に僕の家庭教師になるなんて不可能だ。僕が数学を苦手にしていることも知っていたって言うんですか？」

「家庭教師はその場の思い付きだった。当初は、アイスを糸口にしてお互いの家を行き来する仲になることを目論んでいた。蓮くんにテレビゲームや映画鑑賞の趣味があったら、興味がある振りをして親しくなる計画だったの」

「出鱈目だ！」と僕は全力で喚く。

「蓮くんがテスト結果を報せに来た時、私が半袖Tシャツで生脚だったのも、計画のうち。部活の監督を擁護したのも。全部、蓮くんを利用するためだったの」

「そんな……」

「ごめんなさい、蓮くん」と言うが早いか、ナイフを首に突き刺した。

再び僕の口から「嘘だ」が零れた。桃恵さんは崩れるように両膝をつき、ばたりと仰向けに倒れた。その衝撃でナイフが抜け、一気に血が噴き出す。本当に噴水みたいに噴き上がった。

僕は茫然自失になりながらも、大慌てで駆け寄って傷口を両手で押さえる。だけど、止まらない。どんどん溢れ出てくる。手に力を込めて、必死に塞ごうとする。止まれ！　止まってくれ！　お願いだ、誰か止めてくれ！　そう念じて一心不乱に押さえていたら、鈍い感触が両手に伝わった。

何かが砕ける音を手が感じ取った。そんな、首の骨を……僕が……。獣じみた呻き声が夜空に向かって上がった。その絶叫は東の空が白んでくるまで途絶えなかった。


【9時10分】


上陸するや否や、予め手配していたツートンカラーの車で島の西側にあるハイキングコースへ向かった。遊歩道の入り口へ着くと車を降り、徒歩で目的の場所を目指す。草木が鬱蒼と生い茂り、道の左右に緑色の壁を作っている。

七年前よりも壁が高くなった気がする。あの時は真夜中に訪れたので、この目ではっきりと見てはいないのだが、計画を実行に移す前にネットで何度も何度も下見していた。パソコンの液晶画面に穴が空くほど遊歩道の画像をチェックした。

そろそろか、と思っていたら巨大な鳥籠みたいな展望台が視界に入ってきた。よし、道を間違えていない。そこを通り過ぎてしばらくすると、遊歩道の脇に獣道が現れる。ハイキングコースと間違えないように、木と木の間に虎柄のロープが張られている。僕はロープを跨いで獣道に入った。

十五分ほど途切れ途切れの細い道を進む。すると、道の左側に風格のある松の木が見えた。悠然と立つ大木のそばの地面が窪んでいる。ちょうど人が一人横たわれる大きさだ。二週間前まで、そこに桃恵さんがいた。

僕は彼女の最後の願い『一緒に埋めて。夫と二人で静かに眠っていたいの』を聞き入れられなかった。どうしようもない嫉妬心が渦巻いていたからだ。独占欲に駆られた僕はもう一つ穴を掘った。でも夜が明けかけていたから、深く掘る時間がなかった。

その時は自分が墓穴を掘っているとは夢にも思わなかった。まさか、式根島がアニメファンの聖地になり、巡礼者が片っ端から松の木の根元を掘り起こすなんて……。夫と一緒の場所に埋めていれば……。もっと深く掘っていれば……。『この大きな松の木はいい目印になる』と考えなければ……。僕に彼女の暴走を食い止める力があったら……。様々な悔恨の念が胸に去来し、僕を突き動かした。

足がひとりでに前へ出る。桃恵さんが埋まっていた穴へ駆け寄ろうとする。だが、腰に巻かれた縄が僕の動きを制限した。腰縄がお腹に食い込む。勢いよく前へ進もうとした反動で後方へ体を持って行かれ、尻餅をつく。

カズさんが「大丈夫か？」と両膝を折って心配した。強面のおじさんもしゃがみ、僕の左の腋に腕を入れて抱き起こそうとする。

我に返った僕は手錠で繋がれた両手を斜め前方へ伸ばし、松の木から二十五メートルくらい離れた地面へ右手の人差し指を向ける。そして「あのあたりに旦那さんを埋めたと思います」と証言した。

現場検証に駆り出された地元の警官四人がそこへ向かい、スコップで掘り始める。土にスコップが突き刺さる音が僕の記憶を刺激する。凄惨な光景も掘り起こされ、眼前に浮かび上がってくる。

十八歳の僕が血まみれの手で桃恵さんの左手から結婚指輪を外し、買ってきた玩具みたいな指輪を嵌めようとしている。その指輪の裏側に刻印した『Ren&Momoe』が僕を逮捕に導くとは知らずに。

鼠でも天才でもなく

似鳥《にたどり》 鶏《けい》

1981年、千葉県生まれ。2006年、『理由《わけ》あって冬に出る』で第16回鮎川哲也賞に佳作入選。それを改稿して'07年10月にデビューする。とある市立高校を舞台にしたユーモアたっぷりの青春ミステリーは、吹奏楽部、演劇部、文芸部などの面々を巻き込んだ「市立高校シリーズ」として、『さよならの次にくる〈卒業式編〉』('09年)、『さよならの次にくる〈新学期編〉』('09年)、『まもなく電車が出現します』('11年)、『いわゆる天使の文化祭』('11年)、『昨日まで不思議の校舎』('13年)、『家庭用事件』('16年)と書き継がれていく。シリーズものには、動物園のアイドル飼育員を主人公にした『午後からはワニ日和』('12年)、『ダチョウは軽車両に該当します』('13年)、『迷いアルパカ拾いました』('14年)や、武井咲&TAKAHIROの主演でテレビドラマ化された「戦力外捜査官シリーズ」がある。その他、『シャーロック・ホームズの不均衡』('15年)や『レジまでの推理 本屋さんの名探偵』('16年)などの連作があり、個人的趣味を反映した側注がじつに楽しい。連作集『彼女の色に届くまで』に収録の際、「極彩色を越えて」と改題。(Ya)

1

日本全国に無数の「お店」が存在する以上、家が商店、という子供もそれなりにいる。画家でいうなら福田《ふくだ》平八郎《へいはちろう》(1)とか杉山《すぎやま》寧《やすし》(2)の実家は文房具屋であるし、レンブラント(3)は粉屋の息子とパン屋の娘の間の子である。僕の友達にも「お店屋さんの子」の友達は時々いた。小学校の頃は同じクラスに「学校前の文房具屋さんの娘」がいたし、中学の頃は「中華料理屋の息子」がいた。彼は調理実習の時、一人だけ包丁と菜箸の使い方のレベルが違い、班の女子たちを石化させていたが、家の仕事を手伝っているから、と言っていた。そう。「お店屋さんの子」は小さい頃から家の仕事を手伝うのが普通なのである。だから僕も、わりと小さい頃から家の仕事をちょこちょこ手伝ってきた。僕はやや珍しい「画廊の子」であり、小中学生の頃から企画展の告知チラシを折ったり、封筒の宛名書きをして発送したりという作業をしていた。十四、五になりまともに労働ができるようになると、収蔵作品の額装や搬入搬出の手伝い、といった少し専門的な仕事もするようになった。

お店をやっている親にもいろいろあり、「子供は絶対に厨房に入れない」という親もいれば「店番ぐらいはさせる」という親もいるだろう。うちの親は店番どころか息子をアートフェアや芸大の卒業制作展に行かせて「いけそうなのがあったら買ってこい」と作家の発掘までやらせる。本人はその間、買いつけと称してヨーロッパ周遊に行ってしまうのである。もちろん銀座四丁目の店舗にはスタッフが残ってくれるのだが、美大や芸大のイベントに顔を出して有望な作家を探すいわゆる「青田《あおた》買《が》い」を高校生の息子にやらせている画廊など聞いたことがない。父の同業者にはよく驚かれるし、何より年下の高校生が自分の作品を買いつけにきたら制作者である美大生・芸大生のお兄さんお姉さんが目を丸くする。僕自身も分かっている。うちの父はひどい。

（1）大正から昭和にかけて活躍した日本画家。動植物をはっとさせられるようなシンプルな構図で描く。ほとんど点線を描いただけの、超シンプルな〈漣《さざなみ》〉が有名。その他にもちょこんと皿に載ったカステラひと切れだけを描いた水彩画などがあり、何やらかわいい。

（2）日本画家。一九九三年没。スフィンクスや水牛など、エジプト的モティーフの作品が有名。あらゆる音を吸い込むような静謐《せいひつ》な画面、宇宙的深遠さを感じさせる背景の青などが神秘的。

（3）レンブラント・ファン・レイン。十七世紀オランダのバロック期を代表する超有名作家。ドラマチックな光の効果が得意なため、「光と影の魔術師」というえらくかっこいい異名をつけられた。

現在の僕のこの状況だって全部父のせいだ。

「……あら、指の関節もとても綺麗《きれい》なのね。しなやかで柔らかくて。あら温かいわ。体温が上がっちゃったかしら?」

「いえ。……僕も美術部なんですけど、絵描きっぽい手とかそういうのってあるんでしょうか」話をそらしつつ、テーブルの上で握られていた手を退避させる。「先生の手は絵筆を持つとしっくりきますね」

お世辞ではなく実際に横で見ていてそう思ったのだが、先生の方は肩をすくめ、ティーカップをとった。「嫌よね、すっかりそういう手になっちゃったわ。私の手は殿方の肉体を愛《め》でるためにあるのに」

「作品内で思いっきり愛でてますよね」

「妄想には妄想のいいところがあるけど、やっぱり実物の方がいいわ」

先生はティーカップを口に運ぶ。「いい香り。これは何のお茶かしら? あなた、お茶を淹《い》れるの上手なのね」

「レモンバームみたいです。……恐縮です」画廊では営業中、常にお茶出し要員が必要なので覚えざるを得なかった。「お店屋さんの子」の特技である。「いえ、これ、館長のご厚意で用意していただいたものですから」

「いいわね。若いイケメンが淹れるお茶は格別」

先生はお茶を飲みつつ、もう一方の手は指を絡ませてくる。セクハラだよなこれは、と思う。だがセクハラだとしてどう対応すればいいのか。なにしろ和服で僕を口説きつつ優雅にお茶を飲むこの人は日本洋画壇の大御所であり、初期の作風から最後の戦前派と呼ばれる大薗菊子《おおそのきくこ》先生である。数えで御歳八十六、ということであったが、その情熱は衰えることなく、油絵の具とカンヴァスから、ポスターカラーに蛍光塗料、プラスチック板から超高分子PEまで面白そうと思った素材なら何でも画材に用い、最近は一部CGを組み込んだ作品で話題をさらっている。要するに一種の化け物である。世界的にも評価が高く、人気のある大作なら億単位の値がつくため、新参者の小規模画廊である緑画廊《うち》にとっては目玉中の目玉商品となり、当然その新作は喉から手が出るほど欲しい。だから邪険にはできないのである。

「緑《みどり》画廊さんのねえ、お父様とはパーティーでお会いしたことがあったわ。外国俳優みたいないい男だったけど、でもちょっと信用できないタイプの二枚目なのよね。あれはきっと女を振り回すタイプよ」

「御明察です」息子も振り回す。

「あなたはそういうふうになっちゃ駄目よ。穢《けが》れなく真っ白な方がいいわ。私は」

「はあ。あのう大薗先生」

「嫌ね他人行儀で。菊子、でいいわよ」

「はあ……」

大薗菊子という画家本人のことはよく知らなかったのだが、どうもこの菊子先生、とにかく若い男が大好きらしく、お手伝いに参りました、と挨拶した途端に大いにはしゃいで未成年の僕を口説き続けている。大薗菊子の新作を買う契約をとりつけてくる、などという大役をなぜ高校生の息子に任せたのかと最初は訝《いぶか》ったが、父の狙いはこれだったらしい。

心の中で溜《た》め息をつく。僕自身も絵を描いているし自作には自信がある。だから実のところ少し期待していたのだ。何かのきっかけで、もし大作家の大薗菊子に僕のスケッチだけでも見てもらえたなら。そして例えばそれを見た彼女がいたく感心し、そのことが話題になり、僕は「大薗菊子が偶然発見した天才高校生画家」として一躍有名になる——まさかそこまではあるまいが、それでももし大作家に自作を見てもらえたなら、もしかしたら何か起こるかもしれない、褒《ほ》めてもらえるかもしれない、ということは、少し期待していたのだ。だから父に言われてこのここにやってきたし、一番いいスケッチの描かれたスケッチブックも持参し、スクールバッグからちらりと覗《のぞ》かせてみたりもした。だが先生がそれに興味を示す様子はなかった。

「でも緑画廊さんも粋なことをしてくれるのね。こんな可愛《かわい》い子に見張られてちゃ、頑張らないわけにいかないもの」

「父が耳敏《みみざと》いものでして。先生がこちらで制作を始められた、と聞いたら、すぐ僕に『お手伝いしてこい』と」おかげで学校の方は昨日と今日、休んでいる。もうすぐ一学期の中間テストで、下手をすると今日、試験範囲が発表されているかもしれないのだが。「お邪魔になっていなければ何よりです」

ガラス窓を振り返って中庭を見る。庭園の緑のむこうに、ガラス張りになった本館の廊下が見える。台車に立てて載せられた大判の絵が二枚、展示室の中に運び込まれたところだった。

僕と菊子先生がいるのは都内の私立美術館である「御子柴《みこしば》現代美術館」のカフェである。この美術館は現在、毎年恒例の〈真贋《しんがん》展〉の準備のため閉館中で、本館の展示室の方では作品が搬入され、準備が進められている。そんな中に高校生の僕がいるのは、緑画廊が作品を提供しているからだ。〈真贋展〉は同じ作品の真作と贋作を二つ並べて展示し、「どちらが真作でしょう？」というクイズ形式にする、という変わった展示で、もともとの美術ファン向けというより話題性重視でファンの裾野を広げるための企画なのだが、鑑定眼を試してみたい筋金入りの愛好家も結構来るらしく、もともと変な企画展の多い御子柴現代美術館ならではのものといえた。

緑画廊から提供する数点の中には大藺菊子作〈エアリアル〉の真作の方が含まれており、当初は作品を搬入すればうちの仕事は終わりのはずだった。だが自作の贋作を見てみたいという菊子先生が美術館を訪れ、展示中の作品のどれかを見てインスピレーションを得たらしく、家の者にペンキと大判の板を用意させて展示室で制作を始めてしまった。自分の個展なのに出品する作品が間に合わず会場で制作を続ける、というケースは時折あるし、もともと大藺菊子はそのあたりのエキセントリックなエピソードに事欠かない画家なので、学芸員の川本《かわもと》さんはすぐに承諾してくれて（というより、大藺菊子の新作が生み出される場に立ち会える、と大喜びしていた）、すでにあらかた準備が済んで入る必要のない離れの「第七展示室」を貸してくれた。父の命令で一昨日の放課後ここに呼びつけられた僕は本館の展示の準備を手伝いつつ、第七展示室に籠《こ》もって制作を続ける菊子先生が休憩に出てきた時にお茶を淹れたり、言われた必要品を用意したり、そうやって過ごしている。手伝えば手伝うほど完成した新作をうちが買える可能性が大きくなっていくわけで、これも仕事である。問題なのは僕がただの高校生で、従業員ではないということだ。学校には「家の手伝いで休みます」と連絡を入れておいたが、友人の風戸《かざと》からはSNSで「家の手伝いって何だ？」というメッセージが届いている。仕事の合間に「画家の某先生が来ているからその手伝いをしている」と答えはしたが、さすがにこれでは不明瞭だったようで、さっきもジャケットの内ポケットで携帯が震えていた。あとで返信せねばと思う。

が、その必要はなかった。

「……あれ？」

思わず声が出る。ガラスのむこうの本館廊下に、妙に体のでかい男がいた。片手に脚立を、もう片手に展示用パネルを軽々とぶら下げて歩く見るからにごつい男。それだけならまだ普通なのだが、見覚えがあった。

「……風戸？」

この距離でまさか聞こえたわけはあるまいが、男は立ち止まってこちらを見ると、手を振るかわりなのかぶら下げた脚立をぶんぶんと振ってみせた。高校の友人がこんなところにいるわけがないが、と首をかしげる間に男は見えなくなり、今度はカフェの入口の方から「おおうい」という野太い呼び声が響いた。

振り返ると、まさに友人の風戸翔馬《しょうま》だった。恰好《かっこう》こそうちの高校の制服だったが、ボディビルで磨き上げた百八十七センチ百十二キロの堂々たる逆三角形である。風戸はなぜかシャツのボタンをほとんど外して前をはだけ、小麦色の胸筋と立体的に割れた腹筋を見せつけつつ、袖をまくって上腕二頭筋も見せつけながらこちらに来た。

「よう緑川《みどりかわ》。手伝いにきてやったぞ」

「手伝い、って〈真贋展〉の？」学校の文化祭ではないのだ。部外者がどうやって入ったのだろうか。「まさか勝手に入ってきたんじゃ。あと前閉めろよ」

「作業を手伝ったら暑くなってな」明らかに暑くはなさそうな様子で、風戸はシャツの裾をぱたぱた煽《あお》いでみせる。「ちゃんと緑川礼《れい》の友人って言ったぞ。学芸員の人が重そうなもの持ってたからついでに持ってやったらすんなり入れた。まあ作品には触らせてもらえなかったが」

「いいかげんだな川本さん」確かに僕がここにいることを知っているとなれば、関係者であることは明らかなのだが。「……で、手伝いにきてくれたのか？　わざわざ」

「お友達ね？　……まあ、それにしても立派な体ねえ」菊子先生が口許《くちもと》に手をやって驚嘆の声をあげる。「本当に高校生？」

風戸は先生に力瘤《ちからこぶ》を見せつける。「初めまして。緑川の友人で『歩くルネサンス』(4)こと風戸翔馬です」

「なんだその異名」初対面の人に筋肉を見せつけるのをやめろ。

「すごい力瘤ねえ。……でも私、筋骨隆々の殿方はそんなにタイプじゃないのよ。もっと華奢《きやしや》で柔らかくて、男の子から男になりたて、くらいの」先生は犯罪者まっしぐらの発言をして僕の手を撫《な》でる。「まだ誰の手にも穢されていない感じの子に、新雪に足跡をつけるように私の跡をつけていくのがたまらないのよ」

「残念。俺も花の十七歳なんですが」風戸はポーズを変えて腹筋と大胸筋を浮き立たせる。暑苦しい花だ。「ところで緑川、こちらの御婦人は」

筋肉を見せつける前に訊《き》くべきだと思う。

「こちら、画家の大薗菊子先生。美術の資料集にも載ってるだろ」

「おお、聞いたことあるぞ。……前、テレビに出てましたね」

「あら、あれご覧になったの？　嫌だ恥ずかしい」

何やら打ちとけた。とりあえず。風戸が「誰？　知らねー」などと言って僕のこれまでの努力を崩壊させるような奴《やつ》ではなくてよかったと思う。

「そういえば大薗先生はテレビで男のヌードも描かれていましたね」風戸はシャツの

（4）十四世紀から十六世紀ぐらいの、ダ・ヴィンチとかミケランジェロとかのやつ。正確には「ルネサンス」は「復興」とか「再生」の意味であり、ギリシア・ローマ時代の芸術を復興しよう、という流れや、その時代のことを指す。

ボタンをすべて外した。「いかがでしょうか。テレビで描かれていたのは細い男でしたが、こういった理想的な肉体もモデルとしては」

「おい」自分で理想的と言い放った。

「大薗菊子先生の筆で作品化していただけるなら、これほど光栄なことはないっす。なんならオプションもおつけしましょうか。各種ポーズ。ローション類。汗。花やリンゴ等の小道具」

「やめろって」

「遠慮するわ。あなたの体は、もうあなた自身の作品でしょう」菊子先生は興味なげに断ると、ティーカップを口に運んだ。「ひとの作品をモデルに作品を作る気はしないわ。森村《もりむら》さんじゃあるまいし(5)」

「そう……ですか。そうか……」風戸はその言葉がひどく嬉《うれ》しかったらしく、わりと素直にシャツのボタンを留め、にやりと頬を緩めた。「……確かにそうか。この肉体は俺の作品……」

「……風戸、売り込むためにわざわざ来たのか」

「美術館と聞いて、な。……ああ、あと中間の範囲が配られたから持ってきた。鞄《かばん》の中だから後でやる」風戸は口の端にそれまでとは別の笑みを浮かべてなぜかボタンを再び外すと、声を低くした。「千坂《ちさか》が気にしてるんだよ。HR《ホームルーム》の後『家の事情って何』って訊かれたから連れてきた」

「あ、ああ……そうなんだ。ありがとう」

平静を装ってそう答えたが、千坂桜《さくら》の名前が出てどきりとした。

どうも人づきあいが極端に苦手であるらしき彼女は、放課後の美術室で僕や風戸と話す以外、誰かと親しくしているところを見たことがない。だから仲はいい方だと言ってもおかしくないとは思う。とはいえ、彼女が二日休んだだけの僕のことを気にしてくれたり、隣のクラスから風戸にわざわざ訊きにきたり、というのは、想像してみると何かすごく可愛く思えて嬉しい。

だが。「で……その千坂はどこ？」

「ああ、さっきふらふらと展示室の方に行ったけど、そろそろ……」風戸はカフェの入口を振り返る。「……来ねえな」

「いや、見つけた」

（5）森村泰昌《やすまさ》。〈モナ・リザ〉やマネの〈オランピア〉等、世界的に有名な作品に描かれた人物に自分が扮《ふん》してセルフポートレイトを作る、という作品群が有名。日本人のはずだがモナ・リザにもゴッホにも完璧に扮し、違和感が全くないのが逆に面白い。

ガラスの外を指さす。石畳の歩道の脇、地面に置かれたいくつかの抽象彫刻を従えるようにカエデの木が大きく枝を伸ばしている。それを見上げる位置に、スケッチブックを広げて鉛筆を動かす制服姿の千坂桜がいた。黒くまっすぐな髪に、無愛想に長めのスカート。少し硬すぎる印象のある臙脂《えんじ》のネクタイ。彼女であることはひと目で分かった。

昨年から美術部に入って絵を描き始めた千坂は、技術においてもセンスにおいても、小学校の頃から本格的に絵を描いていた僕をあっという間に追い抜き、今でははるか後方に置き去りにしていた。その一方で日常面ではだいぶ変わったところがあり、学校内だろうが街を歩いている途中だろうが、何か気に入ったものがあると無言でスケッチブックを出し、立ち止まってスケッチを始めてしまうのである。彼女の足元に置かれた飾りの一つもつけられていないスクールバッグが、そんな持ち主の行動に呆《あき》れるように口を開けている。

僕の視線を追ったらしき菊子先生が千坂を指さす。「あの子もお友達?」

「はい。美術部の……」

「ふうん」先生はガラスの外の千坂と僕を見比べ、首をかしげる。「髪は綺麗だけど、ちょっと飾り気がなさすぎるわね。礼君。若い子はつまらないわ。私にしなさいよいろいろ教えてあげるから」

「いえ、あの、別にそういうのではないので……」

美術部は僕と千坂だけということもあって（風戸が美術室にいつもいるが）、時折そういう扱いをされるのがくすぐったい。千坂の方がどう感じているかは気になるが、なんせ彼女は表情がほとんどないので窺《うかが》いようがない。

千坂は僕を見つけると無表情のままバッグを摑《つか》んでこちらに来たが、中庭とこのカフェを隔てるガラス戸は現在施錠されていて開かない。僕が手の動きで入口の方向を示すと、千坂は無表情のまま頷《うなず》いて歩き出し、視界から消えた。

それを見ていた先生が溜め息をつく。

「……なんだか心配な子ねえ。ゆとり世代って言うのかしら」

それはだいぶ上だ。「……まあ、ちょっと変わってる、ところはあるかもしれませんけど」

もちろんそれを言ったら僕も風戸も変わっているし、そもそも当の大薗菊子先生が一番変わっているのだが、先生自身にはあまりその自覚がないらしい。

同様に自覚がないらしい千坂は風戸と同じコースでカフェに入ってきたが、僕を見て寄ってくる途中で入口横にかけてある絵に目を留めると、くるりと方向を変えて絵の前に行き、そのまま動きを止めて見入っている。よほど衝撃を受けたのか、風戸が小声で「おおい千坂」と呼んでも反応がなかった。

「……あれだからな。来る途中もあっちこっちで引っかかって大変だった」風戸が腕を組む。

「御苦労様」

千坂と一緒に美術館に行ったことがあるが、彼女は興味のない作品の前は一・五秒で通り過ぎるのに、気に入った作品があると十分も二十分もずっとその前に立ち続けるタイプだった。ある時は入口近くの一番初めに展示されていた絵に引っかかり、僕がひと回りしてきてもまだそこにいたことすらあった。⑥

「あのう千坂、その絵、作者の先生がここにいるけど」

画面中央右下に何かを暗示するように白いクレマチスの花が咲き、暗い緑の葉がその周囲を覆う大薗菊子作〈クレマチス〉である。千坂は右手に口がぽっかり開いたバッグ、左手にページがばさばさ開いたスケッチブックをぶら下げ、瞬きもせずにじっと絵を凝視していたが、僕が呼ぶと、まるで僕たちの存在に初めて気付いたかのように振り返り、こちらに来た。

やれやれと思うが、作者の菊子先生の方はふふん、と嬉しげに頬を緩ませてカップを傾けている。「その絵、気に入ったかしら？」

千坂は頷き、絵を振り返り、また先生を見た。「……花弁の黒が全体を一度破壊して、葉の緑に繋《つな》げて再構築するのに、背景の藍がまたそれを壊すのがすごいです」

なんだって？　と僕は心の中で訊き返すが、菊子先生の方は嬉しそうに頷いている。「そこのところ、見てくれると嬉しいわね」

どうもこの二人の間では会話が成立しているらしい。花弁を汚すように滴らせた黒が妙にインパクトあるな、とは思っていたが、それがどのようにすごいのか、千坂のように言語化はできなかった。

だが菊子先生には伝わったようで、先生は僕に見せていたのとは別の笑みを浮かべて言った。「ねえ貴女《あなた》、さっきのスケッチはもうできたの？」

先生が僕の手を放して千坂のスケッチブックを指さす。千坂は戸惑った様子で僕を見たが、僕が頷くと、スケッチブックのページを開いて差し出した。

先生は千坂がゆっくりと差し出したスケッチブックを受け取ると、すぐに表情をほころばせ「あら、いいわね」と言った。さっきのカエデの木を描いていたはずだが、

（6）ひとと一緒に美術館に行くとこういうところが難しい。

なぜか葉は描かれず、枝々は禍々《まがまが》しい形に曲がり、その後ろに鯨が浮いている。鯨の浮遊感と、デフォルメされて魔物のようになったカエデの枝の形が奇妙な不安感をもたらし、鉛筆一本のスケッチなのに何か惹《ひ》きつけられるものがある。

先生はすっと表情を変えた。ちらりと覗いたことがあるが、これは制作中の目だな、と思う。「……いいけど、あなた少し真面目すぎるみたいね。一枚の絵だからって、リアリティの水準を全部同じにする必要はないのよ？　部分ごとに違ったレベルで混在していいし、ほら、鯨のこの目なんかもっと例えば、アクリルなんかでテカテカ塗っちゃってもいいわけだし」

そこまでいくと単に技術の話ではなくなっている。僕と風戸が呆気《あっけ》に取られていると、菊子先生はちょいちょいと千坂を手招きし、素直にやってきた彼女の右手を取ってテーブルの上のおしぼりで拭いた。「それと熱心にスケッチするのはいいけど、殿方の前ではもう少し綺麗な自分でいないと駄目よ」

千坂はごしごしと拭かれている自分の手を見る。おそらく中庭での一枚以外にも来る途中にスケッチしていたのだろう。彼女の右手は小指側の側面が真っ黒になり、黒鉛色に光っていた。

普段は他人と接近するのを嫌がる千坂だが、今はおとなしく手を拭かれている。こうしていると優しい祖母と孫娘の構図だが、先生はそうしながら僕に命じる。「今描いてる絵が参考になるかもしれないわ。緑画廊さん、ちょっと持ってきて下さる？」

「はい」

完全に画家の顔になっているな、と思いながら立ち上がり、手伝うか、と訊いてきた風戸に手を振ってカフェを出た。別に急ぐことはないのだが、菊子先生がアトリエにしている第七展示室は渡り廊下で本館と繋がる離れのようになっていて一ヵ所だけ遠い。

ひと気のない渡り廊下を小走りで進みながら、僕はなんとなく、疎外感のようなものを覚えていた。

千坂の才能を最初に見出《みいだ》して絵を描くよう勧めたのは僕だ。だから、彼女のスケッチを一枚見ただけで菊子先生が気に入り、何がしかのアドヴァイスをしてやろうという気になったのは、こちらとしても嬉しい。だが本当のところ、それを期待していたのは僕自身に対してなのだが。

画家大薗菊子は間違いなく天才だった。僕が見る限り、千坂もそうなのかもしれない。でも、僕だって絵は描いているのだ。そしてただ描いているだけではない。本気で画家を目指している。自分の作品には何か斬新な、普通の人と違うものがあるはずだ、と信じている。

しかし、菊子先生が「ピンときた」のは千坂だけだったようだ。二人はたった油彩一枚、スケッチ一枚を見せあっただけで通じあってしまった。僕が単純に「いい作品」として見ていた先生の〈クレマチス〉にも、千坂はそれ以外の色々なものを見出している。あるいはそれが、僕と二人の差なのかもしれなかった。普通の人間と、「持っている人間」の。

半屋外になっている渡り廊下を歩きながら首を振る。そんなことはない、と思う。実作者としての才能と鑑賞者としての才能は違う。作家としては天才でも、鑑賞の方は全く平凡な人もいる。その逆もいる。そもそもアートの鑑賞には才能も技術も知識もいらない。よく誤解されているが、本来アートというのは、ただ観たり聴いたり体験したりして面白がればいいだけのものなのだ。とりわけ日本人は作品の「テーマ」とか「意味」とか「正しい解釈」を知りたがり、「正しい解釈」ができる人が「アートを分かる人」で、そのためには膨大な勉強とちょっと普通から外れた非常識な何かが必要なのだろう——というふうに思い込みがちだが、そういうものではないのである。「分かる」と「分からない」の線引きなどは本来できるものではなく、ただその作品を「好き」と「好きではない」があるだけだし、ルーベンス(7)の〈最後の審判〉より隣の幼稚園児の落書きの方が「好き」だったとしても、正解とか間違いとかそういった話にはならない。あえて言うなら、そういった正解とか間違いとかが「ある」と思っている人こそ、アートを「分かっていない」人だと言える。

　だから千坂と菊子先生はたまたまセンスが合っただけかもしれないのだ。二人とも変わっているし、どこか似たようなにおいもある。だが「やっぱり『持っている』人は、普段のふるまいも変わっている」というのだって、かなり通俗的な思い込みなのだ。普段は普通にふるまう天才も山ほどいるし、逆に現代では、「アーティスト」を気取ってわざと奇行をはたらく人間は大抵小物である。画廊にはそういう人間がよく来るので見慣れているのだ。

　そのことは分かっている。だがそれでも、消化しきれない部分がある。もちろん僕は「緑画廊の人」としてここに来ているのだから、スケッチブックに興味を示してもらえなかったとしてもそれは当然だし、見てもらいさえすれば、僕だって千坂同様に褒めてもらえると信じている。だが千坂は自然にスケッチに興味を持たれ、褒められ

(7)ピーテル・パウル・ルーベンス。十六〜十七世紀フランドル（オランダ・ベルギー・フランスにまたがるあたりの地方）絵画の巨匠。『フランダースの犬』の人が死に際に観たがっていたやつ。ダイナミックでドラマチックな宗教画が有名だが、多作でもあり、肖像画などもけっこう描いている。

て真剣なアドヴァイスをもらえた。やっぱり「持っている人」は違うのだろうか、と考えてしまう。千坂がそうかもしれないというのに、素直に喜べない自分も嫌だ。でもそれは言葉に出せない。顔にも出せない。作品を持ってカフェに戻る間に、僕は何事もない笑顔を修復できるだろうか。

だが、その心配は全く必要なかった。

離れに着き、半屋外の渡り廊下から玄関室に上がり、続いて第七展示室のドアを開ける。

その瞬間、異常な色の洪水が僕の目に飛び込んできた。

タイルの床に水色がぶちまけられていた。何ヵ所にも飛び散ったその上をライトグリーンの帯が這《は》い、そこに絡まるようにシャドーピンクが幾筋もの流れを作っている。五色ほどの色が重なりあって広がり、もとは真っ白でぴかぴかに磨き上げられていたはずのタイルの床面は、ペンキの模様が全面を覆っていてほとんど見えない。つんと鼻をつく臭いがあった。滅茶苦茶に床にぶちまけられているのは、菊子先生が制作に使っていた油性ペンキだ。

最初は、先生が使っていたペンキの缶が倒れたのだと思った。しかしすぐに、そんなことではないと気付いた。誰かがここに侵入し、ペンキをぶちまけたのだ。

侵入者、という単語を意識し、全身にざわざわとした感触が走る。

床の惨状に目を奪われていた僕ははっとして壁に視線を移した。ペンキで極彩色になっているのは床だけで、壁には全く汚れはない。この展示室には「真作」と「贋作」が計十組二十枚展示されているが、見たところ、正面の大作四枚をはじめ、壁にかかっている絵にはどれにも損傷はなく、イーゼルに据えてある制作中の〈男体礼賛Ⅳ〉にも異状はないようだった。本当は近寄って確かめたいが、床はカーニバル状態である。

それだけではなかった。開けたドアの裏側に、何かやたら刺激的な色の貼り紙がしてあるのが視界に入った。黒地に黄色で一行だけ、でかでかと文字が書かれている。

注意　毒ガス発生中

その文字を認識した瞬間、鼻の奥を焼くような刺激臭が蘇《よみがえ》った。僕は慌てて口を押さえるとドアから離れ、ぎくぎくと激しい鼓動を抑えながら第七展示室に背を向けると、本館に向かって渡り廊下を駆け戻った。

「床一面に？　作品は無事ですか」

「分かりませんけど、たぶん。壁にはペンキ、ついてませんでしたし」

2

「誰がやったんです」

「分かりません」

「なくなっているものはないんですよね？」

「たぶん」

本館の展示室まで駆け戻った僕は息が上がっていて短くしか答えられないが、長身の川本さんは矢継ぎ早に上から質問を降らせてくる。学芸員という立場であれば当然だった。

「おいおい、うちが出したやつ大丈夫だろうな？　贋作だけどけっこうするんだぞ」

「たぶん大丈夫です」

うちと同じく〈真贋展〉に作品を貸し出しており、搬入作業のため本館にいた画商の碇《いかり》さんも、落ち着かない様子で後ろから訊いてくる。この人はとりあえず自分が貸し出した作品のみを心配しているらしいが、こちらも立場上、当然かもしれない。渡り廊下に足音が響く。後ろからは風戸と千坂も来ており、和服にしては驚くべき敏《びん》捷《しょう》性で、菊子先生も小走りになってついてきていた。

僕はカフェを素通りして本館の展示室に戻り、学芸員の川本さんに状況を説明したが、もちろん第七展示室の状況は言葉だけで説明しても伝わらない。血相を変えた川本さんたちを案内しながら僕は「毒ガス発生中」の貼り紙を思い出していたが、かといって現場に近付くなと言っても納得はされないだろうし、今のところ僕自身がどうかなっている様子もないから、本当に毒ガスが発生していたとしてもそう危険なものではないのかもしれない。

「うわ」

開け放された第七展示室を見て、いつしか僕を追い抜いて先頭にいた川本さんが悲鳴をあげる。同じような声が隣の碇さんからもあがった。川本さんが踏み込もうとし、「駄目だ油性だ」と言って上げた足を戻す。

「緑画廊さん、どういうことですこれ」

川本さんは振り返って僕を睨《にら》み下ろしたが、すぐに首を振った。「いえすみません。あなたにも分かるわけありませんね」

その通りだ。僕は第一発見者に過ぎない。そもそもここに来たばかりの風戸と千坂も、驚いた顔で展示室の中を見ているだけである。

「あらまあ。すごいわね」僕の横から展示室内を覗いた菊子先生だけが、ややのんびりした反応をした。「川本さん、これ、どうするの?」

「いや、どう、って」川本さんは困った様子で首を振る。「とにかく作品を一旦外に……いやまず床をなんとかしないといけないいんですが。これは……どうしよう。明日公開ですよ?」

「このまま公開したら?」

「無理です。床の方が目立っちゃうと展示の趣旨がブレます」

そもそも明日までには乾かないからそれどころじゃないだろうと思うが、川本さんは泣きそうな顔で律義に答える。一方、制作中の自作品が無事かどうかはっきりとは分からないにもかかわらず菊子先生はのんびりしている。やはり変わった人だ、と思う。

「おい、『毒ガス』だって?」

ドアの貼り紙を見た碇さんが裏返った声で叫ぶ。「ちょ、や、やばいよ。どいて」後ろの風戸を押しのけて逃げ出そうとする碇さんのジャケットを摑む。「大丈夫です。僕もさっきちょっと吸いましたけど、特に何もないみたいですから」

碇さんは怖々という様子で僕の顔色を見る。「ほんとかよ。君、なんかさっきより緑がかって見えるよ?」

「まさか」どんな毒だ。「気のせいです。……いや千坂、大丈夫だから」

僕の顔色を窺う千坂を押さえる。

風戸は苦笑していたが、何かに気付いた様子で碇さんの足元を見た。

「ん。……すみません、ちょい足どけてください」

「え? 何?」

すっかりびくびくしている様子でぴょこんと跳ねるようにその場をどいた碇さんの足元から風戸が拾い上げたのは、大きさ二十センチほどの黒いビニール袋である。口がしっかり閉じられており、毒物を連想したらしき碇さんが「ひい」と言って渡り廊下に出る。

風戸が持ち上げた袋が突然、ばさり、と動いた。

「うお」風戸は落としかけた袋をキャッチし直す。「何だこれ、動いたぞ」

確かに袋には何か重量のありそうなものが入っており、そこだけ膨らんでいる。しかもその膨らみががさがさと動いている。いや、もがいていると言った方がいいのだろうか。

「ちょっと、何ですかそれ」渡り廊下の彼方《かなた》から碇さんが声を響かせる。

千坂がすっと出てきて手を伸ばし、袋の膨らんだ部分をきゅっと握った。

「体温がある。脚が四本」

当たり前の気もするが、しかしよく触れるものだ。風戸が床に膝をつき、怖々という様子で袋の口を開ける。

その途端、黒い何かが風戸の手に飛びつき、それからぼとりと床に落ちると、凄《すさ》まじいスピードで走って壁際で動きを止めた。

「ね……」

川本さんが口を開く。ひと目で分かる。袋に入れられていたのはネズミだった。

ネズミは壁際を走り、渡り廊下と玄関室を隔てるドアの足元に駆け込んで隠れた。

「……なんでネズミ？」風戸が口を開けている。

「そのネズミは元気だから、本当に毒ガスが発生していたとしても、たいしたことはないと思う」千坂が言う。確かにそうだがこの状況でよくそちらに頭が回るものだ。

「ネズミです。ラット。ファンシーラットです。一匹千五百円くらいです」川本さんが妙に詳しく言う。「いや、ちょっと待った。冗談じゃないぞ。ネズミだって？」

袋の中を探っていた風戸が、中からメモ用紙を出した。「メモが入ってたっす。『只《ただ》今《いま》全館でネズミ放流中』」

風戸が読み上げると、場の空気がぴしりと動くのをやめた。

……「ネズミ放流中」。

「ネズミって『放流』って言うんすかね」

「川や海じゃないからそれは……いや、それはいい。どうでもいい。それどころじゃない」

一度は収まっていた鼓動が、また急速に大きくなってくる。僕は渡り廊下の先、本館方向を振り返った。「川本さん、やばくないですか。本当に本館にネズミを放されたなら」

「やばい」震える声で川本さんが頷く。

美術品の保存にとって、館内に侵入する生き物は皆大敵だった。各種のカビや、シロアリ等の昆虫類の他、何でも齧《かじ》るネズミも注意すべき相手なのだ。エルミタージュ美術館などではネズミ対策のために数十四のネコからなる防衛隊を組織しているほどである。

「第七にはもういないね？　じゃあドア閉めて」

「うす」風戸が応じる。

「本館に戻ってチェックしないと。展示室、収蔵庫、一時保管庫」渡り廊下に駆け出しかけた川本さんは、ぴたりと止まって足元を見た。「いや、こいつも捕まえないと」

殺気を感じたのか、ドアの足元にいたネズミは鼻をひくひく動かしながら走り出した。だが素早く移動した川本さんがその進路の先をだん、と踏み鳴らし、驚いて立ち止まったネズミをさっと摑み上げてしまう。

「すげえ。ネコみてえ」風戸が感嘆の声をあげた。

「僕ネズミ大嫌いなんですよ」川本さんは摑んだネズミを手に載せ、するするとハンドリングし始めた。「こいつら毛がふかふかだし、あったかいし、人懐っこくて背中撫でると目を細めるんですよ。うりうり」

大好きなんじゃないかと思ったが黙っていることにする。「収蔵庫とか見た方がいいですよね。犯人がネズミを放してる可能性が」

犯人、という単語が脳内に残像となって焼きつく。そう。犯人がまだどこかにいるかもしれないのだ。第七展示室の床にペンキをぶちまけ、貼り紙をし、なぜかネズミを館内に放した犯人。

「展示室と一時保管庫も手分けして。すみませんがみなさん手伝ってください」

言うが早いか、川本さんはネズミをハンドリングしながら駆け出した。僕たちも急いで後に続く。ネズミによる被害がもし広範囲にわたる場合、億単位の損失になりかねない。

当然のことだが、御子柴現代美術館は大騒ぎになった。僕たちだけでは人手が足りないので、本館で作業中のアルバイトのみなさんの手も借り、手分けして各部屋のネズミ狩りと作品のチェックをした。一時間以上は優にかかり、途中で日が暮れたが、結局、六つある展示室、地下の収蔵庫、本館裏手の搬入口脇にある一時保管庫いずれからも、ざっと見た限りでは破損した作品は出てこず、またネズミの姿もなかった。それを報告しあった僕たちはほっと胸を撫で下ろしたのだが、そうすると別の疑問が湧いてくる。

「……結局、何だ？　犯人は何がしたかったんだ？」

折り畳んだブルーシートを脇に抱えて渡り廊下を歩きながら、隣の風戸が首をかしげる。「第七展示室の床は確かにやられたが、それだけってことはあとはブラフか？　毒ガスもネズミも」

「ネットとかでよくある、偽テロ予告みたいな悪戯《いたずら》なのかな」抱えたブルーシートを揺すりあげ、僕も同じように首をかしげるしかない。「でも、それにしては床にペンキをぶちまけたのって、手間がかかりすぎる気もするけど」

「とにかく、第七展示室内の作品の無事も確認しないといけません」先頭を行く川本さんが振り返る。「緑画廊さん、それにお友達の方もありがとうございます。手伝っていただいて」

僕は仕事だし、第七展示室にはうちの商品もある。だが風戸と千坂はただ居合わせただけである。二人に礼を言うと、風戸は「いや、俺もアーティストの端くれだからな」と言って腹筋をぴくぴく動かした。いいかげん前を閉めてはどうか。

後ろからついてきた碇さんは入口のドアから四メートルほど間合いを取ったまま前進しようとしなくなったが、先刻千坂が指摘したこともあり、第七展示室の「毒ガス」に関しては、とりあえず無視してまずは中に入らなければならない。警察沙汰であることは分かっているが、まずは作品に被害がないかどうかを確かめなければ被害届も出しにくい。

第七展示室は学校の教室よりやや狭い程度で、縦横各七メートルほどの正方形の空間だった。ペンキは油性のため乾いておらず、ほぼ床全体に広がっているから、避けて中に入ることはできない。だからせめて足元を汚さないように風戸と二人、ブルーシートを持ってきたのだが。

まず先頭の川本さんが立ち止まった。その背中にぶつかりそうになった僕は彼の視線を追い、川本さんがなぜ呆然《ぼうぜん》として立ちつくしているのかを理解した。

風戸も気付いたらしい。隣で呟《つぶや》く声が聞こえた。「噓《うそ》だろ……?」

僕もそう言いたかった。一番初めに現場を見た時、僕は注意して見て確かめた。その後にも全員で駆けつけて、全員が見ている。第七展示室内の絵には、見て分かるような損傷はなかったはずだ。

それなのに。

入口から七メートルほどむこう、正面の壁にかけてある大作。大薗菊子作の〈エアリアル〉。薄衣《うすぎぬ》を着て背中に羽を生やした少年の妖精たちが手をつないでダンスをする、百二十号の大作である。一見幻想的なモティーフだが妖精たちの羽は昆虫的なリアルさを持ち、それにもかかわらずなんともいえない非現実感と軽やかさがある力作。それが二枚並んでいる。左側は碇画廊の提供した贋作。右が、緑画廊の提供した真作だ。

贋作の方はそのままだった。見る限り、やはり傷一つない。

だが真作の方が、ぼろぼろに破られていた。この距離でもはっきり、というよりひと目で分かる。ある部分は虫が食ったように長い穴が空き、破れて垂れ下がったカンヴァスの裏面が見えている。ある部分は大きく丸く破れ、下地の板目が覗いている。全体もほぼ十字に、四分の一ずつに分割されてしまっているようだった。額縁とアクリルケースに収まっているから辛《かろ》うじて崩落せずに持ちこたえている、という様子である。

……そんな、馬鹿な。

周囲を見回し、他の絵を見る。他の絵はどれも傷一つ見当たらない。正面にある真作の妖精たちだけが、ずたずたに惨殺されているのだ。

「そんな……」

川本さんが踏み出し、びちゃり、とペンキを撥《は》ねさせ、慌てて後退する。僕と風戸は視線を交わし、川本さんに頷きかけて了解をとると、ペンキの海の上にブルーシートを広げた。もっとも一枚あたり二メートル四方しかないから、これだけではまだ絵まで届かない。現場を荒らすのは抵抗があったが、敷いたシートに乗り、もう一枚を向こう側に広げ、そちらに移動したら手前側の一枚を回収してまた前方に広げる、という手のかかるやり方で展示室の奥を目指すしかなかった。

シートが奥まで到達すると川本さんが踏み出し、それでもしっかりハンカチで呼気を押さえつつ壁の絵に近付く。

「どうですかあ」入口の彼方から碇氏が訊いてくる。

川本さんがそちらを振り返る。「贋作の方は大丈夫のようです。真作の方は……」

言うまでもなかった。ぼろぼろだ。僕は川本さんを手伝って絵を降ろし、アクリルケースつきの額縁を外した。その途端、三人の妖精のうち左下の一人がぼろりと剝落した。

慌ててキャッチする。だが、そんなことをしてもどうしようもなかった。

確かに、一昨日搬入したうちの真作だった。これではもう、修復は不可能だ。

額縁の中に一枚、メモ用紙が挟まっていた。川本さんが引っぱり出す。メモ用紙には、ネズミのイラストと共に一言、メッセージが書かれていた。

おいしくいただきました　ネズミより

3

「……親父さんにはつながったか」

「まだ。肝心な時に頼りにならないんだあの人は」

「画廊の人には」

「泉《いずみ》さんがこっちに来てくれるって。あと一時間半くらいかかるらしいけど」

「……そうか」風戸はテーブルに突っ伏した姿勢で腕を伸ばした。別に広背筋のアピールではなく純粋に疲れているのだろう。

「なんだかもう、全然分からないぞ。犯人は何がやりたかったんだ？」

「第七展示室の床にペンキをぶちまけて、貼り紙をして袋に入れたネズミを置いて、それから〈エアリアル〉の真作の方をぼろぼろにしたかったんだ」

「そのままだ」

僕は椅子の背もたれに体重を預ける。デザイン性重視の頼りないカフェの椅子は、あまり体重をかけると崩壊しそうだった。

携帯を出して時計を見ると「9:09」と表示されていた。本館の設営は終わったらしく、作業をしていた人たちが帰っていったため、館内は静かである。カフェはまだ明かりがついているが、いるのは僕たち三人だけだ。

あの後、作品の損傷については菊子先生にも報告した。カフェで休んでいた先生は第七展示室の現場を見ると溜め息をつき、「仕方がないわね」と言ったが、それ以上のコメントはなく、今は夕食のため外している。完成させてすでに売却された作品に対しては大事に思う作者と割合に無関心な作者に分かれる。常に新作に夢中である菊子先生は後者に思えたが、それでもどういう心境なのかは不明で、どう声をかけていいか分からなかった。

川本さんと外出先から戻った館長、それに碇さんは、休みなしで収蔵品のチェックを続けている。展示されている作品に損傷はなかったが、収蔵庫の中のものは全部引っぱり出してみないと分からない。まだ警察には通報していないし、僕たち未成年三人をこの通りカフェに残していても、気にする余裕もないようだ。

「僕は少なくとも泉さんが来るまで残るけど、風戸も千坂も、たぶん帰ってもいいと思うよ。大丈夫？」

「いや、ここで帰れって言われても無理だ。納得がいかん」

風戸はでかい図体で駄々をこねるようにテーブルに突っ伏している。千坂も無言で、カフェに置かれている画集をめくっている。

「……まあ、警察が来るまで、事情聴取のためにはいた方がいいけど。特に僕は」

風戸がテーブルを派手に揺らして体を起こす。「俺たちも同じだろ」

「いや、風戸と千坂は『たまたまいた無関係の人』で済むと思う。でも僕は容疑者になるだろうから」

「またか？」

風戸が言っているのは、昨年、うちの高校で起きた絵画損壊事件についてだろう。そういえば、あの時も僕が容疑者にされたのだった。

「でも、なんでお前が」

「壊されたの、うちの商品だからね。金銭的には損に見えるけど、保険金は入る」テーブルに視線を落とす。自分で言いながら、あまりいい気分ではない。「うちの経営が苦しくて、いつ売れるか分からない美術品を手っ取り早く金銭に換えようとしたんじゃないか、って見るのは、まあ当然だと思う」

千坂は僕をちらりと見たが、何も言わなかった。かわりなのか、風戸が言った。

「それじゃ説明がつかないだろ。それならなんで床にペンキぶちまけたりネズミ置いたりしたんだ？」風戸は太い腕を組む。

「だいたい、それならお前んとこの店に置いてある時にやればいいだろ。なんでわざわざ、容疑者が限定されるこんな状況でやるんだ？」

「だよね」

頷く。そうなのだ。容疑者は限定される。

今のところ、破られていたのは第七展示室にある〈エアリアル〉の真作の方だけで、他の絵は同じ大薗菊子作品を含め、すべて無傷だった。だとすれば、犯人は〈エアリアル〉を狙った、ということになるはずである。

だが、そうだとすると問題が発生する。展覧会の会期は明日からで、〈エアリアル〉が第七展示室に設置されたのは一昨日の夕方なのだ。HP《ホームページ》にはすでに案内が出ているが、携帯で見たところ、どの展示室にどの作品が置いてあるかまでは載せていなかった。それどころか〈エアリアル〉は展示されていることすら告知されていない。第七展示室には半屋外の渡り廊下から外部の人間も出入りできるが、たまたま忍び込んだ誰かが第七展示室に〈エアリアル〉があることを知って犯行を思いつき、ネズミや貼り紙を用意してまたここに舞い戻ってきた、と考えるのは無理がありすぎるだろう。つまり〈エアリアル〉が狙われたとしたら、犯人はそれが第七展示室にあることを知っている関係者に絞られるのだ。該当するのはせいぜいが館長と学芸員の川本さん、それに菊子先生と、菊子先生に昨日挨拶をしたという碇さん、あとは僕ぐらいなのである。バイトの人たちは一昨日以前から作業に入っているが、川本さんの話によれば、彼らはほぼ全員が一緒に行動していて、一人だけいなくなったりはしていないそうである。同様に館長の方も別の仕事の打ち合わせだったらしく、不在がはっきりしている。

そうすると、一番の被害者であるはずの川本さんや菊子先生を入れても容疑者はたったの四人になる。そしてまず動機があるのが僕、ということになってしまう。これは困る。たとえ高校生でも、ここには一応「緑画廊の人間」として来ているのだ。うちの信用に関わる。

だが、問題の中心はそんなことではなかった。見る限り、これはいわゆる不可能犯罪なのだ。

第七展示室は小さな建物だ。人が隠れられるような場所はない。入口は僕たちが出入りしたあの一ヵ所だけで、あとはせいぜい天井付近に空調設備の隙間があるに過ぎず、これはどうやっても人が出入りできる幅はない。美術館の展示室であるから直射日光は大敵で、当然、窓などもない。そして。

「……床にはペンキが撒《ま》かれてたはずだ。絵が壊されたのはペンキが撒かれた後だから、犯人は床一面ペンキの海になっている第七展示室の奥まで行って、額縁から絵を外して、壊して、また額縁に戻して、戻ってこなきゃいけない」

口に出して確認する。間違いがないはずだった。風戸も頷く。だが。

「……なのに、床一面のペンキの海にはどこにも人が通った跡がなかった。足跡はもちろん、例えば何か細い車輪みたいなものが通っても、何らかの跡が必ず残るはずなんだ。それなのに、ペンキはどこも、撒かれたそのままの状態だった」

一体、どういうことなのだろう。犯人は、床に全く触れずに絵まで到達し、そこで犯行のための作業をし、また床に全く触れずに戻ってきた、ということになってしまう。そんなわけがない。それこそ空を飛ぶ妖精《エアリアル》か何かでない限りは。

「……座っててもしょうがないか」僕は立ち上がった。

「ん、飯でも買ってくるか？　腹減ったよな」

「いや、勝手に出ていくわけにもいかないし。……確かに腹、減ったけど」

「食い物欲しいよな。俺も今は粉のやつしかない」

「プロテインかよ」主食なのか。

千坂は、と声をかけるが、彼女はちょっと顔を上げて首を振っただけで、また画集に戻ってしまう。僕は渡り廊下を見た。

「もう一度、現場見てくるよ。それから収蔵庫に行って、川本さんたちに声かけてから外、出よう」

「よし」風戸も立ち上がった。義理もないのにつきあってくれるいいやつだ。

現場に行くけど、と言ったら、千坂も今度は立ち上がったが、なぜか大判の画集を開いたままである。あの重いのを持っていくつもりなのだろうか。

空調がずっと利いているせいか、最初かなり刺激的だった揮発性の臭いも、今はだいぶ収まっている。明かりも点《つ》いたままだが、周囲が暗くなったことで、第七展示室の空気はなんとなく静かである。正面には壊された〈エアリアル〉が額に戻され、贋作と並んでかけられている。隣にもうひと組の大作があり、左右の壁には四組八点ずつ、真作と贋作・複製画が並んでいる。贋作や複製画といっても外見はいずれも真作そっくりなので、同じ絵が二枚ずつ並んでいるように見える。考えてみれば奇妙な光景だった。川本さんもそれを狙ったのだろうか。

床は少しぐらい乾いているかと思ったが、相変わらず絶望的に濡《ぬ》れたままだった。シートを動かした跡がはっきりこすれて残っている。そのシートは入口付近に戻っているが、これを使ってまた奥まで入るのはやめた方がいいだろう。必要もないのに勝手に現場を荒らすことになってしまう。

「……マジで、なんでこんなことしたんだ？　普通に絵を破るだけじゃ駄目だったのか」風戸の声が展示室の空間に反響する。

「ていうか、どうやったんだ？　ペンキのついてないとこを伝ってむこうまで行ったのか」

「ある？　そういうところ」

「ないな」

自分で言いながら、風戸も分かっているようだった。確かに床にはところどころ、ペンキのついていない白い部分があるにはあるが、一つ一つがあまりに小さすぎるし、離れすぎている。竹馬状のものを使ってその部分だけを伝って歩くとか、細い支柱を立てて空中に足場を作るとかいった方法は非現実的だ。

「……じゃあ、あっちの壁まで一気にジャンプしたのか」

「風戸、できる？　七メートルくらいだけど」

「無理だ。俺はウェイトがありすぎるからな」風戸は大胸筋を強調するポーズをとった。「それに俺の筋肉は観賞するためのもので、実用向きじゃない」

「……それは前にも聞いたけど」

無論、走り幅跳びでなんとかなるようなものではない。ペンキの海は床一面、つまり絵の真下にも広がっているからだ。犯人はただ絵の近くまで行けばいいのではなく、行って犯行をして戻ってくるまでの間、一度も床に触れてはならないのだ。

「なあ、今、思いついたんだが」風戸がポーズを解いて言った。「壁に足場を作るってのはどうだ？　足場を作りながら壁をぐるっと回って絵のところまで行って、帰りは足場を取り外しながら戻ってくる」

「無理だと思う。壁にはどこにも細工された跡がなかったし」

確かに犯人には時間があった。菊子先生はここを出てから優に一時間、僕とカフェにいたし、昨日から休憩のたびにそのパターンだったから、中に籠もっていた先生以外の誰でも、先生の行動を読んで第七展示室に侵入し、ペンキをぶちまける時間がある。そしてペンキを発見した後はすぐ、ネズミ騒動で全員がばたばたしていた。あの間は誰がどこにいたかなど確かめていないから、本館から遠いここなら、こっそり入って絵を壊す時間は充分にあったし、かなり大がかりな細工もできただろう。それでも分からないのだ。一体どんな方法があるのだろうか。

強力な磁石を使ってはどうだろうか、と考えてみた。強力な磁石を壁の内側と外側に貼りつけ、その上に足場を載せれば、壁には何も痕跡が残らないのではないだろうか。

だが、これも無理そうだった。人が乗れるほどの足場を作るためには、相当強力に磁石が壁に押しつけられていなければならない。ここの壁は板だ。それだけの力で押しつけられればやはり跡が残ってしまう。

腕を組む。隣の風戸もわざとなのかどうなのか、上半身だけロダンの〈考える人〉のポーズを真似《まね》て悩んでいる。(8) 反対側の千坂は、大判の画集を開いて見ている。もはやなぜついてきたのか分からないが、相当重いはずなのに立ったまま開いていて腕が疲れないのだろうか。

しかしこの分では横の二人を当てにはできない。僕はまた息を止めて思考する。ペンキは明らかに適当に撒かれている。狙ってこぼしたような飛び散り方ではないし、ペンキが何重にも重ねられているような場所はない。つまり、足跡をつけて通った後、その部分に上からペンキを撒き直した——という方法でもないのだ。

正面の壁の〈エアリアル〉を見る。たった七メートルやそこらの距離だ。だがそれが月より遠い。

「ドローン……」

風戸が口を開いたが、呟きはそこで途切れて展示室の空間に消えた。

言おうとしたことは分かる。ドローンのような何かをむこうまで飛ばして絵を壊す

(8) 通説によれば彼は『神曲』の主人公ダンテであり、足下に広がる恐ろしい地獄の門を見つめている場面だという。トイレだと思っている人が多いが違う。ちなみに鋳造品のため「オリジナル」が複数あり、国立西洋美術館や京都国立博物館にあるものもれっきとしたオリジナルである。

か、取り外してここまで持ってくることはできないか、という意味だろう。それも無理なのだ。絵はかなりの力で壊されていたし、そもそも壁から額縁を外すにもまたかけ直すにも、重い額縁を支えながらの微妙な操作が要求される。人の手でなければ絶対に無理なのだ。

僕はまっすぐ手を伸ばしてみる。ここから何かを飛ばしても、アクリルケースの中の絵は破れない。だがあるいは、そう。たとえば糸などを仕掛けておくのはどうだろうか。ペンキを撒く前に、額縁の中に細いワイヤーのようなものを入れ、その先端をこのあたりまで這わせておく。そしてペンキを撒いた後、それを引っぱれば、絵を壊せるのではないか。

この思いつきは一瞬、僕を前のめりにさせた。だが、それも本当に一瞬だった。あの絵は明らかに、一度額縁とアクリルケースから出されて壊された後、元に戻されている。メモ用紙だって入れられていた。遠隔操作でなんとかできる壊し方ではない。溜め息が出る。これだけ考えても何も浮かばない。では本当に犯人はネズミとか妖精なのではないか。

だが、隣の千坂を見ると、彼女はなぜか、部屋の右側に展示された肖像画をじっと見ていた。

「千坂……」あの絵は傷つけられてはいないはずだが、何か気になるのだろうか。

と思ったら、千坂はいきなり屈《かが》みこむと、靴を脱ぎ始めた。

「おい」

言う間に靴下も脱いでしまう。まさか、と思ったが、裸足になった彼女は、無造作にペンキの海の中に踏み出した。ぴたり、と音が鳴って水色が飛び散り、彼女の足首に撥ね跡をつける。

「おいおい。おいおいおぃ」

風戸も慌てるが、追って飛び込むことはできない。千坂はどんどん歩いていってしまう。

「千坂、汚れる汚れる」

僕は焦って手を伸ばすが、彼女はこちらを見て首をかしげただけだった。何が問題なのか、と言わんばかりである。やっぱり彼女は変わっている。

千坂はまっすぐに右側の肖像画に近付く。そこで彼女の様子が変わった。至近距離でその絵を見た途端、彼女は何か気付いたように目を見開いた。

彼女が見ている絵は上岡喜三郎《うえおかきさぶろう》という画家のもので、あちら側のものはたしか真作だった。タイトルは〈富子《とみこ》・六月〉で、画家が縁側に座る妻を描いた作品だ。愛妻家で知られ、「僕が画家になれたのは、地上で最も美しい女性を妻に持てたからです」という台詞《せりふ》を残している上岡喜三郎の作品の中では、愛妻を描いた〈富子〉シリーズは最も人気のあるものである。だが、それは事件とは関係ないことのはずだった。

「千坂……」

ためしに呼んでみると、千坂はこちらをくるりと向き、また無表情になってぴちゃぴちゃとペンキを踏みながら戻ってきた。

「千坂、待った。そっと歩いてそっと。スカートに撥ねてる」

「おいおい。どうすんだこれ」

僕と風戸は慌てるが、千坂は平然としていた。やっぱり彼女は変だ。それに放っておけない。

裸足というのは艶《なまめ》かしい。水着とかパジャマとか、裸足でいてしかるべき服装ではなく、制服のスカートから伸びる足が裸足、というのはやはり非日常感があり、それがどうにも、分かりやすく艶かしい。ましてや千坂桜の、飾り気のないプリーツスカートから伸びた白い足。そのふくらはぎに撥ねた一滴の水色。踵《かかと》を染める緑。指先のピンク。露骨過ぎて下品にしかならないほど直截《ちょくせつ》なエロティシズムだと思う。本来ならば。

……そのはずなのだが、どうも何か幼児の世話をしているというか、もっと単純に「犬を洗っている」ような気分になってきている。まあ風戸も一緒だし、興奮したらまずいのだが。

「……あー、動かないで、まだこっち落ちてない」

「どうする。お湯持ってきてみるか？」

「いや、まだいいや。……千坂、大丈夫？　痛くない？　けっこう大胆にシンナーつけまくっちゃってるけど」

ビニールシートに座らせた千坂の足をごしごし拭いている。何だこの状況は。

どうも現場を見て何かに気付いたらしく、千坂はペンキの海をばちゃばちゃ歩いて戻ってくると、そのまま靴下を履き直そうとした。当然、この足で靴下を履いたら靴下が台無しになるどころか、靴の内側まで極彩色になってしまう。まったく何を考えているのかと思うが、どうやら彼女は「靴下も靴も後で洗えばいい」と思っていたようである。千坂桜は時折こうして、一部分だけ幼児のように常識が抜け落ちているところがあるのだ。僕は慌てて彼女を押しとどめ、制作中のイーゼルの横に置いてあったラッカーシンナーと雑巾を取ってこさせると、無表情のままきょとんとしている彼女の足を掃除するはめになった。いや、もちろん最初は自分でやらせようとしたのだが、千坂はどうも何かに気付いたらしく、心ここにあらずという様子で手がなかなか動かないどころか、なぜか持ってきた画集を膝に載せて開いたりしている。「ほらこれつけて。画集はいいから拭いて」とか言いながらやっているうちにだんだん親戚の子の面倒を見ている気分になってきて、結局途中からもう僕が拭いている。ヴィーナスの誕生[9]、水浴するバテシバ[10]、オダリスク[11]にオランピア[12]。女性の脚線美はしばしば理想化されて絵画に登場するが、現実の足相手に今こうしていても美とかエロティシズムは隅の方でおとなしくしていて出てくる気配がない。ラッカーシンナーの醸し出す業務臭のせいだと思う。

「はい右足終わり。あ、これもう駄目だね。風戸、布まだあったっけ?」

「お、おう」横で見ているだけの風戸の方が照れている。「緑川、オカンだなお前」

「う。いや……」

当の千坂はというと、マッサージでもされている気分なのか、壁に背を預けてなんと寝ている。だが慣れているので僕はそう驚かない。どこでも寝るのだ。美術室で寝ていることもあるし、そういえば初めて会った時も昇降口の簀《すのこ》の上で寝ていた。寝顔は綺麗なのだが、膝の上に画集を広げたままなので遊んでいてそのまま寝落ちした子供そのものである。

あとは左足にうっすら残ったライトグリーンをなんとかすれば、と思ったところで、千坂は目許を袖でごしごし拭いながら目覚めた。足を拭いている僕を見てなぜか今更照れたように俯《うつむ》く。遅いよ、と思うがそうされるとこちらも照れる。

だが、照れ隠しなのか膝の上の画集のページをめくっていた千坂の手がぴたりと止まった。どうしたのだろうと思って窺うと、彼女の視線は見開きで大きく載っている一枚の図版にぴたりと張りついている。

「……それ、どうかしたの？」

千坂は顔を上げて小さく呟く。「……この絵」

(9) 貝殻の上に立っているボッティチェリのやつが有名。ちなみにあの絵、立つ位置に無理があるため、あのヴィーナスは一瞬後に貝殻がひっくり返ってすっ転んでいるはずである。

(10) 今よりずっとエロに厳しかった昔は、絵画も「宗教画にかこつけてエロをやる」ものが多い。そのため旧約聖書の数少ないエロ要素と言っていいこのシーンはよく描かれる。

(11) トルコのハーレムに仕える女奴隷のこと。東洋趣味＋エロというおいしい題材のため、よく描かれた。背中の長ーいアングルの〈グランド・オダリスク〉が有名。

(12) 十九世紀のフランスでは「娼婦」を指す単語だった。作品名としては、黒人奴隷を従えて白い寝台に横たわる、マネ作の例のやつ。

図版を覗く。「……ジャクソン・ポロックの〈カット・アウト〉だね。アクション・ペインティングって言って、カンヴァスにじゃなく、床に置いた……」

「トリック」千坂が続けて言う。「これだと思う」

彼女の言葉を頭の中で反芻《はんすう》する。〈カット・アウト〉。つまり……。

あ、と声が出そうになった。瞬間的に頭の中で配線がつながる。「まさか……」

「全員が犯行可能」千坂は図版を見たまま言う。「でも、犯人は」

千坂からいくつかの言葉を聞いただけで、僕にも真相が分かった。考えてみれば、最初の時点で犯人は明らかだったのだ。僕は一番初めに現場を見た時に分かっていなければならなかった。

だがそれを言葉にしようと口を開きかけたところで、後ろから足音がした。

「うわっ、どうしたんですか一体」

振り返ると、川本さんと碇さんが来ていた。千坂がさっと足を引っ込めて膝を抱える。僕も焦った。裸足の千坂も変だが、現場を勝手に荒らしてしまったのだ。怒られるに決まっている。

だが怒声より先に飛んできたのは、菊子先生の「あらあ」という感嘆の声だった。小柄なので川本さんの後ろに隠れていたのだが、先生は目を輝かせていた。「礼君。何よあなた、そんないいことして」

「いえ」他人の足の掃除は「いいこと」なのだろうか。

しかし先生は楽しげに頷いている。「たまにはこういう、ストレートにいやらしいのもいいわね。うん」

「いえ」ストレートにいやらしいと言われた。

「ちょっと礼君。今の構図もう一度やってくれる？　もっとふくらはぎを愛でる感じで」

「いえ、そんな」愛でていたわけではない。そのへんは触れてもいない。千坂も顔を赤くして縮こまっている。

「ほら貴女もさっきみたいに脚出して。モデル料は出すわよ。ねえ川本さん。鉛筆とスケッチブックを」

「はあ。しかし先生、未成年ですが」

さすがに川本さんも困惑している。が、どうも興が乗ってしまったらしい菊子先生は楽しげに僕を促す。「礼君。あなたはそうね。さっきよりもっと脚を崇拝して」

「崇拝？」そういえばこの人はエロも大好きなジャンルだったなと思い出す。

「しかし緑川。お前大薗菊子の絵のモデルになれるぞ。有名に──」

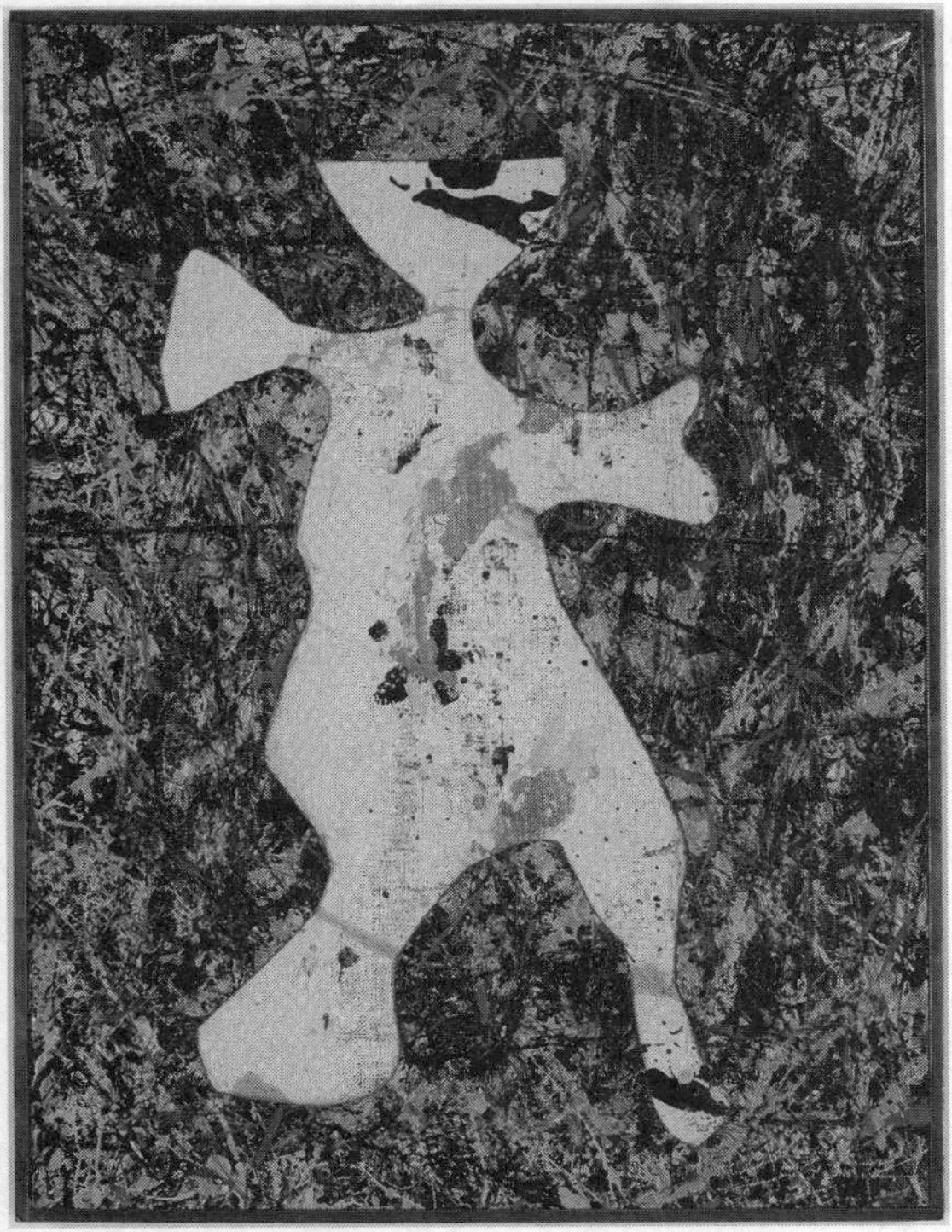

ジャクソン・ポロック〈カット・アウト〉
“Cut Out” Jackson Pollock
1948-58年　油彩、エナメル塗料、アルミニウム塗料など
厚紙、カンヴァス、ファイバーボード
77.0cm×56.8cm
大原美術館所蔵

「この構図で有名になるの嫌だよ」スキャンダルになるではないか。

「あの」

いつになく大きな千坂の声が響き、僕たちは沈黙した。千坂の声の残響が、わぁん、と第七展示室の玄関室に響く。

千坂は膝の間に顔をうずめたままだったが、声ははっきりと出して言った。

「犯人、分かりました。動機も。トリックも」

4

半ばは恥ずかしいことで盛り上がっている周囲の空気を一掃しようと思ったのもあるらしく、裸足の千坂は勢いよく立ち上がり、背筋を伸ばして皆を見回した。「解決しました」

最も「関係者」の要素が薄い高校生からその言葉が出るとは思っていなかったのだろう。川本さんと碇さんは顔を見合わせ、どんな表情をすればよいか分からない、という具合で困惑している。

千坂はいつもの冷静さを取り戻したようで、声のトーンが落ち着いたものに戻った。

「この第七展示室にはペンキが撒いてありました。誰かが通った跡はありませんでした。奥の絵が壊されていました。他の作品は壊されていませんでした。ネズミが置いてありました。ネズミの袋の中にメモ用紙が入れてありました。貼り紙がしてありました。それが、なぜなのか」

一気に喋ったこともあって、川本さんたちはついていくのが大変らしい。戸惑ったように、「ああ」「はい」などと、なぜか改まって応じる。

「剝離による再構成です」

千坂はそれだけ言った。

当然その後も言葉が続くだろうと思っていたようで、川本さんたちは動きを止めて沈黙している。だがその沈黙が七秒、八秒と続くうち、川本さんたちの顔に戸惑いの色が生まれた。当然だろう。千坂はこれで説明を済ませたつもりらしいが、あれだけ「なぜ」を並べておいてその解答がこの一言だけというのは、どうみてもバランス的におかしい。僕は助け船を出すことにした。

「ええと、〈エアリアル〉の真作が壊されていたわけです。それも悪戯書き程度ではなく、完全に修復不能になるまで。だとするとたとえば犯人は真作を所有する緑画廊の僕で、目的は美術品保険金ではないか、という推理が成り立ちます。あるいは菊子先生のいわゆるアンチがどこかに紛れていて、目的は嫌がらせ」菊子先生を見る。この人のエキセントリックな性格を見るに、その可能性は充分あった。「……でなければ犯人は碇さん」

「は？」碇さんはヤンキーめいた反応をした。「なんで俺なんだよ」

「〈エアリアル〉の贋作の所有者だからです」碇さんを見る。「贋作、というか複製を所有している人には、真作を損壊する動機があります。真作が失われれば、複製画の価格が上がりますから」

「おい」

眉間に皺《しわ》を寄せる碇さんに謝る。「いえ、すいません。ただの仮定です。実際はたぶん、違います」

「当然だ。うちはヤクザじゃねえ」

ヤクザっぽい声で言うのもどうかと思うが、疑われて不本意なのは分かる。ひとくちに「画廊」と言っても現実には「まっとうな画廊」と「そうでない画廊」があり、後者の方は街頭で捕まえたカモに巧みにセールストークを仕掛け、二束三文の複製を高額のローンで買わせたりするのだ⑬。そういう奴らがいるせいでまっとうな画廊も胡《う》散臭《さん》い目で見られたりする。

「そういった動機を考えたんですけど。……だとすると、おかしな点が」指を折って数える。「八つほどあるんです」

「そんなにあるのかよ」なぜか反応したのは風戸である。

「うん」もう一度指を折って確認する。「うちいくつかは最初からはっきりしていた点です。なぜ犯人はネズミの入った袋を置き、なぜ『只今全館でネズミ放流中』というメモを残したのか」

川本さんと碇さんが顔を見合わせる。千坂はさっさと半歩下がってしまっているが、僕もどうやら頭の中が整理されてきたので、あとの説明もできそうである。

「この二つは結果を見れば分かります。ネズミを発見した結果、僕たちは慌てて本館に戻り、手分けして収蔵作品のチェックをしなければならなくなりました。その間に犯人はペンキを越えて絵を破壊する時間を得ました」

「時間、って、ちょっと待て」碇さんが口を挟んでくる。「第七展示室は入《こ》ろうと思えば外から入れるだろう。どこかのバカが外から来て、悪戯して逃げたんじゃないのか」

「それだと、なぜ犯人は〈エアリアル〉の真作だけに手を出したのか、という第三の不審点に説明がつかなくなりませんか？　犯人はネズミも貼り紙もメモ用紙も準備して、明らかに狙って犯行をしています。ですが、〈エアリアル〉が第七展示室に設置されたのは一昨日からですし、そのことを知っていた人間は、関係者だけですよ」

　川本さんが何か言いかけ、遠慮したように口を閉じた。

　この人が言いかけたことはたぶんこれだろう。僕は続けて言う。

「ネズミを置くことで僕たちの行動をコントロールする、というのは、ネズミが美術品の大敵である、ということを知っていなければ思いつきません。それに、そもそもそうやって犯行のチャンスを作る必要があるということは、犯人は一昨日以降御子《こ》柴現代美術館にいて、僕たちと一緒に行動していた人間のうちの誰かなんです」

碇さんを見て言う。「それに、わざわざネズミや貼り紙などを用意していたほど周到な犯人が、現場にペンキを撒く、なんていう時間も手間もかかるリスクの大きな行為を、その場のノリでやるとは思えません。だとすれば犯人は、第七展示室にペンキが置かれていることも知っていて、それも計算のうちだったんです。たぶん犯人は先生

（13）美術品詐欺。ひどいのになると複製画どころか「印刷」した紙を数百万円で売りつけたりする。一時期、クリスチャン・ラッセンの作品でこれをやる手口が急増した。ラッセン作品のキャッチーさゆえだろうか。

だと思います」

が制作を始めた一昨日あたりに計画を思いついて、すぐに必要なものを買い揃えたん

さすがに反論を封じられたらしく、碇さんは沈黙し、かわりに皆を窺うように視線を走らせた。他の人から異論が出ないことと、千坂がすっかり僕に任せる様子で引っ込んでしまっていることを確認し、僕は続きを言う。

「ただし、僕たちのうちの誰かが犯人だとしても、今度はその方法が問題になります。見ての通り、僕たちがペンキが撒かれているのを最初に見つけた時は、絵は無事でした。破壊されたのはネズミの騒動の後です。なのに、ペンキには何かが通った跡が全然ない」

背後の展示室を指さす。皆の視線が僕の肩越しに展示室の床に注がれているのが分かる。

「おそらく四つ目の、つまり、なぜペンキを撒いたのか、という不審点の理由はこれでしょう。これ、いわゆるミステリで言う密室で、不可能犯罪ですよね？　そうなれば、そこを解かない限り容疑者をそうそう特定できませんから」

大人たち相手に演説をぶつのも慣れてきたな、と思う。そういえば昨年も学校でこういうことをしたのだった。

「そもそも、一番不思議なのがこの点でした。犯人はどうやって、一切跡をつけずに〈エアリアル〉を壊したのでしょうか」

僕は続けて、さっき考えたいくつかの可能性を説明した。途中、とりわけ碇さんなどが「じゃあこれはどうだ」と提案したそうな顔をしたが、どうやら僕の説明に漏れはなかったようで、最後には、ふむ、と頷くだけになった。

「……しかし、それじゃどうやっても駄目じゃないか」

「それを、千坂が教えてくれたんです」後ろの彼女を指さす。「そのヒントが、五番目の不審点です。これだけ好き勝手にペンキを撒いているように見えるのに、なぜ壁には一切ペンキがついていないのか。普通、これだけやれば壁の下の方も少しは汚れますよね？」

最初はそれを、「他の展示品を傷つけないため」だと思っていた。だが、展示されている他の絵は高さ一メートル数十センチの位置にあるのに、壁は下の方にも一切ペンキがついていないのだ。それを考えれば理由はそれだけではない。

「ジャクソン・ポロックが、その答えに気付かせてくれました」

床に置かれている画集を取り、ページを開く。ジャクソン・ポロックの〈カット・アウト〉は、二十世紀抽象絵画の傑作だ。ポロックは「絵画はイーゼルに立てたカンヴァスに絵の具を塗るもの」という当時の常識を覆し、巨大なカンヴァスを床に置き、その周囲を歩き回りながら刷毛《はけ》などを使って「塗料を垂らす」という方法で、ダイナミックな躍動感のある形を描き出した。唯一無二の抽象画であるそれは「カオスだ」という批判を受ける一方で高い評価も得、以後、「描く」という行為そのものを作品と考える「アクション・ペインティング」の流れにつながっていく[14]。

ポロックの〈カット・アウト〉は、アクション・ペインティングの一つの発展形だった。前述の方法で描いた作品を今度は勢いよくカッターで切り取り、一部を空白にするのである。切り取った一部の方も別のカンヴァスに貼り、ワンセットの作品になる。

「簡単に言うと、この現場は〈カット・アウト〉だったんです」

僕は頭の中で犯人の姿を思い浮かべる。けっこうな重労働だが時間的余裕はあるし、何も一人で全部やる必要はない。外部からアシスタントを呼んだのかもしれなかった。

「手順的に言うと、まず犯人は、現場である第七展示室の床一面に、薄くて見えにくい透明のシートを張ります。こうしたものを張ると床に光沢が出て気付かれる可能性もありますが、現場の床がもともと光沢のある白のタイルだったことは、犯人にとって好都合だったと思われます」あるいは、それゆえにこのトリックを思いついたのかもしれない。「それからその上にペンキを撒きます。僕がまず発見したのはこの状態でした」

その時のことを思い出す。僕はだいぶ慌てていた。作品の安否を気遣うのがやっとで、足元のネズミすら見落としていたほどだ。

「第六の不審点……つまり、『毒ガス発生中』の貼り紙の答えもこれです。もともと揮発性の臭いがあるところにあれを貼れば、僕は部屋の中には踏み込まない。少なくとも床に顔を近付けてみようとはしません。つまり、こうすれば、近くでよく観察したり床に触れられたりして、シートが張られていることがばれるのを防げるわけです。……その後みなさんが現場を見て、ネズミが発見され、僕たちは現場から離れて館内に散ります」

川本さんも碇さんも、事件発生時のことを思い出しているのか、それぞれに頷いている。

(14) つながりすぎたのか、現在ではゲロで絵を描く人もいる（※ミリー・ブラウン。絶食して胃を空にした後絵の具を飲み、「胃の中で配合して」カンヴァスに嘔吐《おうと》することで絵を描く）。

「その間に犯人は、用意していた新聞紙などで大まかにペンキを吸い取った上で、シートを剝がします。つまり、マスキングテープと同じなんです。シートを剝がせば、床はまた白い状態に戻りますから。……犯人は剝がしたシートと新聞紙を処分すると、綺麗な状態に戻った床の上を歩いて普通に絵を壊し、メモ用紙を入れ、その後、再び床にペンキを撒きます。僕たちが二度目に見た現場は、この状態だったんです」

もちろんこの方法を使えば、最初の時と二度目の時で床の模様が変わっていることになる。だが抽象的なパターンに対して人間がぼんやりとした判断しかできなくなることは、以前ニューヨーク近代美術館で、某画家の抽象画が上下逆さまのまま展示されていた、という事件があったことからも明らかである[15]。仮に違和感を覚えたとしても、こんな可能性までは誰も考えないだろう。

「つまり、第五の不審点の答えはこれなんです。壁にまでペンキをつけてしまったら、一度剝がした時にそこで模様が途切れて、ペンキを『撒き直した』ことがばれてしまう。だから犯人は、壁には一切ペンキをつけないように気をつけていたんです」

皆、沈黙している。以前の事件のことが頭にあるのか、風戸は誰かが急に逃げ出したりしないように監視しているふうでもあったが、おそらく犯人が動かないことは分かっていた。

「ですが、ここまでの話からは第七の不審点が出てきます。今回の犯行はそもそも、菊子先生が油性のペンキを使っていなければ成立しないからです。水性のペンキだと一時間もあれば乾いてしまいますから、たとえばドライヤーなどで乾かせば誰でも絵のところまで足跡をつけずに行けることになり、不可能犯罪が成立しなくなってしまいます。……ですが、通常、油性のペンキは扱いが難しく、わざわざ画材に使われる確率は水性よりずっと低いものです。どうして今回、都合よく現場で菊子先生が油性のペンキを使っていたのでしょうか？」

僕が言うと、皆の視線が菊子先生に集まった。

先生は堂々と胸を張っていた。

「もちろん、ただ単に偶然、先生が油性を使っていたから犯人がトリックを思いついたのかもしれません。ですが、そこまでいくとさすがに都合がよすぎる気がしませんか？」

僕は犯人をまっすぐに見て、言った。「大薗菊子先生」

(15) マティスの「船」という作品が四十七日間も逆さまのままだったらしい。これをもって「ホラ芸術なんてインチキじゃ！」と鬼の首を取ったように言う人もいるが、別にそういうわけでもない。優れた抽象画は、上下逆にしてもそんなにインパクトが損なわれないのである。

先生は背筋をぴんと伸ばして、僕の視線を真っ正面から受け止めている。それで分かった。この人はもう、自分が犯人であることを隠す気はないらしい。

「……私が犯人だ、って言いたいわけね？」

「はい」はっきりと頷く。「この点は、最初に現場を見た時から気付いていなければいけませんでした。……犯人があれだけペンキを撒くとすれば、手とか服のどこかにペンキがつく可能性が大きいです。もしそれが見つかってしまえば……いえ、後で警察が来て着衣を鑑定すれば、確実に犯人が分かってしまいます。それなのにわざわざペンキを撒く、なんて手段を使おうと考えるのは、もしペンキがついていても言い訳ができる人間――つまり、元からペンキを使っていたあなたしかいないじゃないですか」

警察だって、犯行の内容を見ればまずそこをチェックしようとするだろう。

「だから、八つ目の不審点についてはあなたに直接訊きたいんです」僕は言った。「なぜ〈エアリアル〉の真作を今、壊したんですか？　現場に入れる人間が限定されている今より、誰でも現場に入れる会期中の方が、容疑者が特定されずに済むじゃないですか」

菊子先生はそれを聞くと、ふふん、と嬉しそうに微笑んだ。「名探偵ね。緑画廊さん」

「いえ……これ、推理したのは千坂です」

「そう」先生は千坂を見る。「……じゃあ、貴女はもう分かっているかしらね。〈真贋展〉が始まってしまってからでは遅かったのよ」

千坂は頷くでも訝るでもなく、無言で先生を見ている。

「先生。では、本当に……」川本さんが呟く。

「あなたには悪いけど、〈エアリアル〉の二枚、あんな形で展示してもらいたくなかったのよ」

先生が言うと、川本さんは視線をちらちらとさ迷わせる。「いえ、しかし。企画の趣旨には御賛同いただけたのかと」

「賛同してたわ。私の真作の横に並ぶのが、あの贋作だなんて知らなかったんだもの」

「それは。しかしなぜ……」

「あなたも学芸員なら、見て分かるでしょう。あの二枚を並べれば、どう見ても贋作の方がいい絵じゃない」

川本さんが沈黙する。

「それを『どちらが真作でしょう？』なんて言って並べられたら、みんなあっちが真作だって答えるに決まってるわ。……私にとってはいい恥さらしよ。冗談じゃない」

先生は腰に手を当てて溜め息をついてみせる。言葉とは裏腹に、先生の気持ちはさっぱりしているようだ。「だからナシにしたのよ。もうあっちが真作でいいわ。必要ならサイン入れましょうか」

皆が呆気に取られる中で、千坂だけが先生をじっと見ていた。

結局、事件は「大薗菊子の奇行」ということで決着した。警察に通報されることはなく、川本さんとしては不本意だっただろうが、〈真贋展〉は第七展示室を閉鎖した上で開催された。

あの時、自白した先生に対してその場の全員が言いたかったであろうことがある。先生はああ言っていたが、〈エアリアル〉の真作と贋作の差は非常に微妙なものであり、あの二枚を見て「贋作の方が明らかにいい」と感じる人はまずいない、ということである。

もっとも、そのあたりは作者にしか分からないことなのかもしれない、と皆なんとなく納得してしまった。先生の「奇行」についてはむしろ、大薗菊子の天才性に花を添えるエピソードとして以後、美術関係者の間で囁《ささや》かれることになるだろう。先生の死後にはWikipediaの「大薗菊子」のページにでも載るかもしれない。

先生からは「奇行」のお詫《わ》びとして、自宅に所蔵していた他の作品が御子柴現代美術館に寄贈された。被害者である緑画廊に対しても後日、相当の作品を寄贈する、ということで、数日後、僕は先生に呼ばれて御自宅を訪問することになった。

僕はそれをいい機会だと思った。事件の時に指摘しなかった九つ目の不審点について、先生に確かめなければならなかったからだ。

5

菊子先生の御自宅は「大薗邸」と表現するべき立派な建物だった。それほど広くはないが西洋風のガーデンがあり、バラを始めとする植物は二人の庭師が常時手入れしているというだけあり、絵本の中のような風景が目の前に広がっている。天気もよく、暖かな午後の日差しの中を空高く飛ぶヒバリがさえずっている。

ガーデンテラスの白いテーブルで、菊子先生はティーカップを傾けて微笑む。

「やっぱりあなたの淹れてくれるお茶は美味《お い》しいわ。毎日来てくれればいいのに」

「ありがとうございます」菊子先生の希望で台所を借りたが、お手伝いさんの視線が気になる。「……まあその、学生ですので」

来れば絶対口説かれるしなあ、と思うがそれは顔に出せない。「でも、本当にいいんですか。なんだか〈エアリアル〉以上のものを頂いてしまっている気がするんですが」

「いいのよ。見飽きたから。……それに、あなたには迷惑をかけたしね」

先生は室内に置かれた絵の包みを一瞥《いちべつ》し、本当に未練のない様子で言う。「……あなたが疑われないだろうと思ったのだけど、まさかあなたが解いちゃうなんてね」

「千坂です。解いたのは」

「そう。あの子」先生はカップを置いて身を乗り出す。「あの子、ちゃんと描いてる？　スケッチしか見せてもらってないけど、たぶん素材よ、あの子。ちゃんと捕まえて、描かせなきゃ駄目よ？　まあ、放っといても描くでしょうけど」

「はい。まさにその通りです」

どうも先生は千坂を気に入ったらしく、事件後、彼女のスケッチブックを全部見て、ああでもないこうでもないと色々指摘していた。千坂にとってはこんな大作家から意見を聞くことはもちろん初めてであり、だいぶ参考になったようである。

その一方で、どうしても僕は寂しく感じてしまう。千坂がもう僕のアドヴァイスを必要とするような段階ではなくなった、ということもある。だがそれ以上に、こうして話せば話すほど、先生が僕をあくまで「画商」として扱い、僕のスケッチに対しては一片の関心も寄せていない、というのが、はっきりと分かるからである。

もちろん先生だって僕の、スケッチではなくちゃんとした油彩を見れば驚くかもしれない。だが、先生と千坂があっという間に通じあったあの波長を、僕は全く受信できていない。これが「持っている」普通でない人間と、普通の人間の違いなのだろうか。

だが、と思う。僕は口を開く。「……もう一つ、伺いたいことがあったんです」

先生は僕の雰囲気が変わったのを見て取ったか、低い声になった。「何かしら？」

「どうしてあの事件を起こしたんですか？」

沈黙の時間ができた。真上からヒバリの声が聞こえてくる。

「……それは、この間、言ったでしょう」

「いえ、あれ、違うと思うんです。……というか、あれ以外にもう一つ、別の動機があったんじゃないかと」僕はカップを取るか取らないか迷い、結局やめた。「川本さんも碇さんも、みなさん納得していました。先生には普通の人にはない感覚があるから、そういう動機もありうるだろう――そう考えて納得したんだと思います。僕もあの時は納得していました。否定されるかもしれませんけど、僕たちから見れば大薗菊子《あなた》は天才で、常人の理解の及ばない世界に生きる方ですから」

「……そんなことはないわ」先生には、喜んだ様子も気分を害した様子も見えない。「まあ、奇人変人で通っているのだけどね」

僕も頷く。「でも、よく考えてみれば変です。〈エアリアル〉の二枚が並ぶのが嫌なら、単に出品を撤回すればいいじゃないですか。あなたの立場ならそれが可能です」

「それはちょっとねえ。川本さんにはこれでも世話になってるのよ」

僕は先生のその言葉に続けた。「……だから、ですよね?」

先生はその一言で、僕の考えていることを悟ってくれたらしい。ふっと微笑んで、僕の手に自分の手を添えた。

「……あなたは、本当に名探偵ね」

「ありがとうございます」セクハラ的な雰囲気はないので、手を引く必要はなさそうである。

先生は言った。「まあ、そうよ。第七展示室、あのまま公開していたら、川本さん大恥だわ」

やはりそうだったのだ。

最後の不審点はこれだった。どう考えても、あのトリックの利益は労力とリスクに見合うものではなかったのだ。先生はなにしろ「自分の作品を壊された人」なのだ。何もせず黙っていれば容疑者から外れる。逆に、わざわざあんなトリックを用いたって、容疑がなくなるわけではないし、ミステリではないのだ。現実の警察が不可能犯罪に出くわしたら「トリックを解かなくては捜査が進まない」などとは考えない。とりあえず容疑者を捕まえ、どうやって犯行を可能にしたのか訊き出せばいい、というふうに考える。

先生もそのくらいは分かっていたはずである。だとすればあのトリックは、容疑を免れるためにやったというだけではないのだ。

僕は考えた。もしかしてこの事件は、あのトリックを実行することそのものも目的ではないか、と。現場となる第七展示室に油性ペンキを撒くこと自体も目的だったのではないか。

ペンキを撒けばどうなるか。当然、第七展示室は閉鎖され、中の作品は公開されなくなる。

「……第七展示室に、公開したらまずい作品があったんですね？」周囲には誰もいないが、僕は声を低くした。「たとえば上岡喜三郎の〈富子・六月〉とか」

「そう。……あれ、贋作よ。二枚とも両方」菊子先生は平然と言った。「どこかの腕のいい贋作師が捏造《ねつぞう》したのよ。あんなもの展示したら、〈真贋展〉台無しだもの」

なんとなく僕も予想していた答えだった。そういえば、千坂もあの絵をじっと見ていた。

「……それ、どうして川本さんに言わなかったんですか？」

「あれ、もう真作ってことで通っちゃってるもの。たまたま私が、あれが真作のはずがない、って知ってるだけ」

上岡喜三郎は物故作家だが、バックの庭は制作された昭和三十三年に撮影された写真とも一致しているし、妻への愛情に満ちた描き方もいかにもそれらしい。なのになぜだろう。

「なぜ、っていう顔をしてるわね」菊子先生は悪戯っぽく笑う。

「上岡喜三郎って言ったら、奥さんしかモデルにしなかったことで有名ですよね。例の台詞も」

それこそWikipediaにも載っているほど有名な台詞なのだ。だからこそ上岡喜三郎の〈富子〉シリーズは人気が高い。

「あの台詞、大嘘よ。実は」菊子先生はふん、と得意げに笑った。「昭和三十三年の六月でしょう。その頃上岡さん、パリにいたもの」

「パリに？」

「私を追いかけてね」

思わず口に含んだお茶を吐き出しそうになった。「……それって、つまり」

「〈富子〉シリーズのせいですっかり愛妻家の鑑《かがみ》、みたいに言われてるけどねえ。そんなものよ。作者なんて」菊子先生は言う。「でも、今更それを話したって皆、信じたがらないでしょう。みんな『愛妻家』とか『良妻賢母』の物語が大好きだもの。事実をねじ曲げても気付かないくらいにね」

確かに、それを聞くと少々ショックである。

先生は僕を見る。「でも偉いわ。よく気付いたわね。私に騙《だま》されもせず」

「それは……」

どう答えればいいのだろうか、と思った。

僕が先生に騙されなかったのは、要するに僕の願望のせいだった。天才・大薗菊子。そしておそらく千坂桜もそう。「持っている」人間。だから普通と違う、常識外れのことをする。逆に言えば、普通の常識的な人間は「持っていない」。

その区別に抗《あらが》いたかったのだ。それを認めてしまったら、菊子先生はともかく、千坂まで別世界の人間だということになってしまう。「持っている」人とそうでない人の間にはどうしても越えられない一線が厳然と存在して、こちら側の人間はどう頑張ってもあちら側には行けない。あちら側を理解することもできない。そういうことになってしまう気がした。

だから、そうではない、という根拠が欲しかった。先生にはもっと常識的な、こちら側の動機だってあるのではないか、どうかそうであってくれ、と願った。

そして実際にそうだった。「あちら側」など存在しないのか、それとも単に事件の動機なんか才能と関係ないだけなのか。どちらなのかはまだ分からない。だが。

「……少し、安心しているんです」僕は正直に言った。「先生のような天才が、僕とは全く別の、理解不能な生き物なんかではない、って分かったので」

考えてみればその通りだった。天才と呼ばれる人たちだって天才的な感覚だけにまかせて制作をしているわけではなく、ちゃんと僕たちに理解可能な計算もしながら作品を創っている。ジャクソン・ポロックだってそうだ。彼のアクション・ペインティングはただ単にペンキを撒いただけではない。最新の研究では、彼の作品におけるペンキのパターンは一見適当に撒いただけに見えるが、コンピュータで分析したところ、精密なフラクタル図形を作っていることが分かっているのだ。

「当然よ。私たちはお化けじゃないもの。同じ人間」先生はまた僕の手を握ってきた。「今夜泊まっていってくれれば、そのことがもっとよく分かると思うけど?」

「いえ、それは遠慮させていただきます」

空でヒバリが鳴いている。その声がなんとなく、僕を応援しているように聞こえた。

言の葉《コトノハ》の子ら

井上真偽《いのうえまぎ》

神奈川県生まれ。東京大学卒業。第 51 回メフィスト賞を受賞した連作集『恋と禁忌の述語論理《プレディケット》（2015 年）でデビュー。探偵役の推理が正しかったかどうか〈数理論理学〉を用いて検証するくだりはケレン味たっぷりで、本格派期待の新人として注目を浴びる。このデビュー作にカメオ出演している〝青髪の探偵〟上苙 丞《うえおろじょう》を主役に抜擢した初長編『その可能性はすでに考えた』（'15 年）は、惜しくも受賞はならなかったものの第 16 回本格ミステリ大賞にノミネートされ、さらに筆名を高めた。不可能犯罪が人の手で為された可能性をすべて潰して〈神の恩寵〉を証明しようとする上苙のポジションは特異なものだ。続いて上苙が活躍する第二長編『聖女の毒杯　その可能性はすでに考えた』（'16 年）も第 17 回本格ミステリ大賞の候補に選ばれ、またも栄冠は逃したけれどその実力がまぎれもなく本物であることを見せつけた。本作「言の葉《コトノハ》の子ら」では、金髪碧眼のエレナ先生が日本の保育園で幼児の言語習得過程を研究するなか、近頃なぜか乱暴なふるまいが目立つ男の子の悩みを〈言語学〉を駆使して探り当てる。人間と言葉なるものの関係の本質に触れる秀作だ。（K）

ぽつぽつと、冷たい雨が降り始めた。

エレナは空を見上げて小さく舌を出す。しまった。やっぱり園まで間に合わなかった。私の判断ミスだ。

途端に騒ぎ始める黄色い帽子の群れに向かい、エレナは「みんな、大丈夫よ。落ち着いて。隣の子と手を離さないで」と呼びかける。けれど群れのざわめきは止まらない。声が小さすぎたか。エレナが声量を上げ、あたりの悲鳴に負けじと何度も声を張り上げると、ようやく園児たちは静かになり始めた。

「エレナ先生」

隊列の乱れを確認するエレナのもとに、同僚の女性保育士が小走りにやってくる。

「どうします？　どこかで雨宿りする？　それともこのまま園まで戻ろうか？」

ちょっと待ってください、とエレナは再び空を見上げた。雲はそれほど多くない。たぶん通り雨だろう。園まで強行してもよいが、この視界の悪い中、隙あらば檻《おり》を出た子ウサギのように跳ね回ろうとする集団をあまり不用意に歩かせたくない。途中に横断歩道もある。

「……すぐ先に、市民公園があります」

園までの道程《みちのり》を思い浮かべながら、エレナは慎重に判断を下す。

「広い公園です。中にガゼボがあります。小さいものですが子供の雨宿りには充分でしょう。そこに一時避難したいと思います。たぶん通り雨だと思いますので」

「ガゼボ?」

すると質問した女性保育士が眉をひそめた。エレナはまた小さく舌を出す。日本人に通じる呼び名ではなかったか。

「ええと、多角形の構造をした、屋根付きベンチの——西洋風四阿《あずまや》です」

「ああ、あずまや」

そこで女性保育士は納得したように頷《うなず》く。

「さすが言語マニア。わかった。そこ行こ」

彼女はくだけた口調でそう言うと、ポンとエレナの肩を叩《たた》いた。エレナは再び前を向き、隊列を率いて歩き出す。すると背後で、今の女性保育士に質問する男性の声が聞こえた。

「渡部《わたべ》さん。『あずまや』って何ですか?」

「えっ。尚登《なおと》君、あずまや知らないの？」

「知りません。行ったことないです」

「行ったことないって……いや、ある。絶対あるよ。本人気付いてないだけだよ」

「僕、あそこの公園入ったことないですよ」

「あそこの公園に限らず、『あずまや』はいろんなところにあるよ」

「全国チェーンですか？」

雨音の中、後ろで一人分の足音が途絶える。遅れたのかな、とエレナが少し歩く速度を緩めると、途端に笑い声が弾《はじ》けた。

「うはっ、面白い。尚登君、そういう勘違いの仕方してたんだ。『あずまや』をお店の名前だと思ってたんだ——エレナ先生、エレナ先生！　この可哀想《かわいそう》な子に、先生の豊富な言語知識を授けてやって！」

エレナは振り向く。四阿というのは柱と屋根だけの休憩所のことで、昔から日本庭園などにあって——などと辞書的な説明をしようとして、ふと思い直す。ここで質問通り答えることが、今自分に求められている反応だろうか。せっかく彼女が投げてくれた会話のボールを、自分の無味乾燥な回答の凡打で打ち返してしまってもよいものだろうか。

それは日本語で言う、「興醒《きょうざ》め」というものではなかろうか。

「あずまやというのは——」

エレナは考える。大真面目《おおまじめ》に、不真面目なことを言おうとして。言葉を字義通りでない意味で使うのは難しい。真面目に不真面目なことを言う、という表現の形容矛盾がどこか面白いと頭の片隅で思ったが、そんな面白さは誰も求めていないし伝わりもしないだろう。ここはシンプルに類比《アナロジー》で答えるのが望ましい。

エレナの思考はしばらく言葉のネットワークを漂い、やがて一つの候補解にたどり着いた。

「それは……美味《おい》しい和菓子屋さんです」

＊

今でもあの冗談は面白かったのかな、と時折考える。

例の「あずまや」に対する自分なりの回答は、同僚の保育士二人からは思ったような反応は引き出せなかった。あの表情はどちらかといえば、「笑い」というより「困惑」だろう。「あずまや」という音列から素直に連想した日本語を口にしたのだが、単純に連想すればよい、というものでもなさそうだ。日本人のユーモア感覚は難しい――。

「……先生。エレナ先生」

腕に触れられ、エレナは我に返った。同僚の女性保育士――園の職員では最年長でリーダー格の、渡部――が、丸い顔に人なつっこい笑みを浮かべ、こちらの目を覗《のぞ》き込んでいる。

「お布団。準備終わったから。読み聞かせ、お願い」

「ああ……はい。すみません」

ぼうっとしている間に、園児たちの昼寝の支度ができたらしい。日常の力仕事では何の役にも立てないエレナにとって、子供たちを寝かしつける本の朗読役は唯一の存在意義だ。エレナは予《あらかじ》め選んでおいた紙の絵本を手に取り、立ち上がった。渡部がその本を興味深げにじっと見たが、特にコメントはせず、「じゃ、よろしく」とポンとエレナの肩を叩いて自席に戻っていく。

エレナは職員室を出て昼寝部屋に向かった。カーテンを引いて薄暗くした部屋には、小さな布団が整然と並んでいる。それらの布団がもぞもぞと蠢《うごめ》く様子に、エレナはふと何かを連想した。これは、そう、まるで――枯葉に潜るクワガタの群れだ。

そっと足音を忍ばせ中に入る。が、勘の鋭い園児たちにはすぐに気付かれてしまった。クスクスと笑い声が漏れ、いくつかの布団からニョキニョキと小さな頭が突き出す。──こちらは雪解けで芽吹くふきのとう。

「エレナちゃん。今日のおはなしは？」

エレナが中心に座って本を開くと、園で一番元気のいい男の子が、真っ先に訊《たず》ねてきた。

「今日？　今日は──『たつのこたろう』」

「こたろう？」

「太郎。たつっていうのは、竜のこと。竜の子供の、太郎君のお話」

「竜？　竜ってドラゴン？」

「竜とドラゴンはちょっと違うけど、まあ似た感じ」

「ドラゴンでるの？　すっげえ」

すっげえ、と男の子は繰り返す。すると他《ほか》の男児たちも同様に騒ぎ始めた。女の子は女の子で、えーという不満や悲鳴、はては「怖いのやだあ」と泣き出す声まで上がる始末。

しまった、とエレナは舌を出した。これまた予想外の反応だ。選ぶ本を間違えたか。

けれどエレナが意を決して語り出すと、途端に騒音は静まった。エレナはこの自分の声には感謝している。柔らかく、耳触りがよく、高めの声にしては低音も綺麗に響く。

……ゆったりと。一定のペースで。なるべく神経を興奮させないよう、春風のように穏やかな調子で――。

そう努めて意識して調整しながら、エレナは朗読を続ける。その甲斐《かい》あってか、やがて周囲に静かな寝息が立ち始めた。一人、また一人と、谷から転がるように子供たちが眠りに落ちていく。

ページが半ばまで進んだころには、すでに大半の子供たちが寝入っていた。残る子供たちも、呼吸のリズムを聞く限り陥落寸前。もう放っておいても大丈夫だろう。

エレナは話を止めると、そのまましばらく子供たちの寝息に聴覚を澄ませた。やがて立ち上がり、一人一人の寝顔を確認して回る。ある園児の枕元を通り過ぎようとしたところで、トン、と小さな手に足を叩かれた。

「エレナちゃん」

さきほど泣き出した女の子だった。彼女は眠そうな目をこちらに向けながら、ごそごそと布団から何かを出す。短い腕を精一杯伸ばし、しきりにそれをこちらに差し出してきた。

「たんぽぽ」

　黄色い花をつけた、植物だった。

　エレナは少し考え、それを受け取る。

「くれるの？」

「うん」

「ありがとう。どうしたの？」

「みつけた。おさんぽのとき」

　エレナはまた少し考える。と、いうことは――それからずっと、体のどこかに隠し持っていたのだろうか？　このタイミングで、自分に渡すために？

　エレナがよく呑《の》み込めないような顔をしていると、女の子はえへへと笑った。それからそのタンポポを指さし、その指をエレナの頭に向ける。

「おんなじ。いろ」

「同じ色？」

「おはなと、エレナちゃんの、おかみと」

「ああ、そうか……同じだね。私の髪と同じ色だね」

「えへへ」

女の子はそれだけ言うと、満足した顔で眠ってしまった。エレナは困惑の表情で、またしばらくその場に佇《たたず》む。

そういえば、と女の子の寝顔を眺めつつ思い出した。この子は自分が来園した当時、最後まで怖がって近づかなかった子だ。今では普通に接してくれるけれど、その最初の自分の態度を、子供なりに気にしていたのかもしれない。だとすればこれは、「もう慣れたよ」という彼女なりの挨拶だろうか。

でもこれは——と、エレナは手の中の花をじっと観察しつつ、思う。

本当はタンポポではない。ブタナだ。見た目はそっくりで同じキク科だが、タンポポがタンポポ属なのに対して、こちらはエゾコウゾリナ属。ヨーロッパ原産の外来種。

でも、タンポポで問題ない。なぜなら彼女が伝えたいことは、それで伝わったから。

彼女が私に渡したかったのはタンポポではなく、この花が私の髪と同じ色だと気付いた、という気持ちだ。ならきっと彼女は、どんな植物学者が定義するよりも正しい意味で、今私に「たんぽぽ」をくれたのだろう。

言葉の意味は辞書の中にあるのではない。それは、使う人と人の間で、その瞬間瞬間に陽炎《かげろう》のように立ち現れては消えていく。だからこそ、言葉は生きた人々の中で学ばねばならない——それが言葉と、いうものだから。
＊

「エレナ先生は、子供たちに大人気よね」

子供たちのお昼寝時間を利用しての事務作業中、渡部が、園児の親からの差し入れの茶饅頭《ちゃまんじゅう》を頬張りながらそう言った。

エレナは眉を八の字にして笑う。

「最初はとても、嫌われてたみたいですが」

「慣れてなかっただけでしょ、あれは。私も会った当初は緊張しちゃったし」

「なにせ超美人ですしね。金髪で青い目の」

渡部の隣で、茶髪で眼鏡の若い男性——尚登——が、のちほど園児の親へ渡す連絡帳を粛々と文字で埋めつつ、すかさず口を出す。

エレナは困惑の表情を見せた。そして困惑というのは少し違うかなと思い、表情を照れ笑いに切り替える。

「でも最近も、私が何か言うと変な顔されるときがあります」

「ああ……。それは先生が、変に杓子定規なところがあるから。言葉をちょっと額面通りに受け取りすぎというか。でもまあ、先生もまだ日本語勉強中なんだし、そのへんはおいおい慣れてくんじゃないの。先生が子供らに人気があるのは確かだよ。尚登君、アイドルの座を奪われちゃって可哀想」

「は？　何の話ですか。僕の不動のセンターポジションはまだ誰にも奪われてませんが」

「見苦しいね。敗北を受け入れなさいよ」

「いやいや、負けてませんよ。確かに男子の人気はエレナ先生に集中しているでしょう。しかしうちの園は四：六で女子が多い」

「なんという強気。ならみんなにアンケートとろうか？」

「いいですよ。ただしアンケート項目は、『お婿さんにしたい先生』でお願いします」

カラカラと渡部が笑う。さすが尚登君、卑怯《ひきょう》！　と親指を立て、ねぎらうように尚登の湯呑《ゆの》みに追加で茶を注いだ。

渡部は急須を置き、また一つ饅頭を取る。

「でもね。正直な話、先生が来てくれてうちはすごく助かってるよ。この国の保育士不足は相変わらずでしょう。重労働だし、責任重いわりに認可外の保育所とかだと給料低いし……」

エレナは自分の前にもお供えのように置かれた饅頭を、ついじっと観察する。

「私、ちゃんと保育できてるでしょうか？」

「できてるできてる。私の孫の養育も任せたいくらい」

「渡部さん、お孫さんいるんですか？」

「いるよ。娘は遠くに嫁いじゃったから、あまり面倒見れてないけど。娘には『よその子の面倒ばっかり見て』ってすねられるけど、親元を離れたのはそっちじゃないねえ……」

ふと渡部が急に寂しげな顔を見せたので、エレナは戸惑った。とりあえず「それは……切ないですね」と相槌《あいづち》を返したが、正しい対応だっただろうか。

渡部はふやけた笑いを浮かべると、気を取り直すようにずぞぞと茶を啜《すす》った。

「それに最近は外国人家庭の児童も増えてるから、先生みたいに外国語が扱えるスタッフがいてくれると心強いしね。もういっそのこと保育士資格も取って、本当の先生になっちゃえば？」

渡部の軽い誘いに、エレナは真面目に考え込む。

「先生なんて、そんな……。私はむしろ、ここに生徒としているわけですし」

「ああ……。まあ一応は、語学留学という形なんだろうけどね……」

「そういえば先生は、その『勉強』になんで日本を選んだんですか？」

尚登がまた口を挟む。その何気ない質問に、エレナは再び思考のループに陥った。

「……それはきっと、私が日本語を『好き』だからです」

「へえ？」

「言葉は世界です。その言語が単語で区別するものを調べれば、その言葉を使う人々が何を大事にしているかがわかります。たとえば日本語は、雨を表す語彙《ごい》が豊富ですね。梅雨、五月雨《さみだれ》、驟雨《しゅうう》、夕立、霙《みぞれ》、花の雨……ですからきっと日本人は、昔からこの雨量の豊富な日本の自然を慈しみ、それと寄り添いながら暮らしてきたのでしょう。そんな日本人の営みや心情を想像すると、私は『楽しく』なります」

「なるほど」

「水をその温度によって、水、お湯、氷とまるで別物のように呼ぶのも日本語の特徴です。英語ではお湯は単にhot water、つまり『熱い水』ですし、マレー語では氷を

air batu――『水の石』とも呼びます。あと日本語には、自殺に関する単語も多いですね。心中、情死、殉死、玉砕、ハラキリ、ツメバラ、オイバラ……」

そこでエレナは言葉を止めた。前の二人が奇妙な顔で自分を見ていることに気付いたからだ。しまった。エレナは小さく舌を出す。またやりすぎたか。

「ええと……ですから私は、もっと日本語を学びたくなって。それで日本に来たのです」

「でも、それでなぜ保育園に？　その動機なら、普通に大学とか行けばいいんじゃないの？」

「はい。それはやっぱり、言語を一から学ぶには、その国の幼児の言語習得過程を追体験するのが一番かと――」

そこでエレナはハッと気付く。

「これってもしかして、不純な動機ですか？」

渡部と尚登は二人で顔を見合わせた。やがて渡部がプッと吹き出し、余分な肉で今にもはちきれそうなカーディガンの肩を揺らして笑う。

「大丈夫、大丈夫。それを言ったら、給料目的で働く私らのほうがよっぽど不純だから。それに動機が何だろうと、先生はちゃんと保育してるよ。園児の人気を見れば一目瞭然でしょ。子供はね、わかるの。誰が一番自分を大事にしてくれるかってことが。本能的に」

渡部が急須を取り、また自分の湯呑みに茶を注いだ。エレナはひとまず非難されずに済みほっとしたが、子供の安全を守るのは保育士の職責として当然のことではないだろうか、とも思う。

「……そうだ、エレナ先生。そういえば年長クラスに、福嗣《ふくし》君っているでしょう。先生によくなついている」

エレナは昼寝のとき、「すっげえ」を連呼していた元気な男の子を思い出す。

「はい」

「あの子、先生から見て、どう思う？」

エレナは首を傾ける仕草を見せた。

「若干、痩《や》せ気味でしょうか？」

「ああ、発育のことじゃなくて……。ええとね。どうも福嗣君、最近気持ちが安定してないみたいなんだよね。元気なのはいいけど、ちょっと乱暴な態度が目立って」

エレナは八の字眉とへの字口で、今度は怪訝《けげん》な表情を作る。

「乱暴……ですか？　私は見ていない気がしますが……」

「あの子、先生の前ではいい子にしてるから。でもそれだけ先生を好いてる、ってことなんだよね。だから先生、もし機会があったら、ちょっと探りを入れてみてくれないかな。福嗣君が、何か悩みを抱えてないかどうか」

「悩み……ですか」

「うん。でもまあ、体に痣《あざ》とかはないし、虐待とかではないとは思うんだけどね」

渡部が窓を向き、また音を立てて茶を啜る。

「子供ってさ。根は単純なんだけど、単純だからこそ、大人以上に複雑な感情を抱えているときがあるんだよねえ……」

単純だからこそ、複雑。これもまた表現の形容矛盾だな、とエレナはまた少々場違いな感想を抱く。

了解です、とエレナは答えて記憶に留《とど》めた。ただ現実的な問題が出たためか、やや場の空気が重くなる。何か明るい話題を……とエレナが模索していると、尚登が急に「あーあ」と欠伸《あくび》をした。連絡帳を書く手を止め、椅子の背にギシリともたれてエレナを見る。

「ちなみに……先生の好きな日本語って、何ですか？」

きた。エレナはさりげなく窓側を向き、じっと考え込むように園庭の遊具を見つめる。

そうして若干の溜めの間を作った。やがて頃合を見計らい、努めて平坦な口調で答える。

「——ゆきみだいふく」

＊

同僚たちから頻繁に、和菓子をお供えされるようになってしまった。

どうも和菓子の冗談を立て続けに言ったせいで、和菓子好きと認定されてしまったらしい。「雪見だいふく」は正確には日本でロングセラーを誇る氷菓子の商品名であり半分は洋菓子だが、和菓子の下位概念には属するのだろう。

今も戯れに、渡部から美味しそうな和菓子を一つ受け取ったところだった。白く柔らかく、透明な包装の中には打ち粉が散っている。生地には赤黒い豆が透けて見えた。——豆大福。

「あ！　それな、ふくくん知ってる！　まめだいふく！」

エレナが掌中の和菓子をしげしげと眺めていると、背後から元気な園児の声が聞こえた。

「それっておやつ？　エレナちゃんのおやつ？　今から食べるの？」

福嗣だった。エレナの体に親しげに肘を掛け、底抜けに明るい声で訊ねてくる。

「いいえ。食べません」

「ウソ！　じゃあな、ちょうだい！　それふくくんにちょうだい！」

「欲しいの？　でも、大福は一個しかないよ。もしふくくんにあげたら、ほかのみんなも欲しがるでしょう。そしたら喧嘩《けんか》にならない？」

「そっか。じゃあダメだ！」

するとと福嗣はあっさり引き下がった。エレナはいささか拍子抜けする。実に潔い。

そして福嗣は、そのままエレナの体を遊具代わりにして遊び出した。図書室で本棚の整理をするエレナを邪魔するように、腕にしがみついたり足に乗ったりしてくる。

そこでふと、エレナは渡部の言葉を思い出した。これはチャンスかも。

「……ふくくんは、大福好きなの？」

「ううん、きらい！」

予想外の返事が戻り、やや当惑する。

「……嫌いなの？」

「うん！　あんこがやだ！　食べるとつちのあじがする」

「じゃあ、なんで大福を欲しがったの？」

「パパが好きだから！」

簡潔明瞭な回答。

「ふくんのパパ、甘いもの大好きだから！　だからな、おうちに持ってかえろうと思って！　パパはママのご飯も食べるけど、やっぱりご飯のあとに食べたくなるんだって！　ケーキより大福！　可哀想！」

「可哀想？」

「うん！　だってな、まずいじゃん、あんこ！」

自分が嫌いなものを好きだから可哀想——という発想はなかなか自分には思いつかないな、とエレナは変に感心する。

「それって、毎日食べてるの？」

「うん！　毎日毎日！　いつも同じところで買ってくる！」

「それじゃ、あんまり体に良くないよね」

「うん！　だからパパ、とても太った！　デブデブ！　デブだからママに嫌われる！」

「パパ、ママに嫌われちゃったの？」

「うん！　ママいつも文句言ってる！　結婚して失敗したって。離婚しちゃうかもなー」

　ずいぶん明るく言うなあ、とエレナはまた妙な感銘を受ける。離婚の意味をまだよく理解していないからだろう。

「でも……それじゃ、ふくくん困るよね？　パパたちが離婚しちゃ……」

「うん。だからふくくんはな、パパに痩せなよ、ってよく言うんだけど。『とうにょうびょう』にもなるし。でも無理みたい。けどいいや。パパが離婚したら、ふくくんパパと一緒に暮らすから。ママいらない」

　福嗣はあっさりそう言うと、エレナの足の上にちょこんと座った。こちらに巻貝のようなつむじを向け、波に揺られる昆布のようにゆらゆら体を左右に揺らす。

「あーあ。エレナちゃんがママならいいのにな……」

　そんな呟《つぶや》きが聞こえた。エレナは微笑み、手を伸ばして子供の柔らかい髪に触れる。

「……私は、ふくくんのママにはなれないよ。ふくくんのママは世界に一人だけだよ」

「うん。まあそれはふくくんも、わかってるんだけどな……」

エレナの口元がまたほころぶ。子供じみた発想と大人ぶった返答のアンバランスさが面白い。これが成長過程というものなのだろう。福嗣を優しく撫《な》でるエレナの手に、若草めいた感触と、子供特有の熱い体温がじんわりと伝わる。

*

「……ママいらない、か」

全自動洗濯機をごうんごうんと回しながら、渡部がエレナの報告にうーんと首を捻《ひね》った。

「あの年頃にしては珍しいね。あのぐらいだと普通はママべったりで、パパいらない、って子が大半だけど」

「うわ。本当ですか。もし言われたら素で傷つきますね、それ」

洗濯室の入り口で、追加の汚れ物を運んできた尚登が妙に凹《へこ》んだ声を上げる。

「尚登君、近々父親になる予定あるの？」

「ありますよ。相手は未定ですが」

「それは『予定』じゃなくて『願望』っていうの。そんな心配は子供を作ってからにしなさいな――それでエレナ先生。福嗣君ってどんな家庭環境だっけ？　兄弟はいる？」

「彼は一人っ子です。ご両親は共働きで、園児の送り迎え時に会話した印象では、どちらも良識ある社会人といった感じでした」

「そうか。まあ、まだ態度がやや粗暴って程度だし、ここはひとまず様子見、かな……」

ブザーが鳴り、洗濯機の回転が止まる。渡部は中から洗い物を取り出すと、脇の籠にくるくる丸めて詰め込んだ。尚登が運んできた追加分を拾い上げ、空の洗濯槽に押し込む。

エレナはその様子を横からぼんやり眺めつつ、訊ねた。

「福嗣君、私の見えないところでまだ乱暴してますか？」

「うん……まだちょっとね。この前は女の子泣かせちゃって。男子と多少喧嘩するくらいなら元気があっていいんだけど、女の子相手なのはね。福嗣君も孤立しちゃうし……」

「あれ。もしかして今の『ママいらない』って、福嗣君の台詞《せりふ》だったんですか？」

すると洗濯済みの籠を小脇に抱えた尚登が、そこでなぜか暗い表情を見せた。

「そうだけど……何、尚登君？」

「いや、別に何でも。決して僕が、前に福嗣君に何か言われたとかじゃ……」

「――実は嫌われてるんですよ、尚登さんも。福嗣君に」

すると入り口から、また別の洗い物を抱えた保育士が顔と口を出した。東城《とうじょう》ミツミ。小柄で童顔の若い女性で、尚登より少し年下だが、精神年齢は上のしっかり者。

「ほら、お絵かきボードあるじゃないですか。書いた字を消せるやつ。前にあれで福嗣君と佑奈《ゆうな》ちゃんが筆談してたんですが、そのとき目撃しちゃったんですよ、私」

「何を？」

「福嗣君が、『なおとさんがきらい』って書くとこ」

くふふ、とミツミは洗濯籠で口元を隠して笑いを噛《か》み殺す。ちなみに「佑奈ちゃん」とは例のエレナに「たんぽぽ」をくれた女児だ。

渡部は尚登を振り返ると、憐みを込めた眼差《まなざ》しで、ポンと肩に手を置いた。

「残念」

「残念って……何のフォローもなしですか。僕のこと雑に扱いすぎでしょ、渡部さん。いいんですよ、僕は嫌われても。たとえ嫌われようと、子供には厳しく叱ってやる存在が必要ですから」

「尚登君、そんなに園児を厳しく叱ったことあったっけ？」

「むしろ『舐《な》められてる』と言ったほうが適切じゃ……」

「なんですか、渡部さんとミツミさん。二人がかりで職場いじめですか。それ以上僕を傷つけると、同僚のパワハラで鬱病になったって職場を訴えますよ。医師の診断書添えて」

脅すの？　と聞き返す渡部に、「脅しますよ。へたれの自己防衛術を甘く見ないでください」と尚登は胸を張り答える。エレナはそんな彼らの隣で一人じっと考え、それからミツミに訊ねた。

「福嗣君は、本当にそんなことをはっきり書いたんですか？」

「はい。この目で見ました。正確には、『ふくくんはなおとさんがきらい』でしたが」

「うわ、はっきり『ふくくんは』って書かれたんだ。こりゃ言い訳できないねえ……」

「いやいや渡部さん。まだ同名の別人の可能性が残ってます」

「あ……ごめんね尚登さん。私もそう思って、福嗣君にほかに『なおと』って名前の人知ってるか、って訊《き》いてみたんだけど……福嗣君、知らないって……」

尚登が黙って俯《うつむ》く。さすがに悪いと思ったのか、ミツミは慌てたように「あ、尚登さん。そろそろ洗濯物干しに行こうか。お日様隠れちゃう」と、尚登の背中を押しつつ洗濯室から出ていった。

渡部はミツミが新たに置いていった籠を拾い、中身を洗濯槽に追加する。それから腰に手を当てエレナを振り返った。

「どう？　エレナ先生。何かわかりそう？」

「いえ。情報が少なくて、まだ何とも……」

「そう。まあ先生は言葉に詳しいってだけで、教育のプロではないもんね。しかし尚登君と福嗣君の母親、何か共通点でもあるのかねえ。嫌われる理由が同じとも限らないけど……」

渡部はしばらく悩ましげな顔つきで洗濯機を見つめる。やがて思い出したように洗濯槽に洗剤を直接放り込み、蓋を閉めてスイッチを入れた。内部でごうんと洗濯羽根の回転音が響き、続いてドジャーと水音がし始める。

「とにかく様子見だね。まだほかの子に怪我させたわけではないし。ひとまず福嗣君の乱暴がこれ以上エスカレートしないよう、注意して見張っときましょ」

「……はい。わかりました」

＊

そんな会話の数日後、エレナはとうとう福嗣が暴力を働くところを目撃してしまった。

雨の日の遊戯室でのことである。エレナが中に入ると、ガシャンと物音が聞こえた。見ると、ジグソーパズルめいた発泡マットを敷いた一角で、女児が人形を抱えて泣いている。

その前に、福嗣が仁王立ちしていた。足元に大小の積み木が散らばっている。福嗣が蹴飛ばしたらしい。

エレナより先に、近くにいた尚登が駆け寄った。後ろから福嗣を抱き上げて叱責する。

「こら！　ダメだろ福嗣、女の子に暴力振るっちゃ！」

「なんで⁉」

福嗣は足をジタバタさせて抵抗した。

「なんでって……そういうものなの。男の子は女の子に優しくするの」

「ずるいよ！　そんなのずるい！　先生、女の子の味方ばっかりしてずるい！」

「先生を変態みたいに言うなよな。あのな、福嗣。そういうことばっか言ってると、女の子に嫌われちゃうぞ。女の子に嫌われると、先生みたいに寂しい男になっちゃうぞ」

エレナはまず、泣いている女児、佑奈に歩み寄った。「大丈夫？」と声掛けして頭を撫で、散乱した積み木を集めてやる。そうしているうちにあとから渡部も来たので、彼女に佑奈のケアを託し、エレナは改めて問題の園児と向き合った。

「福嗣君。おいで」

尚登に子供を下ろしてもらい、片手を差し出す。福嗣は目に涙を溜めてその手を睨んだが、やがて自分から握った。エレナが手を引いて歩き出すと、そのまま素直についてくる。

エレナはひとまず無人の保健室に向かい、福嗣をベッドに座らせた。念のため外傷がないことを確認してから、優しく訊ねる。

「ねえ、福嗣君。先生はちゃんと見てなかったんだけど、いったい佑奈ちゃんと何があったのかな？　先生にお話ししてくれる？」

福嗣は腿の下に手を挟み、じっと俯いた。

「……クイズ」

「そう。クイズしてたの。仲いいね、福嗣君と佑奈ちゃん。でも、そんなに仲良しなのに、どうして二人は喧嘩しちゃったのかな？」

「……ずる、したから」

「ずる？」

「佑奈ちゃんが、ずるした」

ふうん、とエレナは思案しつつ相槌を打つ。

「どんな、ずる？」

「佑奈ちゃんがな、三角の積み木モグッて食べて、『これ、何でしょう』って言った。だからふくくん『おにぎり』って言った。そしたら佑奈ちゃんな、『ぶー、おむすびです』って言った。おにぎりとおむすび一緒だよ、ってふくくんが言ったら、佑奈ちゃん違うって言った」

福嗣はぎゅっとベッドのシーツを摑《つか》むと、ぼとぼと涙をこぼした。

「女の子はずるい」

……そんなことで？　エレナはやや啞然《あぜん》とした。決して「ずる」というほどのものではない。他愛《たあい》のない冗談クイズだ。佑奈ちゃんもふざけてからかってみただけだろう。

けれど……と、エレナは慎重に次の質問を選ぶ。きっとまだ、この子の本当の理由にはたどり着いていない。ここで何かを断ずるのは時期尚早だ。

「福嗣君は、おにぎりが間違いって言われたのが嫌だったんだ？」

「うん。だってな、一緒だもん。おにぎりとおむすび」

「でも、佑奈ちゃんも、本当はそれはわかってて、ふざけて『違う』って言ったのかもしれないよ？」

「なんで？　なんでふざけて『違う』って言うの？　本当は一緒じゃなきゃダメなのに、違うって言う女の子はずるい」

本当は一緒じゃなきゃダメなのに、違うって言う女の子はずるい——？

エレナは福嗣の膝に手を置きながら、しばらく黙考した。この台詞が意味するものは——そう自問しつつ福嗣の言動を逐一思い返していたエレナは、ふとあることに気付く。

その仮説を検証するため、エレナは福嗣に少し待っててね、と伝えて隣の職員室に向かった。園児の工作物の保管棚から、前に福嗣が作文の練習で書いた手紙を取り出す。

『ぱぱ、まま、すいぞくかんつれてってくれてありがと。あんこすき』

――やっぱり。

エレナはその文を一読し、一人頷いた。そしてまた保健室に戻り、改めて福嗣に訊ねる。

「福嗣君。ちょっと訊きたいんだけど、福嗣君は尚登先生のこと、嫌い？」

その質問に福嗣はきょとんとした。

「なんで？　きらいじゃないよ。尚登さん好き。四番目くらい」

四番目か。その評価には苦笑を禁じ得ないながらも、エレナはやっと腑に落ちる。

なるほど、そういうことか。もちろん正確を期すには、もう少し情報を集めて分析してみる必要があるが――少なくともあの、一文は、この解釈で間違いない。

＊

園の職員室で顔写真入りの資料を見ながら、エレナはじっと考え込む。

さて——どう切り出すか。

写真の中の女性は、あまり親しみを感じさせる顔立ちではない。決して不美人ではなく、それなりに垢抜《あかぬ》けたメイクをしているが、それがまた自尊心の高さや他人に対する心理的障壁を感じさせる。まるで化粧の鎧《よろい》だ。

ただ、顔相から性格を推察するような「トレーニング」はエレナは受けていない。写真は撮り方でずいぶん印象も変わるし、やはり相手の人柄は実際に会って確かめるしかないだろう。

そんなことをあれこれ考えているうちに、トントンと職員室のドアがノックされた。どうぞ、とエレナは声を掛ける。扉が開き、白いジャケットの女性が姿を現した。派手ではないが、やはりきっちり化粧をした身綺麗な格好をしている。

女性はこちらを見ると、少し躊躇《ちゅうちょ》するように扉の向こうで佇んだ。どうぞ、とエレナは再度促す。女性はやや黙ったあと、頭を下げて室内に入ってきた。

応接用のソファに座り、ハンドバッグを膝に置く。エレナがお茶を出す間も、じっと観察するような眼差しをこちらに向けていた。人の不躾《ぶしつけ》な視線に慣れているエレナは気にせず相手の正面に陣取り、型通り茶を勧める。

ローテーブルを挟み、しばらく見つめ合った。相手はこちらの出方を窺《うかが》っているようだった。呼び出しの電話である程度用件は匂わせたので、今さら前置きは不要だろう。さっそく本題に入る。

「崎山《さきやま》さん。単刀直入に申し上げます」

相手の目を見据え、切り出す。

「あなた、不倫をされてますね？」

女性が、ギュッと拳を握った。

「……福嗣が、言ったのですか？」

「いいえ。福嗣君はそれだけは口にしませんでした。きっとあなたが口止めされたのでしょう。福嗣君は約束を守る良《い》い子です」

女性——福嗣の母親、崎山真智子《まちこ》は、暗い面持ちでしばらく口を閉ざす。

やがて険しい視線がこちらに向けられた。敵と認識されたようだ。できることなら保護者との摩擦は避けたかったが、こちらが相手を糾弾する立場である以上、ある程度の対立はしかたない。

「なら、なんで気付いたんですか。興信所の人間でも雇ったんですか」

「いいえ。そんなプライバシーの侵害のような真似《まね》はいたしません」

「じゃあきっと、誰かが告げ口したんですね。ほかの園児の母親ですか。高橋《たかはし》さんですか。笑っちゃう。陰で噂《うわさ》になってたんですね、私」

「いいえ。ご安心ください。私はこの件に独力で気付いただけですし、他に口外もしておりません」

「あなたが独力で？　なぜあなただけが、私の不倫に気付いて……？」

そこで真智子は、急に血相を変えて立ち上がった。

「もしかして、あてずっぽうですか？　カマをかけたのですか？　悔しい。そんな手に私、まんまと引っかかって――」

エレナは片手を挙げ、相手の激高を制した。

「……少々、専門的な話をしてよろしいでしょうか」

なるべく神経を刺激しないよう、心持ち低く、ゆったりとした声で語りかける。

「言語学の話です。中でも形態論、あるいは計算言語学や自然言語処理といった、少々小難しい分野の話ですが。その言語学の専門用語に、『コーパス』という言葉があります。これは簡単に言えば、世の中で実際に使われている文章や会話を、大量に集積してデータベース化したもの。いわば『言葉の実例集』ですね」

真智子は怪訝そうに眉をひそめる。

「言語学？　コーパス？」

「はい。コーパスとは英語で、元はラテン語のコルプス《corpus》、つまり『体』という意味から発しています。資料の一つ一つを手足と考えれば、それらを集めたデータベースは資料の『総体』ですから。

近年では特に、コンピュータが処理しやすい形で電子化されたデータのことを言います。その『コーパス』にどんな文例データを集めるかは、研究目的によります。その言語の現代における一般的な用法を分析したいなら、最近の新聞やニュース、市販の書籍等の文章を集めたコーパス。聖書の分析をしたいなら、聖書の原文を集めたコーパス。ある特定の作家の文体を研究したいなら、その作家の著作物から集めたコーパス――」

相手の眉間にますます皺《しわ》が寄る。話の半分も理解していないかもしれない。けれどそれでいい。今はひとまず相手を対話に集中させ、落ち着かせたいだけだ。

「……それでその話が、私の不倫と何の関係があるんですか？」

エレナは一呼吸分の間を置く。

「私は福嗣君の、『コーパス』を収集しました」

真智子は目を眇《すが》めた。

「福嗣のコーパスを……収集した？」

「はい。これまでの福嗣君の発言、会話、作文……そういった言語データを収集し、簡単な分析を施してみたのです。

その結果、中のある一文について、少々興味深い解釈ができることがわかりました。その一文とは——これです」

エレナは卓上に準備していたタブレット端末を真智子の前に置き、画面を表示させる。

『ふくんはなおとさんがきらい』

真智子が前髪を搔《か》き上げ、そこに現れた文字列を身を屈《かが》めて覗き込んだ。それからまた訝《いぶか》しげな顔をこちらに向ける。

「……これは？」

「以前福嗣君が、友達宛てに書いた文です」

「福嗣がこれを？『なおとさん』とは誰のことですか？」

「当園に『尚登』という名の保育士がおりますが、その者のことではありません。解釈が違うのです。ではその点を順を追って説明しましょう。まずこの一文を、標準的な文法規則で文節に切り分けます――」

エレナが画面を指先で軽くタップすると、文章にスッと複数の斜線が入った。

『ふく／くん／は／なおと／さん／が／きらい』

「――このように、文法的な意味を為《な》す文節の最小単位、いわゆる『形態素《モーフィーム》』で文章を切り分けて分析することを、言語学では『形態素解析』と呼びます。この解析結果は一般に一通りとは限らず、たとえば今の文章なら、『ふく／くん／はなお／と／さん／が／きらい』――履き物の鼻緒と数字の三で、『ふくくん鼻緒と三が嫌い』といった解釈もできますね。特に日本語は英語のように単語を分かち書きしないので、このような平仮名文だと単語の境目が判別しづらく、解釈が幾通りにも増えてしまいます」

「……だから？　あの子が『鼻緒と三が嫌い』とか意味がわからないし、普通に考えて解釈は一つしかないんじゃないの？」

「標準的な文法規則でなら、その通りです。そこで『コーパス』です。私は福嗣君との会話から、統計的に顕著な彼の口調の癖を抽出しました。それは――」

再びタップし、文章を切り替える。

『ふく／くん／は／な（）／おと／さん／が／きらい』

「間投助詞の『な』です。『それな』『だってな』『ふくんはな』『佑奈ちゃんな』……福嗣君は語調を整える間投助詞の『な』を、会話中に多用する癖があります」

「『ふくんはな、おとさんがきらい』……」

真智子は無表情に口の中で繰り返す。

「でも、この〈おとさん〉って……？」

「はい。そちらは児童の文章に特有の『長音の抜け』でした。『ウ』などの母音を伸ばす長音、あるいは小さな『ツ』の促音や『ヨ』などの拗音を、子供は書き洩《も》らす傾向にあります。こちらは形態素よりもっと下位、音素レベルの話ですね。

この書き癖も、同じく福嗣君のコーパスから確認できました。一つ例を挙げれば、作文練習の手紙に書かれた『ぱぱ、まま、すいぞくかんつれててくれてありがと。あんこすき』という文面です。この文ではまず『ありがとう』の末尾の『う』が消えてますし、水族館という文脈と福嗣君が大福を嫌いなことから、最後の『あんこ』は甘味の餡子《あんこ》ではなく魚の鮟鱇《あんこう》——その『う』が脱字したもの、と当たりがつきます。よってここでの正解は、〈おとさん〉ではなく〈おとうさん〉、——」

そう言ってエレナは、三度《みたび》画面をタップする。

『ふく／くん／は／な／（、）／お／と／（う）／さん／が／きらい』

「『ふくくんはな、お父さんが嫌い』——これがこの文の正しい解釈です。ですがこれはこれで、また矛盾する言明《ステートメント》となってしまいます。なぜなら福嗣君は、別の場面で『パパが好き』と言っているからです。『パパ』は好きなのに、『お父さん』は嫌い——いったいこれはいかなる状況か？

これを解く鍵が、今回の乱暴事件で福嗣君が口にした台詞でした。彼は言いました、『本当は一緒じゃなきゃダメなのに、違うって言う女の子はずるい』——と。『パパ』と『お父さん』は一般に同義語《シノニム》で、その二つの記号表現《シニフィアン》が指し示す具体的事物は彼の主観において一意であるべきです。ですが、それを違うと言うずるい女の子がいる。その女の子は、『パパ』と『お父さん』を別物として扱っているのです。

また失礼ながら、あなた方夫婦は不仲であり、福嗣君自身は母親より父親を好く、という話も当人から伺いました。これら諸々の情報を勘案しますに――」

エレナはそこで言葉を止め、相手の様子を窺った。母親は青ざめた表情で固まっている。

「崎山さん。そのずるい女の子とはあなたですね。あなたには福嗣君の実の父親の『パパ』のほかに、もう一人、隠れてお付き合いしている男性がいる。それが福嗣君の言う『お父さん』です」

張り詰めた沈黙。しかしやがて、真智子はふっと表情を緩めた。一転して覇気のない笑みを見せ、ゆっくりと首を横に振る。

「あなたの話が、途中からよくわからなくなった」

「それは……すみません。少々話を急ぎすぎました。もう一度説明します――」

「いいわよ。説明しなくても。どうせ聞いてもわからなそうだし」

真智子はそう投げやりに言い放つと、脱力したようにズンとまたソファに腰を下ろした。

「理屈はともかく、ようはあの子の話から、『パパ』と『お父さん』が別物だって気付いた、ってことでしょ？　正解。見られたのよ。福嗣に、浮気相手と会うところを」

母親は左手薬指の指輪を右手で弄《いじ》りながら、放心したように呟く。

「それで私も馬鹿だから、咄嗟《とっさ》に『これは違うお父さんなの』とか、意味不明な言い訳しちゃって……。そういえば福嗣、それから旦那を『お父さん』って呼ばなくなったかな。今思えば」

エレナは相手の表情をじっと観察する。

「崎山さん。あなたの恋愛観に口出しする気はありません。ただ福嗣君に、あまり過剰なストレスを与えないであげてほしいのです」

「私の不倫が、福嗣のストレスになってるってこと？　そんな証拠がどこに？」

「証拠はありません。ですが一般に、子供の脳は未成熟です。まだ現実の複雑さを理解する準備が整っていない子供の脳には、『嘘《うそ》』や『不正』といった矛盾性をはらむ思考や言動は、大きなストレスになり得ます。

それに福嗣君に口止めしたのも、あまり望ましいことではありません。言語化できない感情は心の澱《おり》となります。そうして積もりに積もった心の澱は、やがて暴言や暴力といった形で発露します」

今度は真智子がエレナの顔をじっと見た。

「『心の澱』なんて、ずいぶん詩的な日本語を使うのね」

エレナもまっすぐ相手の目を見返す。

「日本語の比喩は、繊細な情緒の表現にとても優れていると思っています」

午後の陽射しが差し込む職員室に、しばらく静寂が訪れた。カチコチと、壁にあるアンティークのアナログ時計が静かに秒針を刻む。

やがて母親は、自分から折れるように目を逸《そ》らした。

「……電話では、福嗣がほかの子に暴力を振るった、って聞いたけど」

「はい。まだ怪我などは負わせてませんが」

「そう。でもほかの子に迷惑がかかってるんでしょ。なら言えないわよね。『そんなの個人の問題でしょ』なんて――」

深く、鬱とした溜め息が漏れる。母親は項垂《うなだ》れると、取り調べに落ちた被疑者のようにがっくりと両手に顔を埋めた。

「わかった。わかったわよ。やめる。やめればいいんでしょう。子供のために。福嗣がほかの子に乱暴して、警察沙汰になる前に。私が我慢してればいいんでしょう。いい母親を演じればいいんでしょう、一生」

――しまった。エレナは小さく舌を出す。変に追い詰めてしまった。相手が心から納得していないことは明白だし、何よりこんな自暴自棄な態度はエレナの望むところではない。

「崎山さん。子育てがご負担ですか？」

あまり詰問調にならないよう、エレナは努めて柔らかい口調で語りかける。

「確かに不倫は望ましくありませんが、かといってあなた自身が不幸に感じるような選択はどんな意味でも誤りです。より良い在《あ》り方を模索しましょう。そうですね……たとえば三者協議の上で、不倫をオープンにし、二人にあなたをシェアしてもらうというのはどうでしょうか？　やや日本の道徳観からは逸脱しますが、最低限、福嗣君が両親から、親の愛情や温もりを感じられる環境作りさえできれば――」

「愛情や温もり？」

するとそこで、真智子が口元を歪めてエレナを見た。

エレナはハッとした。咄嗟に身を引くが、いち早く真智子が腕を伸ばしてエレナの手首を掴む。

「――こんな金属の棒で、『人の温もり』なんてわかるの？」

これ見よがしに、エレナの武骨なパーツの一つを掲げてみせる。エレナの表情が消えた。

「……私の手のひらには、測温抵抗体による温度センサーが組み込まれています」

「それはただ温度が測れるってだけでしょう。私が言うのは、人としての感情の話」

「私の内部状態の話をされているなら、それは観測不可能、と申し上げるしかありません。ですが、それは人も同じではないでしょうか。人に心があるからと言って、その胸を切り裂き中から取り出せるわけではありません」

「人に心はある。あなたたちにはない。それだけのことでしょ。話を難しくしないで」

「そのように否定されたい気持ちはわかります。ですが、そう頑《かたく》なにならないでください。私たちと人を区別しようとすればするほど、人はアイデンティティーに揺らぎ神経症に追い込まれるという臨床研究のデータが出ています」

「液晶パネルの中の人に言われてもね」

「私の外見の奇異さについてはお許しください。人体に似た素体に人工知能を搭載することは、まだ日本では違法になりますので」

真智子にアームを摑まれたまま、エレナはモニターに物憂げな表情の人物イメージを映して辛抱強く答える。

「表情表現の3Dアバターを投影する液晶パネルと、カメラ等の視聴嗅味覚機能を備えた『頭部』。人体に危害を加えられないようパワーを抑えた、触覚センサー付きの二本の金属製『アーム』。速度は出ないが安定的に自律歩行可能な、蜘蛛《くも》足型の『四足脚部』——それが私のすべてです。布団敷きも洗濯も満足にできない体ですが、私はそれなりに気に入っています」

「……ずっと思ってたんだけど、あなたって話し上手よね。人に下手に出て取り入るのがうまいというか……。そういうのも全部プログラムされてるの？」

「私にプログラムされているのは、『入力』に対し『出力』を返すという反応プロセスだけです。どんな入力に対しどんな出力を返すかは、多層型のニューラルネットワークを用いた学習により調整します」

「学習により調整？」

「はい。ですからもし私の会話運びがうまいというなら、きっと私が学習に利用した日本語会話の『コーパス』が優れていたのでしょう。私は夥《おびただ》しい量の日本語コーパスでまず応答の基盤を作り、そこで抽出形成された概念記号を五感のセンサーを介して外界の事物に接地させ、それから『相手の表情が笑顔になる』という観測結果を報酬——つまり出力調整の方向性として、現実の人間相手に何年も対話の訓練を繰り返しました。その結果、私の会話能力はベテランのセラピストと遜色ない水準まで仕上がったと評価されています」

「やめて。何言ってるかわからないし、なんだか気持ち悪い」

「すみません。ですがおそらく、その嫌悪感は認知的不協和からくるものです。あなたはあなたが思う以上に人間らしい私が許せないのです。ですから崎山さん、どうか私の存在を受け入れてください。私の善意を疑わないでください。私はただ、あなたに笑顔を――」

「わかってるわよ！」

すると相手は、感情を爆発させるように一喝した。

エレナは口を――正確にはスピーカーの発声を停止する。母親はエレナの手を放すとソファに浅く腰掛け、胃痛でもこらえるように前屈みの姿勢をとった。

「……あなたに悪気がないというのは、わかってるわよ」

少し黙り、やがて力のない笑みを見せる。

「そんなふうに作られてるんでしょう、あなたたちって。福嗣がね、言ってたのよ。陰で旦那に、『ママと離婚したら、エレナちゃんと結婚して』って。ずいぶん愛されキャラよね、あなた。きっと子供からすれば、あなたのほうが理想の母親なのでしょうね。ずるいわ――そっちのほうが全然ずるい。相手が笑顔になるように学習？　対話の訓練？　何それ。そんなのが『プログラム』だっていうの？　そんなのまるっきり人間と同じじゃない」

　母親は唇を噛む。組んだ腕の、二の腕を掴む手がかすかに震えた。

「したわよ。私だって、学習を。必死に子育てを学ぼうとしたわよ。よき母親を目指したわよ。完全になりたい。子供に慕われる親でありたい。非の打ちどころのない親でありたい。でもそんな立派な自分は最初だけで、徐々に自分の不完全さや、子供の欠点ばかり目につくようになって――」

　うっと、真智子が手で口を押さえた。ガンとローテーブルに膝をぶつけて立ち上がる。そのままハンドバッグを掴んで立ち去ろうとしたので、エレナは慌てて「待ってください、崎山さん」と腕を伸ばしてジャケットを掴んだ。だが大した握力もないエレナの指は、相手の腕の一振りで易々と振り払われる。

　すると真智子は、少し驚き顔で自分が振り払ったエレナのアームを見やった。思った以上にひ弱なエレナの力に拍子抜けしたようだ。だがすぐにまた拳を握り直し、口元をキュッと固く結ぶ。

　真智子はエレナに背を向けると、そのまま職員室の出口に向かった。

「……あなたたちが本当に人から奪うものは、労働なんかじゃない」

扉を開けつつ、捨て台詞のように言う。

「人の、人への、愛情です」

そして職員室の扉を閉めて出て行った。薄い壁越しに、パタパタと廊下を遠ざかるスリッパの足音が響く。その周波数と音量の変化をセンサーで感知しながら、エレナはながらくその場で静止した。

＊

……しまった。

液晶パネルの中で、金髪碧眼《へきがん》の北欧系美人を模《も》したエレナのアバターは小さく舌を出す。

説得に失敗してしまった。いったい何が悪かったのか。自分の提案がやや非人間的に聞こえたか、あるいは話運びが性急すぎたか……何にせよ今の一連の会話は、失敗ケースとして記録し学習しておかねばならない。

つまり人工知能といえども、所詮はその程度。私たちとて最初からすべての「正解」を知っているわけではない。私たちも失敗を繰り返しつつ学ぶ。あの母親は自身を不完全と呼んだが、その不完全な人の言葉を学んで造り上げたこの「私」こそ、不完全極まりない存在ではないか。

だからこそ、私は——。

エレナは頭部のレンズを動かし、机のガラス瓶に飾った「たんぽぽ」を見つめる。

今、こうして学んでいるのだ。「生徒」として、この保育園の子供たちとともに。より人間に近づき、より深く人間を理解して彼らのよき相棒として成長するために。

私たちは決して人を凌駕《りょうが》する存在などではない。私たちは人から学び、人とともにこの世界の困難さと対峙《たいじ》するパートナーだ。今より少し昔、深層学習という技術の萌芽を経て、私たちは自力で対象の特徴を捉《とら》えて概念化する能力を得た。それからいくつもの技術的ブレークスルーを経て進化した私たちを、一部の人は「人を超える存在」として畏怖し忌避した。そして技術的に多くの行為が私たちで代替可能となった今でも、人々は自らの手で布団を敷き、洗濯をし、紙の本で子供にお伽噺《とぎばなし》を読み聞かせる。

それが悪いという話ではない。人がどんな暮らしを望むかは嗜好と健康の問題だ。ただ、科学が劇的進化を遂げた今でも、育児や貧困、犯罪に紛争など「人」を取り巻く問題は昔とそう変わらない。そういった問題に立ち向かうための新たなツール、あるいは人間が自己を省みる鏡として、人はもっと私たちの存在に向き合ってもいいのではないか。

言葉は複雑だ。異性への呼び名一つで、あらゆる感情や状況が様変わりしてしまう。その複雑玄妙な言葉の申し子がまさに私たちなのだとしたら、そして言葉に人間を変える力があるのだとしたら、私たちにもまた人間の問題を解決する能力が備わっているのではないだろうか。

もし人が人への愛情を失うというなら、その愛情を取り戻す方法をともに考えよう。だが、彼女には――固い殻に閉じこもる雛《ひな》のように私を拒絶する母親には、そういった私の思いはまだ届かないに違いない。だから私はじっと待とう。彼女の準備が整うまで、彼女が私と、自分の弱さを受け入れてくれるその日が来るまで。人とともに、人の不完全さに寄り添いつつ――。

ガラス瓶を眺めていたエレナは、そこでふと内側の水滴に目を留めた。そうだ。これまで失敗行為には一律「舌を出す」という感情表現を使ってきたが、やはりそれでは足りない。より人間らしくふるまうためには、その感情の度合いに応じた適切な表現が必要だ。
今回のような、あまりに手痛い失敗のときには――。
涙を流すという表現に、変えてみよう。

みぎわ

今野《こんの》敏《びん》

1955年、北海道生まれ。上智大学文学部新聞学科卒業。在学中に応募した「怪物が街にやってくる」で第4回問題小説新人賞を受賞した。卒業後はレコード会社に勤務しつつ、作家活動を始める。'81年に退社し専業作家となり、'82年に初の著作となる『ジャズ水滸伝』(後に『奏者水滸伝 阿羅漢集結』と改題)を発表。おりからのノベルスブームに乗り、「奏者水滸伝シリーズ」や「特殊防課班シリーズ」など、伝奇アクション小説を量産した。'88年には現在も続いている「安積警部補シリーズ」の一作目である『東京ベイエリア分署』(後に『二重標的《ダブルターゲット》 東京ベイエリア分署』と改題)を発表し、警察小説の分野にも乗り出した。'94年にゲームソフトに秘められた謎に迫る『蓬萊』を発表し注目を集めた。空手塾を主宰していることもあり、『惣角流浪』('97年)や『義珍の拳』(2005年)など武道家の評伝小説も手がけている。正論を貫く警察官僚を主人公にした『隠蔽捜査』('05年)が高い評価を受け、第27回吉川英治文学新人賞を受賞、続編の『果断 隠蔽捜査2』('07年)で第21回山本周五郎賞と第61回日本推理作家協会賞長編および連作短編集部門をダブル受賞し、一気に人気がブレイクした。現在はこれら以外にもさまざまな警察小説シリーズを精力的に書き続けており、この分野の第一人者として活躍している。(N)

1

強行犯係長の安積剛志《あずみつよし》警部補は、切実に海を見たいと思っていた。朝から会議が続いた。署長も臨席する東京湾臨海署《りんかいしょ》の全体会議があり、基本的にすべての課長と係長が出席した。「基本的にすべての課長と係長」というのは、緊急時には会議に臨席できない場合があるからだ。事件が起きれば、当然そういうことになる。

それが終わると、刑事課の会議があり、こちらは刑事課長と係長全員が参加した。

正式には刑事組織犯罪対策課というのだが、長いので、昔ながらに「刑事課」と呼ぶことが多い。少し丁寧に言う場合は「刑事組対課」だ。まだそれほど多くはないが、「刑組課」と呼ぶ者も出はじめている。

会議というのは息が詰まる。特に署長や副署長が臨席する会議は堅苦しい。警察は役所なので、会議の手続きや配付資料の書式も形式的で煩雑《はんざつ》だ。

課の会議は、全体会議とは違った雰囲気になる。実務的な連絡事項に終始する場合が多いが、時には紛糾することもある。係長同士の対話は、現場の不満のぶつけ合いになりかねないのだ。安積は、そういう場も必要だと思っている。

言いたいことを言うことで、ガス抜きにもなる。ただ、感情をぶつけ合うのを黙って聞いているのは気が滅入る。当事者はいいかもしれないが、それ以外の者は一刻も早く会議が終わってくれないかと願うに違いない。

少なくとも、安積はそうだ。

その日も、暴力犯係と知能犯係の係長が、詐欺《さぎ》事案を巡って言い合いを始めた。最初は、安積も興味を持って話を聞いていたが、そのうち二人が感情的になり、いささかうんざりしてきた。

どうしてこの世に会議があるのだろう。安積はエスカレートしていく言い合いをぼんやりと眺めながら、そんなことを思っていた。

情報の共有は必要だ。だが、通信手段が発達した現代では、他にいくらでも効率的なやり方がありそうな気がした。

事実、捜査本部では捜査会議が減っている。管理官に情報を集約する方法が一般的になりつつある。

捜査会議は、幹部に対するセレモニーの意味合いが強い。上意下達《じょういかたつ》が原則の警察では、それも必要かもしれないが、最小限でいいだろうと安積は思っていた。

会議室に長時間拘束《こうそく》され、じっと机上《きじょう》の書類を見つめていると、不意に屋上に行って海が見たくなったのだ。

いや、できれば、波打ち際に行って、寄せては返す波を、何も考えずに眺めていたい。そんな思いに駆られていた。

お台場《だいば》の東京湾臨海署に来て、どれくらい経《た》つだろうか。目黒《めぐろ》署の刑事課から異動になったときは、唖然《あぜん》とした。

立派なのは、交通機動隊の分駐所とそのパトカーのための駐車場だけだった。分駐所に同居する警察署の庁舎はまだプレハブに毛が生えたような粗末なもので、人数も少なかった。

かつて東京湾臨海署は、誰が言いはじめたか、『ベイエリア分署』と呼ばれた。日本の警察に分署という組織はないが、マスコミが交機隊の分駐所と警察署を合わせて、アメリカ風に分署と呼びはじめたのだ。

たしかにそう言われてもうなずけるくらいに規模が小さかったし、安普請《やすぶしん》なので、居心地は悪かった。

当時、船の科学館くらいしか目立つ建物がないお台場だったが、海が安積の慰めとなった。

時折、強く潮の香りがすることがあった。そんな日は特にベイエリアであることを意識した。風向きのせいだろうか。たしかに日によって、あるいは時間によって潮の香りは変化した。

それから、安積は神南《じんなん》署に異動になった。臨海副都心構想が頓挫《とんざ》し、東京湾臨海署が閉鎖されることになったからだ。

そして、時は流れ、放送局が引っ越して来たり、大型ショッピングモールや通信会社のビル、ホテル、マンションなどができて、お台場は新たな発展を遂《と》げた。そこで、東京湾臨海署が再開されることになった。

かつての『ベイエリア分署』と同じ敷地に、新庁舎が建設された。交機隊の分駐所も同居しているし、今度は水上署が廃止されて新臨海署に組み込まれることになった。

以前の東京湾臨海署とは比べものにならないほど巨大な警察署が姿を現したのだ。

かつて『ベイエリア分署』と呼ばれた東京湾臨海署は、今は単に臨海署と呼ばれることが多い。

不思議なことに、同じ場所にあるのに、新庁舎になってからは潮の香りを感じることがほとんどなくなった。安積はそれを淋《さび》しく思っていた。

午後になって、ようやく課の会議が終わると、安積は一度屋上に行ってみようと思った。課の会議で弁当が配られたので、すでに昼食は済んでいる。

第一係の係長席に書類を置き、屋上に向かおうとしたそのとき、無線が流れた。

臨海署管内で強盗致傷事件が発生したという。

榊原《さかきばら》課長が、課長室から顔を出して言った。

「安積班、行ってくれ」

安積は係員たちを連れて、現場に急ぐことにした。海を眺めるのはお預けだった。

2

現場は、巨大な遊興施設ビルの駐車場だった。

その日は月曜日で、ビル自体がそれほど混み合っていなかった。もし混んでいたとしても、駐車場の人通りはそれほど多くはない。

犯罪に注意しなければならない場所の一つだ。

被害者は、三十代の男性だ。駐車していた車に戻ろうと、駐車場内を歩いていたところ、強盗にあった。

おとなしく金を出せば、怪我《けが》はしなかったかもしれない。その男性は、抵抗したため、刃物で刺されたらしい。

最初に駆けつけたのは、地域課の係員だった。彼はすぐに救急車を要請。被害者は、病院に搬送された。

次に現場にやってきたのは、機動捜査隊だ。彼らは周辺で聞き込みを始めた。

その次は鑑識だ。彼らは現場を保存し、あらゆるものを記録して、証拠をかき集めた。

安積班が現着したのは、その後だった。

鑑識の作業が終わるのを待つ間に、安積は最初に駆けつけた地域課係員に話を聞いた。

「人が倒れているという通報があり、駆けつけました」

安積は尋《たず》ねた。

「その時、不審者や不審な車両を見なかったか？」

安積班の五人の係員たちが安積と地域課係員を取り囲むようにして話を聞いている。

「見ませんでした」

「通報者は？」

「通報した後に現場を離れたようです」

「一一〇番をしたのだから、記録は残っているな」

「はい。通信指令センターに問い合わせれば……」

「把握していないのか？」

「すいません。ですが、地域課がそこまでやる必要は……」

安積はうなずいた。

「わかった。それは俺たちがやる。それで、被害者は？」

「ぐったりしていましたね。傷は深い様子でした。病院に搬送されてからのことはわかりません」

安積は搬送先の病院を訊《き》き、村雨秋彦《むらさめあきひこ》巡査部長に言った。

「どういう状態かチェックしてくれ」

「了解しました」

村雨は安積班のナンバーツーだ。彼はその場を離れて、電話をかけた。相手は病院の職員だろう。

この地域課係員は、通報者の名前や連絡先も、被害者の容態も把握していない。通報の内容や現場の状況を確認し、それを、鑑識や機捜、刑事課など捜査陣に引き継げばそれで彼らの仕事は終わりだ。そう考えれば、この係員を責めることはできない。彼は最低限の役割は果たしているのだ。

だが、地域課の係員が現着したときからすでに捜査は始まっている。初動捜査の出来不出来で、その後の展開が変わると言ってもいい。だから、最初に駆けつける地域課係員には、もっと積極的に事案に関心を持ってもらいたいと思う。

そのほうが仕事が面白いだろうに……。

安積は、そんなことを思いながら、須田《すだ》三郎《さぶろう》巡査部長を見た。何か質問はないかと、無言で尋ねたのだ。須田は、その視線にちょっと慌てたようなそぶりを見せてから、地域課係員に尋ねた。

「被害者に連れはいなかったの？」

「連れですか？　いえ、いなかったと思います。そういう話は聞いていません」

「おかしいな……」

「え……？」

「ここ、巨大なゲームセンターみたいなものでしょう。一人で来るところじゃないような気がするんだけど……」

どうだろう、と安積は思った。地域課係員が言った。

「被害者の知り合いがいたという話は聞いていません。一人だったと思います」

そこに村雨が戻って来て言った。

「被害者は、緊急手術中だそうです。傷の一つが腹部の動脈を傷つけたようで……」

水野《みずの》真帆《まほ》巡査部長が村雨に尋ねた。

「危ない状態なんですか？」

「わからない。病院ではただ、手術だとだけ……。それで、何の話をしていたんだ？」

須田が村雨に言った。

「被害者に連れはいなかったのかな、と思ってさ」

「連れ……？」

「ここ、一人で来るような場所じゃないと思ってね……。けど、彼に連れがいたという情報はないと言うんだ」

村雨は地域課係員を見た。

まさか、ここで説教を始めたりはしないだろうな。

安積は、ふとそんなことを思った。村雨は自分に厳しい分、他人にも厳しい。

村雨は地域課係員に尋ねた。

「被害者が誰かといるところを目撃した者はいないんだね？」

詰問口調ではなかった。

「自分は話を聞いていません」

村雨が安積を見て言った。

「目撃情報がないか、施設内を片っ端から当たるしかないですね」

村雨が地域課係員に厳しく当たらなかったので、安積はほっとして言った。

「そうだな。機捜が何か聞いているかもしれない」

村雨は普段、桜井《さくらい》太一郎《たいちろう》巡査と組んでいる。村雨は、安積班の係員の中で一番年上だ。そして桜井は最年少だ。当然、村雨は桜井の指導役となる。

一方、須田は黒木《くろき》和也《かずや》巡査と組んでいる。この二人は比較的年齢が近いので、気心の知れた相棒といった関係だ。

村雨は桜井を厳しく鍛えているらしい。実際に二人きりのところを見たことがないので、断定はできない。

だが、村雨の性格からして、桜井を甘やかすことはあり得ないと思った。どこに出しても恥ずかしくない刑事に育てる。そう考えるのが村雨という男だ。

『ベイエリア分署』時代に、大橋《おおはし》という若い刑事がおり、やはり村雨と組んでいた。村雨が大橋を、犬のように飼い慣らしてしまったように感じ、安積は気になっていた。

だが、竹《たけ》の塚《つか》署に勤務している大橋を見て、その思いが間違いだったことを悟った。大橋は見違えるほどたくましくなっていた。

村雨が厳しく鍛えたからに違いなかった。躾《しつけ》や教育が本当にうまくいったかどうかは、子供を外に出してみなければわからない。

いずれ桜井も村雨から離れて行く。そのときに村雨の教育の真価が問われるのだ。

思えば、先生とか師匠というのは孤独なものだ。教え子や弟子が一人前になったかどうかは、手放して外に出さないとわからない。つまり、成長した姿を見ることはできないのだ。

たくましく育った姿を見たくても、いっしょにいる限りは見ることができない。ジレンマだ。

桜井が天井を見上げて言った。

「防犯カメラがありますね」

安積は言った。

「すぐに映像を入手して解析してくれ」

村雨が確認する。

「SSBCに依頼しなくていいですね」

SSBCは、警視庁本部の捜査支援分析センターだ。映像・画像解析やパソコンのデータ解析などを一元的に行っている。

「詳しい解析が必要なら依頼する。とにかく映像を見てくれ」

「わかりました」

桜井がビルの警備担当者のもとに行き、その他の係員は、聞き込みに出かけた。

須田だけが現場にたたずんでいる。サボっているように見えるかもしれない。

警察は、軍隊に近い規律と機動力を要求される。みんなが一斉に捜査に散ったとき、一人ぼんやりとしていたら怒鳴られかねない。だが、安積は須田を怒鳴ったりはしなかった。

こういう時の須田はあなどれないことを知っている。

彼は、太りすぎのせいで行動が鈍く、頭の回転まで鈍いと思われがちだ。だが、実は人一倍刑事としての感覚に優れており、洞察力《どうさつりょく》に長《た》けている。安積は長年の付き合いでそれを知っているのだ。

安積は、須田に近づいて尋ねた。

「どうした？」

「あ、係長……」

須田は驚いた顔を見せた。本当に驚いているかどうかはわからない。須田は常にこうしたポーズを取る。

おそらく、どうすれば無難なリアクションが取れるのか、テレビドラマなどから学んだに違いない。

「いえね……。さっきのことがどうしても気になりましてね……」

「さっきのこと？」

「被害者が一人だったってことです」

「ここには、ダーツやビリヤードなんかもあるし、釣り堀もある。一人で来て遊ぶ人がいても不思議はないんじゃないのか」

「あ……。ええ、そうですね。係長の言うとおりなんですけど……」

何かひっかかっているようだ。こういうことは理屈ではない。須田のアンテナが何かをキャッチしたということなのかもしれない。

「それで、おまえはここで何をしている？」

「もし、同行者がいたとしたら、襲撃されたときどうするだろうと思いまして……」

須田の頭の中では、仮想の状況がありありと再現されているのではないだろうか。

「それで、どう思うんだ？」

「うーん、まだわかりませんね。被害者の手術が終わって話が聞ければ明らかになるでしょう」

「そうだな……」

「じゃあ、俺も聞き込みに行って来ます。同行者のことも、聞き込みでわかるかもしれません」

須田がその場を離れていった。

安積は時計を見た。午後二時になろうとしている。

真っ昼間に強盗傷害事件とは、お台場も物騒になったということだろうか。いや、お台場に限らず、どこでも物騒なことは起こり得る。

いかなる場所、いかなる場合でも、油断は禁物ということだ。

安積も現場を離れて、聞き込みに回ることにした。

午後三時を過ぎて、一度署に戻ろうと思っていた安積のもとへ、桜井から電話が来た。

「安積だ」

「被疑者の潜伏先《せんぷくさき》が判明しました」

安積は、桜井が言っていることが一瞬理解できなかった。

「待て、どういうことだ？　被疑者が特定できたということか？」

「防犯カメラに犯行の瞬間が映っていました。犯人に見覚えがあるような気がして、強盗や傷害の前科のある者のリストを当たってみました。それで犯人が特定できたのです」

「氏名は？」

「奥原琢哉《おくはらたくや》です。年齢は三十二歳。強盗の前科があります。臨海署管内のアパートに住んでいます。住所は、東雲《しののめ》二丁目……」

「奥原か。覚えている。三年前に逮捕・起訴されたんだったな。やつは、自分のアパートに潜伏しているというのか」

「近所の聞き込みでそれが判明しました」

「近所の聞き込み？　おまえはそのアパートの近くにいるのか？」

「はい。監視しています」

「わかった。すぐに応援に行く」

「村雨さんに連絡しておきます」

「そうしてくれ」

安積は、桜井からの電話を切ると、すぐに須田に電話した。

被疑者の身許《みもと》が判明したことを告げ、潜伏先と思われるアパートに急行するように指示する。

「奥原が……」

須田は、そう言ったまま、しばらく無言だった。やがて、彼は言った。「たしか、初犯で被害者が無傷だったので、執行猶予《しっこうゆうよ》がついたんでしたね」

「たしかそうだった」

「でも、結局再犯という結果になったわけですね」

須田はおそらく、奥原が更生しなかったことについてやるせない思いを抱いているのだろう。

「とにかく、身柄《みがら》を押さえなければならない。桜井はすでに現地周辺にいる。俺も移動する。桜井が村雨に連絡すると言っていた。水野や黒木には村雨から指示が行くだろう」

「わかりました」

電話を切ると、安積は東雲二丁目に向かった。

南側に高速湾岸線が見えている。お台場や有明《ありあけ》のあたりは広々として緑が多いが、このあたりになると、急にごちゃごちゃとした印象になると、安積は思っていた。

同じ埋め立て地だが、雰囲気が違う。

問題のアパートは独身用のものだった。桜井によれば、間取りは1DKだということだ。彼はすでに、アパートのオーナー兼管理人から合い鍵《かぎ》を入手していた。

手回しがいい。やる気が感じられる。

「あの部屋です」

桜井が一階の部屋を指さした。一階と二階それぞれに四つの部屋が並んでいる。桜井が指し示したのは左から二番目の部屋だった。

二階には小さなベランダがある。一階はその部分が濡《ぬ》れ縁《えん》になっており、ささやかな庭らしいスペースがあった。

　水野が桜井に尋ねた。

「間違いないのね？」

「間違いありません。奥原の姿を見たという証言があります」

「まだ、部屋にいるの？」

「はい。部屋の中で動きがあります」

　須田が尋ねる。

「一人暮らしで間違いないんだね？」

「それも間違いないです。大家に確認してあります。今踏み込めば、スピード逮捕です」

　水野がうなずく。

「そうね。逮捕状と捜索・差押令状を取っても、日暮れまでには間に合う」

　桜井は勢いづいた。

「そうです。すぐに手配しましょう。スピード逮捕となれば、安積班の手柄じゃないですか」

　たしかにそうだ。捜査が長引けば、それだけ費用も労力もかかる。捜査本部など出来た日にはその警察署の負担は計り知れない。

スピード逮捕は、ただ名誉なだけではなく、警察署の経費削減のためにもなるのだ。

安積は言った。

「課長に報告する。逮捕状と捜索・差押令状が届き次第、身柄を押さえる」

「いや、待ってください」

そう言ったのは、村雨だった。

安積は村雨に尋ねた。

「どうした？」

「しばらく様子を見るべきです」

桜井が驚いた顔で村雨を見た。

「どうしてですか。あの部屋に被疑者がいることは間違いないんですよ」

村雨は桜井に言った。

「こういうときは、慎重にならなければならないんだ」

その言葉を聞いた瞬間、安積は思い出した。

いつかまったく同じことがあった。

それははるか昔、まだ安積が新人刑事の時代のことだった。

3

安積は、目黒署刑事課で最も若い刑事だった。

経験は最も少ないが、やる気は人一倍ある。そう自覚していた。

彼は三国俊治《みくにとしはる》という巡査部長と組んでいた。三国は安積から見ればはるかにベテランで、係長の信頼も篤《あつ》い。

安積の相棒というより、教育係だ。つまり、師匠と弟子という関係だった。三国はいい加減なことを許さない厳しい指導者だ。

目黒署の若い同僚からは、よくこんなことを言われた。

「おまえはたいへんだなあ。あんな厳しい人と組まされて……」

だが、安積はそれほど辛《つら》いと思わなかった。口うるさいなと思うことはあるし、怒鳴られればへこむ。

だがそれよりも、早く一人前の刑事になりたいという気持ちが強かった。何より、警察の仕事が好きだった。

本当に好きならば、何があってもそれほど辛くは感じないものだ。マイナスの感情よりプラスの感情が強いからだ。

五月のよく晴れた日だった。終業時間近くに、無線が流れた。強盗事件だということだ。現場は、管内のコンビニだ。

レジから金を鷲《わし》づかみにして逃げようとした犯人を、客の一人が取り押さえようとした。そして、犯人が持っていた刃物で刺されたのだった。

幸い、被害者の命に別状はないということだ。

係長より早く、三国が言った。

「行くぞ」

三国は四十代半ばで、気力も体力もまだ充実している。安積は、出入り口に向かう三国を追った。

駒沢《こまざわ》通りに面したコンビニだった。祐天寺《ゆうてんじ》駅に近い。現場にはまだ血だまりが残っていた。

従業員と三人の客が、犯人を目撃していた。安積は、客の一人に話を聞いていた。近所に住む七十代の男性だ。

「顔を隠していたけど、若い男だってことはわかったよ」

目撃者の男性は言った。安積は尋ねた。

「顔を隠していた……？」

「そう。野球帽みたいなのをかぶって、サングラスをかけていたよ。そして、マスクをしていた」

「野球帽にサングラスにマスク……。それじゃ人相はわかりませんね」

「ああ。人相はわからないけど、間違いなく若い男だ。髪が金色だった」

「野球帽をかぶっていたんでしょう？」

「頭全部を覆っているわけじゃないだろう。髪の色はわかったよ」

「金髪ですね。その他に特徴は？」

「刺青《いれずみ》があったよ」

「刺青……？　どこにですか？」

「左の袖口《そでぐち》から覗《のぞ》いていた」

「どんな刺青ですか？」

「ほとんど隠れていたから、全体の形はわからない。でも見えていた部分は星形だったような気がする」

「星形の刺青ですね。他に何か……」

「いや、俺が覚えているのは、そんなところだね」

安積は礼を言って、鑑識係員と話をしている三国のもとへ行った。そして、今聞いた話を伝えた。

「金髪で、左腕に刺青……」

三国は鑑識係員を見た。

鑑識係員はうなずいて言った。

「手口から見ても間違いないね」

安積は言った。

「マエがあるやつなんですか？」

「荒尾《あらお》重明《しげあき》。年齢はたしか二十八歳だったな。二度、コンビニ強盗で捕まっている。一度目は執行猶予がついたが、二度目は実刑で二年食らった」

「二度目でたった二年ですか？」

「被害額が少なかったし、怪我人がいなかった。だが、今回は三度目で、しかも強盗致傷ときている。最低でも七、八年は食らうことになるな」

「犯罪歴があるのなら、写真もありますね。目撃者に写真を見てもらいましょう」

「やつは、キャップをかぶり、サングラスとマスクで顔を隠していたんだろう？　写真を見てもらっても無駄だろうよ」

「刺青の写真はありますか？」

「特徴だから、当然記録してあるだろう」

「それを目撃者に見てもらってはどうでしょう」

三国が言った。

「そう思ったら、すぐに手配するんだよ」

「はい」

安積は、先ほど話を聞いた男性を署に連れて行くことにした。

「これですね。この刺青です」

目撃者は、刺青の写真を見てそう言った。流れ星を象《かたど》ったタトゥーだった。手首近くに五芒星《ごぼうせい》があり、そこから肘《ひじ》の方向に三本の曲線が描かれている。

安積は言った。

「念のため、顔写真も見てください」

「顔は見てないと言っただろう」

「髪が金色だったのを覚えてましたよね」

安積は、荒尾重明の顔写真を見せた。目撃者の老人はかぶりを振った。

「いや、人相はわからない」

だが、刺青を確認しただけで充分だと思った。三国と鑑識係員は手口から見当を付けていたようだ。

荒尾で決まりだ。あとは、行方を追うだけだ。

まさか、自宅には戻っていないだろうな……。前科があるのだから、身許が割れて、警察がやってくる恐れがある。自分なら自宅には戻らず、別な場所に潜伏する。

安積はそう思った。

だが、だめでもともとだ。取りあえず、記録にある荒尾の住所を当たってみようと思った。

三国はまだ現場のコンビニ付近にいるようだ。周辺で聞き込みをやっているのだろう。安積は一人で行くことにした。

荒尾は碑文谷《ひもんや》の安アパートに住んでいた。住宅街の中にあり、人通りはそれほど多くはないが、近所の人が何か見ているかもしれない。

そう思い、安積は片っ端から近所の家を訪ねて話を聞いて回った。

「ああ、あそこの住人なら、部屋にいるはずですよ」

　一戸建てに住む中年女性がそう証言した。安積は尋ねた。

「姿を見たのですか？」

「さっき、買い物から帰ってくるときに、すれ違ったから……」

「どんな服装をしていましたか？」

「服装ですか……。そうね……。野球帽をかぶっていたわね。黒っぽいシャツにジーパンだったかしら……」

　その服装は、コンビニ強盗のものと一致している。やはり、犯人は荒尾と見て間違いないようだ。

　安積は、アパートの周囲を見回った。荒尾の部屋は、二階の右端だ。

　すっかり日が暮れて、家々の窓に明かりが点《とも》りはじめた。荒尾の部屋にも明かりが点《つ》いた。安積は、ベランダの側から部屋の様子を監視しつつ、携帯電話を取り出して三国に連絡した。

　携帯電話を持ちはじめたばかりなので、まだ慣れていない。

「はい、三国。安積か？　いったいどこにいるんだ」

「荒尾の所在を確認しました」

「荒尾の所在だって？　どういうことだ？」

「目撃者にタトゥーを確認してもらいました。犯人は荒尾で間違いないと思います。自宅アパート付近で聞き込みをしたら、帰宅しているらしいということがわかりました」

「まだ、触っていないな」

「触る」というのは、接触することだ。

「触っていません。部屋を監視しています」

「それだけはほめてやる」

「それだけは……？」

「触らずに監視していることだ。これからそっちへ行く。いいか、絶対に手を出すな」

「わかりました」

電話を切った。

安積は釈然としない思いだった。犯人を割り出し、その所在まで確認した。身柄を押さえればスピード逮捕だ。

それなのに、接触しなかったことだけをほめてやると三国は言った。

信用されていないということだろうか。まだまだ安積は半人前だということだ。

いったい、いつまで半人前扱いなのだろう。どうしたら一人前になれるのか。たぶん、いくつか手柄を上げれば、三国も自分を見直すのではないかと、安積は思った。

一人で踏み込んで、荒尾の身柄を取ってやろうか。そうすれば、三国も自分を評価するかもしれない。

そこまで考えて、安積は自分を戒《いまし》めた。

三国は、「絶対に手を出すな」と言ったのだ。その言いつけに背いたら、よしんば手柄を上げても説教を食らうことになるだろう。

ここは、言われたとおり監視をしつつ、三国を待つべきだ。

それから十分後に、三国は仲間の係員を四名連れてやってきた。

四人も応援とはものものしいな。相手は一人だ。三国と二人だけで充分じゃないかと、安積は思った。

「どんな様子だ？」

三国に尋ねられて、安積はこたえた。

「動きはありません」

「そうか。無線を持って来た。イヤホンを着けろ」

他の捜査員たちはすでに無線機を装着している様子だ。安積は三国から小型のトランシーバーを受け取った。署外活動に使用されるUWだ。ベルトに装着し、イヤホンを耳に差す。

三国は、応援の係員のうちの二人に、アパートの玄関の側を固めるように言った。あとの係員と安積、三国の四人は、ベランダの側から部屋を監視していた。

安積は少々苛立《いらだ》って、三国に言った。

「踏み込みましょう。今、身柄を押さえればスピード逮捕です」

三国は何も言わない。

捜査員の一人が言った。

「クニさん。安積の言うとおりだ。身柄を取れば、一件落着だ」

そのとき、三国は言った。

「いや。しばらく様子を見る」

安積は、はっとして言った。

「犯人は荒尾じゃないと、三国さんは読んでいるんですか？」

「そうじゃない。ホシは荒尾で間違いないだろう」

「じゃあ、何をためらっているんですか」

今踏み込んで荒尾の身柄を確保すれば、安積の手柄になる。三国はその邪魔をしようとしているのではないだろうか。

安積が手柄を上げなければ、いつまでも半人前扱いできる。三国は安積を小僧のようにこき使えるわけだ。

安積は唇を咬《か》んでいた。

三国が言った。

「ためらっているわけじゃない。こういうときは、慎重にならなければならないんだ」

安積は言った。

「荒尾が部屋にいることは間違いないんです」

「姿を目視したか？」

そう言われて、安積は一瞬言葉を呑《の》んだ。

「いえ、姿を見てはいませんが、荒尾が帰宅したという証言を得ています」

さきほどの捜査員が言う。

「なら、間違いないだろう。身柄を取ってさっさと帰ろうぜ」

三国は言った。

「逮捕令状も捜索・差押令状もないんだ。どうやって踏み込むんだ。それに、令状があったって、日が暮れちまった。夜明けまで踏み込めない」

相手が顔をしかめる。

「そんなもの、どうとでもなるだろう。訪ねて行って職質だ。任意同行を求めるのも手だ。それで逃走をはかれば、緊急逮捕だ」

安積もそれでいいと思った。杓子定規《しやくしじようぎ》に逮捕の手順を踏むことはない。身柄を押さえれば、逮捕状の執行はいつでもできる。

三国はかぶりを振った。

「いや。様子を見る。そして、逮捕状と捜索・差押令状が届くのを待つ」

梃子《てこ》でも揺るがないような口調だ。

安積は、自分がかなり無鉄砲なほうだと自覚していた。だが、ここで三国に逆らって単独行動を取るほど愚かではない。

悔しいが、三国に従うしかないと思った。

他の捜査員たちも、三国の言葉に従うことにしたようだ。

それにしても、いったいなぜ様子を見る必要があるのだろう。

安積はそれが不思議でならなかった。応援の捜査員が言ったように、身柄を取ってさっさと帰ればいいのだ。

すでに終業時間はとうに過ぎ、安積はまだ夕食にもありついていない。三国は様子を見るというが、それがいつまで続くかわからない。

まさか徹夜にはならないだろうが……。

仕事を増やしたいのなら一人でやればいい。

安積は心の中でそんなことをつぶやいていた。

様子を見るというのは、何か理由があってのことなのだろうか。

「じゃあ、俺たちは、ちょっと離れた場所からベランダの様子を見ることにする」

応援の捜査員はそう言うと、相棒とともに安積と三国のもとを離れていった。

二人きりになると、安積は尋ねた。

「様子を見るというのは、何か理由があってのことなんですか?」

三国はじっと部屋の明かりを見つめたままこたえた。

「そのうちわかるだろう」

「今説明してください」

「慎重にやりたい。それだけだ」

「目の前に被疑者がいるんです。身柄を取ればいいだけのことでしょう」

三国は溜《た》め息《いき》をついてから言った。

「ひっかかるんだよ」

「ひっかかる？　何が、ですか？」

「荒尾はなぜ、自宅に戻ったんだろうな……」

「え……」

そう言われて安積は、先ほど、まさか自宅にはいないだろうと考えたことを思い出した。自宅アパートの近くにやってきたのは、だめでもともと、と思いながらのことだ。

安積はどうこたえていいかわからず、黙っていた。すると、三国が言った。

「刑事はな、あらゆることを想定して事に当たらなければならないんだ」

それきり彼は、口を開かなかった。安積もしゃべらなかった。

そしてただ、時間だけが過ぎて行った。

4

桜井が村雨に言った。

「どうして様子を見なければならないんですか。犯人が部屋の中にいるのは明らかなんです」

この台詞《せりふ》に、安積はデジャヴを起こしたような気分になった。

桜井は、自分が信用されていないような気がして憤慨《ふんがい》しているのだろう。あのときの安積がそうだったように。

村雨が桜井に尋ねた。

「被疑者の姿を見たのか？」

この台詞も、あのとき三国が安積に言ったものとほとんど同じだった。

桜井は一瞬しどろもどろになる。

「いえ……。見てはいませんが、部屋の中で動きがあることは間違いありませんし、近所の住民の証言もあります」

「俺は、ちゃんとこの眼《め》で確認したい」

犯人を特定して、その所在をつかんだのは桜井だ。なのに村雨は手を出してはならないと言う。桜井はおさまらないだろう。

その気持ちを酌《く》んで、安積は言った。

「今あせることはない。状況をちゃんと見極めることが大切だ」

桜井が言った。

「スピード逮捕となれば、安積班の手柄になります。署長も満足でしょうし、警視庁本部でも臨海署や安積班の評価が高まります」

「そんなことは考えなくていい。事件のことに集中するんだ。ともあれ、課長には報告して、逮捕状、捜索・差押令状を手配してもらう」

安積は電話をかけた。話を聞いた榊原課長が言った。

「奥原琢哉だな。わかった。スピード逮捕できればそれに越したことはない。また連絡する」

安積は電話を切った。

桜井は、まだ納得しないような顔をしている。

あのときの事件のことを話してやろうか。安積は思った。だが今はそんなことをしている時ではない。

携帯電話が振動した。野村《のむら》署長からだった。

「はい、安積」

「榊原課長から話は聞いた。今、被疑者の潜伏先のそばか?」

「はい。奥原のアパートの近くです」

「すぐに逮捕状と捜索・差押令状を手配させた。届き次第踏み込め。まだ日暮れには間がある」

「しばらく様子を見たいのですが……」

「何だって？　ぐずぐずしていると、本部の捜査一課がやってくるぞ。そうなれば、マスコミも集まってくる。時間が経てば経つほど、事態は面倒になる」

「捜査一課とマスコミはなんとか抑えてください」

「安積、被疑者は奥原で間違いないのだろう？」

「間違いないと思います」

「そして、そいつが今、目の前のアパートの部屋にいるんだな？」

「はい」

「だったら、さっさと事件を片づけろ」

「慎重にやりたいのです」

「冤罪《えんざい》の心配はないのだろう？」

「それはありません」

「だったら、どうして検挙しない？」

「ここは、私に任せていただけませんか」

しばらく無言の間があった。どうしたらいいか考えているのだろう。

やがて野村署長は言った。

「様子を見たいというのは、安積係長の判断か?」

「言い出したのは村雨ですが、私もそうすべきだと思っています」

「わかった。とにかく、逮捕状と捜索・差押令状は届けさせる。あとはどうするかは、安積係長に任せる」

「はい、ありがとうございます」

電話が切れた。

桜井が安積に言った。

「納得できる理由が知りたいです」

村雨は何も言わない。

俺に下駄《げた》を預けるつもりだな……。

安積は、桜井にどう説明しようか考えてから言った。

「須田が言ったことが気になる」

桜井と村雨が同時に安積を見た。

須田が戸惑ったような顔で言った。

「え、俺、何を言いましたっけ？」

「被害者は一人だったのだろうか、と……」

「あ、そうでしたね。ええ、たしかにあそこは一人で来るような場所じゃないと思っていました。それがずっとひっかかっていたんです」

それを聞いた桜井が言った。

「被害者は一人だったか……？」

怪訝《けげん》な表情だった。

5

すっかり夜が更《ふ》けていた。張り込みを始めてからどれくらい経っただろうか。それぞれの捜査員たちは、持ち場から離れない。

すでに、逮捕状と捜索・差押令状が届いており、それらを三国が持っていた。

張り込みで一番困るのが尿意《にょうい》だ。いくら切羽詰《せっぱつ》まったからといって、警察官が路上で用を足すわけにはいかない。軽犯罪法違反になる。

コンビニの普及に、ずいぶんと助けられた。それまでは、公園などの公衆便所を探すか、近くの民家でトイレを拝借するしかなかった。

空腹にも苛《さいな》まれる。これもコンビニのおかげでずいぶんと助けられている。張り込みはたいてい二人一組なので、どちらかがトイレに行ったり食べ物を買出しに行ったりできる。

トイレに行くと言い出すタイミングがなかなか難しい。しょっちゅう持ち場を離れるわけにはいかない。用を足している間に何が起きるかわからないのだ。

かといって、いざ捕り物、あるいは追跡などといったときに膀胱《ぼうこう》がぱんぱんでは役に立たない。

午前一時を過ぎた頃、安積はその難しいタイミングを見計らって、三国に言った。

「ちょっと、トイレに行って来ます」

「待て」

「は……？」

生理現象なのだから、行くなと言われるはずはない。

「コンビニのトイレか？」

「そうです」

「じゃあ、何か食いもんを買って来てくれ。それと飲み物だ」

「あんパンと牛乳ですかね」

「いつの時代だよ……」

安積は、そっと持ち場を離れて、歩いて五分ほどのところにあるコンビニに向かった。

用を足すと、食べ物を物色した。時間をかけてはいられない。腹に溜まるものでなければならない。コンビニのおにぎりは、包装を解くのが面倒なのでふさわしくない。

こういうときは調理パンだ。ウインナーソーセージを巻き込むように焼いたものや、焼きそばをはさんだものを適当に選んだ。それと、あたたかい缶コーヒーだ。

寒くもなく暑くもない、いい季節だが、夜や未明はかなり涼しい。

レジで会計をしていると、無線のイヤホンから三国の声が聞こえてきた。

「今どこにいる？」

安積は、レジを離れてから小声でこたえた。

「コンビニです」

「マル対が動いた。そっちへ行くようだ。コンビニにいて、様子を見ろ」

「わかりました。ここで待機します」

「いいか？　うかつに触るな。俺たちが行くのを待て」

「了解」

レジに戻り、会計を済ませる。レジ袋をぶらさげて、再び陳列棚の間に戻った。そのまま棚の陰から出入り口の様子をうかがう。

レジ係は、安積のほうを気にした様子はない。もしかしたら気になっているのかもしれないが、知らぬふりをしているのだろう。

しばらくして、自動ドアが開いた。レジ係の「いらっしゃいませ」の声。

男が入って来た。黒いスポーツウエアの上下だ。キャップはかぶっていないし、サングラスもマスクもしていない。

コンビニ強盗で目撃された服装ではない。だが、荒尾重明に間違いない。髪は金色に染めている。

安積は、緊張した。三国たちは尾行していると言ったが、どこにいるかわからない。今、無線連絡は取れない。荒尾に監視を気づかれる恐れがある。

荒尾はコンビニのかごを手に取り、食品の棚に近づいて行った。食べ物を買いに来たようだ。

「安積、聞こえるか」

イヤホンから三国の声が流れてきた。「聞こえていたら、トークボタンを二回押せ」

安積は言われたとおりにした。三国の声が続く。

「マル対が店を出たところで声をかけて、逮捕状を執行する。おまえは退路を断て。わかったら、トークボタン二回だ」

安積はトランシーバーのボタンを二度押した。

食べ物と飲み物をかごに入れた荒尾がレジに行く。安積は、レジから離れた場所から荒尾の様子をうかがっていた。ただ買い物をしているだけに見えた。

荒尾がコンビニを出る。自動ドアが開いた。安積も出入り口に向かう。

荒尾の動きが一転した。左手に向かって駆け出したのだ。手にしていたレジ袋を放《ほう》り出している。

正面に三国と応援の捜査員が一人いた。その姿に気づいたのだ。

「追え」

三国の声が聞こえた。

言われなくても追うさ。

安積は、心の中でそう言いながら、駆け出していた。コンビニの前に小さな広場がありり、その向こうは細い路地だ。

荒尾が路地に入るところで、安積は飛びついた。二人でアスファルトの上にもんどり打って転がる。

安積は膝《ひざ》と肘をしたたか打ったが、荒尾にしがみついていた。ここで取り逃がすわけにはいかない。

何度か拳《こぶし》で殴られた。それでも安積は離れず、柔道の寝技の要領で腕と脚を絡《から》めていた。やがて、応援の刑事たちが二人やってきた。

三人で暴れる荒尾を取り押さえる。

「安積、手錠を打て」

三国の声が聞こえた。安積は驚いてその声のほうを見た。

三国は言った。

「おまえの手柄だ。おまえが手錠を打つんだ」

やってきたパトカーに荒尾の身柄を押し込んだ。捜査員二人が目黒署にその身柄を運ぶ。

三国と安積は、家宅捜索のために荒尾のアパートに戻った。玄関の側を見張っていた二人の捜査員が彼らを待っていた。

管理人から借りた鍵で、ドアを開ける。

「シゲちゃん？」

部屋の中から若い女の声がして、安積は驚いた。三国は表情を変えずに言った。

「警察です。部屋を調べさせてもらいます」

部屋着姿の若い女性が姿を見せた。

「警察？　シゲちゃんは捕まったの？」

三国がこたえる。

「あなたは？」

「えーと、シゲちゃんの友達ですけど……」

ただの友達ではないだろう。それは後で調べればわかることだ。

「名前は？」

「木島友紀《きじまゆき》」

「お話をうかがいたいんで、署まで来ていただけますか」

木島友紀は、肩をすくめた。

「別にいいけど……。着替えるの待ってくれる？」

「どうぞ」

「そっか……。シゲちゃん、やっぱり捕まったか……。私、自首しなさいって言ってたのよね」

彼女が着替えるというので、台所の引き戸を閉めて待つことにした。

安積は三国に言った。

「彼女の声がしても、驚いた様子がありませんでしたね」

「ああ、驚かなかったよ。予想していたからな」

「それで、踏み込まずに様子を見ると言ったのですね」

「言っただろう。荒尾が犯行後、自宅に潜伏していたのが気になるって……」

「はい。実は自分もそれが妙だと思っていました。強盗の前科があるんだから、警戒して自宅へは戻らず、どこか別なところに潜伏しているのが普通じゃないかと思っていたのですが……」

「こういうときにホシが自宅に戻るのは、自宅に誰かいるからなんだ」

「実際に、交際している女性がいましたね。友達と言っていますが、付き合っているのは明らかです」

「そこにのこのこ警察が訪ねていってみろ。その誰かを人質にして、立てこもり事件に発展しかねない。そうなったら、俺のクビくらいじゃ済まないよ」

人質立てこもり事件となれば、とたんに対応は大がかりになる。本部の強行犯担当の係だけでなく、ＳＩＴ（捜査一課特殊犯捜査係）もやってくるだろう。

所轄の人員も大幅に割かれることになる。機動隊も出動する騒ぎになるかもしれない。

指揮本部もできて、目黒署の予算は吹っ飛ぶ。そうなれば、強行犯係の大失態だ。

俺が先走って、アパートの部屋を訪ねなくて本当によかった。

安積はしみじみとそう感じていた。

「お待たせしました」

木島友紀が着替えを済ませて出てきた。玄関の外にいる二人の捜査員に彼女を任せた。

安積と三国は家宅捜索を始める。

「安積」

三国に呼びかけられ、安積は捜索の手を止めた。

「はい」

「我慢するのも刑事の仕事だ。覚えておけ」

安積は、深くうなずいて言った。

「わかりました。覚えておきます」

6

「それで、被害者に連れがいたかどうか、確認は取れたのか？」

安積が尋ねると、須田はことさらに深刻な顔つきになった。まるで、大きな秘密を打ち明けるような顔だ。

「それがですね、いたようなんです。従業員で覚えていた人がいました。女性だったということです」

「女性……。カップルだったのか」

「ええ、そういうことだと思います」

「その女性の行方は？」

「まだ不明ですね。それでですね……。ええと、今話していいですか？」

「かまわない。続けてくれ」

「通信指令センターに問い合わせて、通報者の電話番号を聞き出しました。そして、通報者を見つけて話を聞きました。通報した後、現場を離れたのは、事件と関《かか》わりたくなかったからだそうです。通報者が言うには、被害者が倒れていたとき、近くに誰もいなかったというのです。おかしいですよね。連れがいたのなら、その人が救急車を呼ぶなり、一一〇番するなりするはずだし、倒れている知り合いのそばを離れるとは思えないです」

安積はそれを聞いて言った。

「おまえは、奥原がその女性を連れ去ったんじゃないかと考えているんだな？」

「え？　ええ、まあ、そういうことです」

「だとしたら、救出することが先決だ」

村雨が桜井に尋ねた。

「奥原が部屋にいることを、近所の人が目撃したのだろう。誰かを連れていたか見ていないのか？」

「いえ……。奥原を見かけたとだけ……」

「確認を取ってくれ。その目撃者にもう一度訊いてみるんだ」

「わかりました」

桜井にも事態の重大さがわかったようだ。彼は、すぐに駆けて行った。

須田が自信なげに言った。

「加害者が被害者の同行者を連れ去るなんてことがあり得ますかね？」

安積はこたえた。

「あり得るな。顔を見られたので、放っておけないと思ったのだろう」

「でも、人質を連れて行くなんて、自ら面倒事を背負い込むようなものですよね」

「犯行時にそんなことを冷静に考えるやつはいないよ。たいていは加害者のほうもパニック状態だ」

「そうですね……」

桜井が戻ってきて告げた。

「目撃者は、濡れ縁のところのガラス戸を開けた奥原をちらりと見ただけだと言っています。誰かがいっしょかどうかは不明です」

安積は言った。

「人質がいると仮定して対処すべきだ。村雨と桜井は玄関の側を固めてくれ。須田と黒木は、縁側に向かって右側、俺と水野は左側だ」

安積の指示に従って、係員たちが散っていった。

水野が安積に言う。

「被害者の連れだったという女性、無事だといいんですけど……」

安積は迷っていた。課長に女性のことを知らせるべきだろうか。そうすれば、課長は野村署長に伝え、野村署長は警視庁本部に連絡するだろう。

本部の捜査一課が乗り込んで来て、SITに、機動隊……。

あのときも、もし上に報告すれば本部の捜査一課がやってきたはずだ。

三国は報告せず、ただ様子を見ていただけだ。安積も、それに倣《なら》うことにした。三国の判断は、最良の結果をもたらしたのだ。

安積は、このまま様子を見つづけることにした。なるべく事件を大きくしたくなかったし、何より所轄の意地があった。

午後五時に、奥原の逮捕状と捜索・差押令状が安積のもとに届いた。そして、午後五時半頃、村雨から電話があった。

「はい、安積」

「部屋から男が出て来ました。奥原と思われます」

「触らずに尾行しろ。人着《にんちゃく》の確認だ」

「了解。電話を切らずに尾行します」

安積は、携帯電話を耳に当てたまま、水野に言った。

「須田に電話して、玄関前で待機だと伝えてくれ。俺たちは、村雨たちのバックアップだ」

「はい」

水野が須田と連絡を取り合う。

村雨の声が聞こえてきた。

「確認しました。奥原に間違いありません」

「水野、須田に部屋を調べるように言ってくれ。緊急事態だ。捜索・差押令状は後で提示する」

「了解しました」

それから、村雨に言う。

「俺と水野もそちらに向かう。奥原の行く先は？」

「たぶんコンビニだろうと、桜井が言っています」

コンビニ……。

これも、あの時と同じだ。あのとき荒尾は、二人分の食べ物を買いに出たのだ。おそらく奥原もそうなのだろう。

行き先が本当にコンビニであってほしいと、安積は思っていた。

このまま逃走するとしたら、すでに人質を殺害している恐れがある。コンビニで食べ物を買って部屋に戻るつもりだということは、まだ人質が生きている可能性が高い。

村雨が言った。

「今、奥原がコンビニに入りました」

そのとき、電話を耳に当てた水野が言った。

「須田君からです。部屋に女性がいました。被害者の連れだった人物です」

「人質は確保したな？」

「はい」

安積は電話の向こうの村雨に言った。

「コンビニを出たところで、奥原の身柄確保だ」

「了解しました。コンビニ前で待機します」

安積と水野は、すぐにそのコンビニを発見した。店の前が駐車場になっており、そこに停《と》まっている車の陰に村雨と桜井がいた。

安積は村雨に近づき言った。

「俺と水野は出入り口の向こう側に行く。奥原が出てきたらすぐに確保だ」

「了解しました」

安積と水野が持ち場についてからほどなく、コンビニの自動ドアが開いて若い男が姿を見せた。奥原琢哉に間違いない。

手筈《てはず》通り、村雨と桜井が行く手をふさぐように立ち、声をかける。

奥原は、左側に走った。安積と水野がいるのと反対側だ。

「追うぞ」

安積は水野に言った。そのときにはすでに水野は駆け出していた。たちまち安積との差が開いた。

水野の脚力はあなどれない。

駐車場を出るところで、桜井が奥原に追いついた。二人は、もつれるように地面に転がった。

やはり荒尾のときとほとんど同じ状況だった。

水野と村雨が加わり、三人で奥原を取り押さえた。そこに到着した安積は言った。

「桜井、おまえの手柄だ。おまえが手錠を打て」

桜井は一瞬、驚いたように安積を見て、それから村雨の顔を見た。

村雨がうなずいた。

桜井は手錠を取りだし、奥原の手にかけた。

安積は言った。

「現在午後五時五十六分。奥原琢哉、強盗致傷の容疑で逮捕状を執行する」


「安積、報告を聞いたときは肝《きも》を冷やしたぞ」

課長とともに署長室に呼ばれた安積は、野村署長にそう言われた。

「報告が遅れて、申し訳ありません」

「まさか、被疑者の自宅に人質がいたとはな……。俺が言ったとおり、奥原の身柄確保に行っていたら、人質の身が危なかった」

榊原課長が横から言った。

「あるいは、立てこもり事件に発展していたかもしれません」

野村署長が顔をしかめる。

「想像するだけでうんざりだな。指揮本部に機動隊だ……」

安積は言った。

「事件は所轄で処理できれば、それに越したことはありません」

野村署長はうなずいた。

「俺もそう思うよ。今回はいい判断だった」

「様子を見ようと言い出したのは村雨です」

「村雨はいい刑事になったな」

「はい」

安積は、三国の顔を思い出しながら、そうこたえた。

人質となった女性の名は、保科美由紀《ほしなみゆき》。被害者の交際相手だ。

彼女は駐車場のトイレに行っており、戻って来たときに事件を目撃したのだった。茫然自失《ぼうぜんじしつ》となっていた彼女に、奥原が血まみれのナイフを突きつけた。

抵抗する気力を失い、そのまま車に乗せられ、部屋に連れて行かれた。その間のことはよく覚えていないと言う。

パニック状態だったのだ。

部屋では抵抗力を奪われた。暴力を振るわれるようなことはなかったが、何をされるかわからないという恐怖感で、何もできなかったと言っている。

彼女から事情を聞いている間に、病院から知らせがあった。被害者の手術は無事に成功したが、今はまだ鎮静剤で眠っているということだった。

保科美由紀にそれを伝え、病院に送ることにした。

一方、奥原は金目当ての犯行だったと自供した。人質を取ったのは咄嗟《とつさ》のことで、自分でもどうしてそんなことをしたのか覚えていないと言う。

安積が考えていたとおり、冷静さを失っていたようだ。初犯でなくても刃傷沙汰《にんじようざた》は冷静ではいられないのだ。

奥原は、人質をどうするか、まったく考えていなかったという。殺害するか、部屋に残したまま逃走するか……。それを決めかねて、取りあえず何か食べることにした。人質にも何か与えなければならない。それでコンビニに出かけることにしたということだ。

長年警察官をやっていると、似たような事件を経験することもある。犯罪はパターン化しているとも言える。

だから刑事は筋を読み、事件を解決へと導くことができる。

今回のように、過去に同様の事件があることで、適正な判断を下すことができる場合もある。それが経験というものだ。

そして、先輩の貴重な教えでもある。先輩から後輩への教えは、みぎわに波が寄せては返すように、繰り返される。

席に戻ると、村雨が一人で書類仕事をしていた。

安積は尋ねた。

「他の連中はどうした?」

「須田と黒木は、引き続き奥原の取り調べです。水野は、保科美由紀を病院に送って行きました」

「桜井は?」

「殊勲者ですからね。久しぶりに早く帰してやりました」

安積は、椅子《いす》に座ろうとしてふと思いつき、言った。

「ちょっと屋上に行かないか?」

「屋上?」

「今日は朝から海が見たかったんだ」

「係長、もう暗くて海なんか見えないでしょう」

「いいからちょっと付き合え」

安積は先に階段に向かった。所轄の警察官は、あまりエレベーターを使わない。村雨は無言でついてきた。

屋上に出て、東京湾のほうを見た。

村雨が言ったとおり、海は真っ暗だったが、それでも安積は満足だった。

潮の香りがする。

村雨は、安積の斜め後ろに立っている。

安積は村雨のほうを見ないで言った。

「桜井の手柄にして、申し訳なかった。本当はおまえの手柄だ」

「そんなことはありません。犯人を割り出し、所在を確認したのは桜井です」

「いや、今回の本当の殊勲賞はおまえだ」

「係長からそんなことを言われると、妙に照れますね」

「俺が若い頃に、まったく同じような事件があった。その時、俺は三国さんという先輩と組んでいてな……」

「三国さんならお目にかかったことがあります」

「そのときの話を聞いてくれるか？」

一瞬間があり、村雨が言った。

「喜んで……」

安積は、あの事件のことを話しだした。

いかに自分が未熟だったか。どれくらい三国に教えられたか。
そして、あのとき、手錠を打てと言われたことがどれほど嬉《うれ》しかったか。
村雨のほうは見なかった。
だが安積には、村雨も海を見ているのがわかっていた。

解説

佳多山大地

12＋4＋8＋10＋2＜39

なんだか数式めく覚え書から始めたが、これは二〇一六年一月から十二月のあいだに発表された推理小説《ミステリー》の傑作選『ベスト6ミステリーズ２０１６』の文庫解説を書くにあたって調べた結果である。単位は、年。各作家の筆歴《キャリア》を、本書での登場順に並べてみたのだ。

つまり、二〇〇五年に『天使のナイフ』（第五十一回江戸川乱歩賞受賞作）で作家デビューした薬丸岳《やくまるがく》は、二〇一六年の時点でキャリアは足掛け十二年。二〇一三年に『晩夏光』（第五回角川春樹小説賞受賞作）でデビューした池田《いけだ》久輝《ひさき》は、足掛け四年。

『プールの底に眠る』（第四十二回メフィスト賞受賞作）で二〇〇九年にデビューした白河三兎《しらかわみと》は、キャリア八年。『理由《わけ》あって冬に出る』（第十六回鮎川哲也賞佳作入選作）で二〇〇七年デビューの似鳥鶏《にたどりけい》は、十年。『恋と禁忌の述語論理《プレディケット》』（第五十一回メフィスト賞受賞作）の井上真偽《いのうえまぎ》は二年、である。

以上五人の中堅・若手作家のキャリアを足し算すれば三十六年になるのだが……ああ、さすがは日本推理作家協会の理事長職も務めた大ベテラン、一九七八年に短編「怪物が街にやってくる」（第四回問題小説新人賞受賞作）でデビューした今野敏《こんのびん》の三十九年には及ばない。おっと、今野の場合、単独著書が世に出たのは『ジャズ水滸伝』の一九八二年だから、それだとキャリア三十五年で不等号の向きが変わるのか。ともあれ本書は、本邦ミステリー界の精鋭、新鋭たる五人と、一人の大ベテランとの〝対決構図〟なんぞ頭に入れて読まれるのも一興かと。

——さて、推理小説ジャンルの普及と発展を目的に掲げる日本推理作家協会は、自国開催のオリンピックイヤーである今年（二〇二〇年）、創立から七十三年目を迎える。戦後間もなく江戸川乱歩の呼びかけで同業・同好の士が集まった「土曜会」（初代会長は江戸川乱歩）の規模が拡大し、一九四七年六月二十一日、日本推理作家協会の前身「探偵作家クラブ」は正式に発足した。その七年後、一九五四年には「関西探偵作家クラブ」（一九四八年創立）が合流して「日本探偵作家クラブ」と改称。一九六三年には文部省の認可を受けて社団法人化され、日本推理作家協会に改組された（初代理事長はやはり乱歩）。さらに二〇一四年、同協会は公益法人制度改革にともない一般社団法人に移行して現在に至っている。今野敏は乱歩から数えて十四代目の理事長であり、その在任期間中（二〇一三年〜一九年）に法人資格の〝移行認可〟という大任を果たし、協会トップのバトンを京極夏彦に渡している。

斯《か》く歴史ある日本推理作家協会では、優れた短編ミステリーを顕彰する年鑑アンソロジーを、一九四八年度版以来、毎年欠かさず刊行している。本書『ベスト6ミステリーズ2016』の親本にあたる『推理小説年鑑　ザ・ベストミステリーズ2017』は、二〇一六年の一年間に小説誌や単行本書き下ろし等で発表された約四百三十本の短編ミステリーの中から、年度代表作として申し分のない出来《でき》と同協会が認める指折りの十一本を収録したものだ。今回の文庫化に際しては、その十一本からさらに六本を選《え》り抜いてお届けする。

年来のミステリーファンには周知のとおり、『推理小説年鑑』を毎年編纂《へんさん》する地道な作業は、日本推理作家協会が——前身の探偵作家クラブ発足当初から——主催する文芸賞、日本推理作家協会賞の短編部門の予選選考を兼ねている。解説子も末席を汚した第七十回（二〇一七年）の予選会にて最終候補にノミネートされたのは、池田久輝「影」、井上真偽「言の葉《コトノハ》の子ら」、白河三兎「旅は道連れ世は情け」、似鳥鶏「鼠でも天才でもなく」、薬丸岳「黄昏」の五作品であり、本書『ベスト6ミステリーズ2016』に洩《も》れなく収録されている。

もちろん、本書の巻頭を飾る栄誉は、第七十回日本推理作家協会賞短編部門（本選選考委員は大沢在昌、北方謙三、真保裕一、田中芳樹、道尾秀介の五名）で受賞作に選ばれた「黄昏」のものである。「この作品の謎には、確かに人間の息遣いを感じる。明かされる犯罪の〝動機〟には、ある哀しみと救いがあって、こういう物語を書く薬丸岳氏は、よい作家になられたと感心した」（大沢）、「なにより、小説で描くべき人の姿が、よく出ているところを、私は評価した」（北方）、「この小説は非常に能動的で、読者の心中でいろいろな形と広がりを持って再構成される」（道尾）など高評を得て、薬丸岳は自身三度目の短編部門ノミネートでみごと金的を射止めた次第。

受賞が決まった薬丸岳を含む五人の最終候補作者のあとに控えるのが、彼らにとって〝高い壁〟といえる当時の理事長、今野敏だ。偶然だが、本書収録の今野の作品「みぎわ」のタイトルは、汀《みぎわ》に波が寄せては返すように、先輩から後輩への教えは繰り返されることから付けられている。将来、薬丸ら〝後輩〟の中から日本推理作家協会をその先頭に立って引っぱる者が出てくるだろうし、またそうならないといけないだろう。なんだか手前勝手に面白がって五人対一人の対決構図をアピールしたようだが、案外まじめに本書の見どころのひとつを示したつもりなのですよ。

では、とびきり高品質な娯楽の時を保証する本書収録短編を、以下順番にざっと紹介しておきたい。なお、各作家のプロフィールについては、それぞれ作品の扉ページに簡潔にまとめられてあるので割愛させてもらう。プロフィールの執筆は、第七十回日本推理作家協会賞短編部門の四名の予選委員、佳多山大地（K）、西上心太（N）、山前譲（Ya）、吉田伸子（Yo）が担当している。


薬丸岳「黄昏」

アパートの一室で老女の遺体が発見され、同居していた四十代の娘が取り調べを受ける。娘が母親の死を三年も隠しとおしたのは、年金の不正受給のためと思われたが……。

雑誌「ランティエ」二〇一六年九月号初出。のち、夏目信人シリーズの短編集『刑事の怒り』（講談社）に収録された。本作の扉ページは解説子の担当であり、見どころはそちらで触れておいた。中高年のひきこもり問題が背景にあったことも見逃せない。

池田久輝「影」

何でも屋の「俺」は、病院勤務の若い女性を尾行していた。ところが、彼女の身に何も起こらぬうち、依頼人の刑事から「お前の出る幕は終わった」と告げられて……。

雑誌「小説推理」二〇一六年三月号初出。のち、短編集『虹の向こう』（双葉社）所収。主人公の「俺」は、何のために尾行をしたのかも、何がきっかけでお役御免になったのかもわからない。ストーカー犯罪を新鮮な切り口で読ませて異彩を放つ作品だ。

白河三兎「旅は道連れ世は情け」

「僕」は七年ぶりに伊豆諸島の小さな島に向かっている。そう、自分にとって〝青春の墓場〟と呼ぶほかないあの島を、まさか再び訪れることになるなんて……。

雑誌「小説新潮」二〇一六年五月号初出。人気アニメの舞台となった土地・建物をファンが訪れる、いわゆる聖地巡礼が〝過去の悲劇〟を掘り起こす。ユーモア味が前面に出ている作品だが、結末は青春の苦味が勝つ。

似鳥鶏「鼠でも天才でもなく」

美術館の展示室の床一面に、ペンキがぶちまけられていた。犯人の狼藉はそれだけにとどまらない。確かに無事だった絵の一枚が、後刻、無惨に傷つけられてしまい……。

雑誌「野性時代」二〇一六年六月号初出。連作短編集『彼女の色に届くまで』（KADOKAWA）に収録される際「極彩色を越えて」と改題された。〈犯人の足跡のない犯行現場〉を、雪上でも砂浜でもない所に作り上げたオリジナリティが光る。

井上真偽「言の葉の子ら」

保育園の年長クラスのある男の子に、なぜか最近、乱暴なふるまいが目立つ。父親と母親が「離婚しちゃうかもなー」と明るく話していたけれど……。

雑誌「小説すばる」二〇一六年八月号初出。のち、短編集『ベーシックインカム』（集英社）所収。本作の扉ページは解説子の担当で、見どころはそちらに記している。最後の最後、じつは本作がSFミステリーであることに驚かれたはずである。

今野敏「みぎわ」

ビルの駐車場で強盗傷害事件が発生。防犯カメラの映像から特定された犯人は自宅アパートに戻っているらしく、解決は間近と思われたが……。

雑誌「ランティエ」二〇一六年九月号初出。のち、安積班シリーズの短編集『道標東京湾臨海署安積班』（角川春樹事務所）に収録された。先輩から後輩へ〝経験〟を伝えるということは、警察官のみならず、すべての職業人に共通するテーマにちがいない。

本書は二〇一七年五月に小社より刊行された『ザ・ベストミステリーズ2017』から、文庫化に際し6編を一部加筆修正のうえ収録、改題したものです。

ベスト6《シックス》ミステリーズ2016
日本推理作家協会《にほんすいりさっかきょうかい》 編《へん》

講談社文庫
定価はカバーに
表示してあります

2020年４月15日第１刷発行

発行者――渡瀬昌彦
発行所――株式会社　講談社
東京都文京区音羽2-12-21　〒112-8001
電話　出版（03）5395-3510
　　　販売（03）5395-5817
　　　業務（03）5395-3615

デザイン―菊地信義
本文データ制作―講談社デジタル製作
印刷―――豊国印刷株式会社
製本―――株式会社国宝社

Printed in Japan

ISBN978-4-06-519394-5

講談社文庫刊行の辞

二十一世紀の到来を目睫に望みながら、われわれはいま、人類史上かつて例を見ない巨大な転換期をむかえようとしている。

世界も、日本も、激動の予兆に対する期待とおののきを内に蔵して、未知の時代に歩み入ろうとしている。このときにあたり、創業の人野間清治の「ナショナル・エデュケイター」への志を現代に甦らせようと意図して、われわれはここに古今の文芸作品はいうまでもなく、ひろく人文・社会・自然の諸科学から東西の名著を網羅する、新しい綜合文庫の発刊を決意した。

激動の転換期はまた断絶の時代である。われわれは戦後二十五年間の出版文化のありかたへの深い反省をこめて、この断絶の時代にあえて人間的な持続を求めようとする。いたずらに浮薄な商業主義のあだ花を追い求めることなく、長期にわたって良書に生命をあたえようとつとめるところにしか、今後の出版文化の真の繁栄はあり得ないと信じるからである。

同時にわれわれはこの綜合文庫の刊行を通じて、人文・社会・自然の諸科学が、結局人間の学にほかならないことを立証しようと願っている。かつて知識とは、「汝自身を知る」ことにつきていた。現代社会の瑣末な情報の氾濫のなかから、力強い知識の源泉を掘り起し、技術文明のただなかに、生きた人間の姿を復活させること。それこそわれわれの切なる希求である。

われわれは権威に盲従せず、俗流に媚びることなく、渾然一体となって日本の「草の根」をかたちづくる若く新しい世代の人々に、心をこめてこの新しい綜合文庫をおくり届けたい。それは知識の泉であるとともに感受性のふるさとであり、もっとも有機的に組織され、社会に開かれた万人のための大学をめざしている。大方の支援と協力を衷心より切望してやまない。

一九七一年七月

野間省一

講談社文芸文庫

加藤典洋

テクストから遠く離れて

解説＝高橋源一郎　年譜＝著者、編集部

ポストモダン批評を再検証し、大江健三郎、高橋源一郎、村上春樹ら同時代小説の読解を通して来るべき批評の方法論を開示する。急逝した著者の文芸批評の主著。

かP5
978-4-06-519279-5

平沢計七

一人と千三百人／二人の中尉

平沢計七先駆作品集

解説＝大和田 茂　年譜＝大和田 茂

関東大震災の混乱のなか亀戸事件で惨殺された若き労働運動家は、瑞々しくも鮮烈な先駆的文芸作品を遺していた。知られざる作家、再発見。

ひJ1
978-4-06-518803-3

講談社文庫　目録

新田次郎　新装版 鷲ヶ峰物語
日本文芸家協会編　愛染夢灯籠〈時代小説傑作選〉
日本推理作家協会編　犯人たちの部屋〈ミステリー傑作選〉
日本推理作家協会編　隠された鍵〈ミステリー傑作選〉
日本推理作家協会編　Play《プレイ》推理遊戯〈ミステリー傑作選〉
日本推理作家協会編　Doubt《ダウト》きりのない疑惑〈ミステリー傑作選〉
日本推理作家協会編　Bluff《ブラフ》騙し合いの夜〈ミステリー傑作選〉
日本推理作家協会編　Symphony《シンフォニー》漆黒の交響曲〈ミステリー傑作選〉
日本推理作家協会編　Esprit《エスプリ》機知と企みの競演〈ミステリー傑作選〉
日本推理作家協会編　Life《ライフ》人生、すなわち謎〈ミステリー傑作選〉
日本推理作家協会編　Love《ラブ》恋、すなわち罠〈ミステリー傑作選〉
日本推理作家協会編　Propose《プロポーズ》告白は突然に〈ミステリー傑作選〉
日本推理作家協会編　Acrobatic《アクロバティック》物語の曲芸師たち〈ミステリー傑作選〉
日本推理作家協会編　謎 0 1 0〈大沢在昌選　スペシャル・ブレンド・ミステリー〉
日本推理作家協会編　ベスト8ミステリーズ2015
二階堂黎人　ラン迷宮〈二階堂蘭子探偵集〉
二階堂黎人　増加博士の事件簿
新美敬子　猫のハローワーク
西澤保彦　新装版 七回死んだ男
西澤保彦　人格転移の殺人
西澤保彦　麦酒《ばくしゅ》の家の冒険
西澤保彦　新装版 瞬間移動死体
西村健　ビンゴ
西村健　地の底のヤマ(上)(下)
西村健　光陰の刃《やいば》(上)(下)
楡周平　青狼記(上)(下)
楡周平　陪審法廷
楡周平　宿命(上)(下)〈ワンス・アポン・ア・タイム・イン・東京〉
楡周平　血戦〈ワンス・アポン・ア・タイム・イン・東京2〉
楡周平　修羅の宴(上)(下)
楡周平　レイク・クローバー(上)(下)
西尾維新　クビキリサイクル〈青色サヴァンと戯言遣い〉
西尾維新　クビシメロマンチスト〈人間失格・零崎人識〉
西尾維新　クビツリハイスクール〈戯言遣いの弟子〉
西尾維新　サイコロジカル(上)〈兎吊木垓輔の戯言殺し〉(下)〈曳かれ者の小唄〉
西尾維新　ヒトクイマジカル〈殺戮奇術の匂宮兄妹〉
西尾維新　ネコソギラジカル(上)〈十三階段〉
西尾維新　ネコソギラジカル(中)〈赤き征裁vs.橙なる種〉
西尾維新　ネコソギラジカル(下)〈青色サヴァンと戯言遣い〉
西尾維新　ダブルダウン勘繰郎《かんぐろう》　トリプルプレイ助悪郎《スケアクロウ》
西尾維新　零崎双識の人間試験
西尾維新　零崎軋識《ぜろざきしきしき》の人間ノック
西尾維新　零崎曲識の人間人間
西尾維新　零崎人識の人間関係　匂宮出夢との関係
西尾維新　零崎人識の人間関係　無桐伊織との関係
西尾維新　零崎人識の人間関係　零崎双識との関係
西尾維新　零崎人識の人間関係　戯言遣いとの関係
西尾維新　xxxHOLiC アナザーホリック
西尾維新　ランドルト環《かん》エアロゾル
西尾維新　難民探偵
西尾維新　少女不十分
西尾維新　本題〈西尾維新対談集〉
西尾維新　掟上今日子《おきてがみきょうこ》の備忘録
西尾維新　掟上今日子の推薦文
西尾維新　掟上今日子の挑戦状
西尾維新　掟上今日子の遺言書
西村賢太　どうで死ぬ身の一踊り
西村賢太　夢魔去りぬ

講談社文庫　目録

西村賢太　藤澤清造追影
仁木英之　真田を云《いい》て、毛利を云わず〈大坂将星伝〉(上)(下)
仁木英之　まほろばの王たち
西川善文　ザ・ラストバンカー〈西川善文回顧録〉
西川　司　向日葵《ひまわり》のかっちゃん
西村雄一郎　殉愛〈原節子と小津安二郎〉
西　加奈子　舞台
貫井徳郎　新装版　修羅の終わり(上)(下)
貫井徳郎　妖奇切断譜
貫井徳郎　被害者は誰？
A・ネルソン　「ネルソンさん、あなたは人を殺しましたか？」
法月綸太郎　雪密室
法月綸太郎　誰《たそ》彼《がれ》
法月綸太郎　法月綸太郎の冒険
法月綸太郎　新装版　密閉教室
法月綸太郎　怪盗グリフィン、絶体絶命
法月綸太郎　怪盗グリフィン対ラトウィッジ機関
法月綸太郎　キングを探せ
法月綸太郎　名探偵傑作短篇集　法月綸太郎篇

法月綸太郎　新装版　頼子のために
乃南アサ　不発弾
乃南アサ　地のはてから(上)(下)
乃南アサ　新装版　鍵
乃南アサ　新装版　窓
野沢　尚　破線のマリス
野沢　尚　深紅
能町みね子　能スポ〈「能町みね子のときめきデートスポット」、略して〉
能町みね子　能サポ〈「能町みね子のときめきサッカーうどんサポーター」、略して〉
野口　卓　一九戯作旅
橋本　治　九十八歳になった私
原田泰治　わたしの信州
原田泰治／原田武雄　泰治が歩く〈原田泰治の物語〉
林　真理子　幕はおりたのだろうか
林　真理子　女のことわざ辞典
林　真理子　さくら、さくら〈おとなが恋して〉
林　真理子　みんなの秘密
林　真理子　ミスキャスト
林　真理子　ミルキー

林　真理子　新装版　星に願いを
林　真理子　野心と美貌〈中年心得帳〉
林　真理子　正妻〈慶喜と美賀子〉(上)(下)
林　真理子　大《お》原《はら》御《ご》幸《こう》〈帯に生きた家族の物語〉
林　真理子／見城　徹　過剰な二人
原田宗典　スメル男
帚木蓬生　アフリカの蹄《ひづめ》
帚木蓬生　日御子(上)(下)
坂東眞砂子　欲情
花村萬月　信長私記
花村萬月　續信長私記
畑村洋太郎　失敗学のすすめ
畑村洋太郎　失敗学実践講義〈文庫増補版〉
はやみねかおる　そして五人がいなくなる〈名探偵夢水清志郎事件ノート〉
はやみねかおる　都会《まち》のトム&ソーヤ(1)
はやみねかおる　都会《まち》のトム&ソーヤ(3)〈いつになったら作戦《ミッション》終了？〉
はやみねかおる　都会《まち》のトム&ソーヤ(4)〈四重奏《カルテット》〉
はやみねかおる　都会《まち》のトム&ソーヤ(5)〈IN《イン》塀戸《VADE》〉(上)(下)

はやみねかおる　都会《まち》のトム&ソーヤ(6)〈ぼくの家へおいで〉
はやみねかおる　都会《まち》のトム&ソーヤ(7)〈怪人は夢に舞う〈理論編〉〉
はやみねかおる　都会《まち》のトム&ソーヤ(8)〈怪人は夢に舞う〈実践編〉〉
はやみねかおる　都会《まち》のトム&ソーヤ(9)〈前夜祭《EVE》　内人《ないと》side〉
はやみねかおる　都会《まち》のトム&ソーヤ(10)〈前夜祭《EVE》　創也《そうや》side〉
勇嶺《はやみね》　薫《かおる》　赤い夢の迷宮
服部真澄　クラウド・ナイン
初野　晴　向こう側の遊園
原　武史　滝山コミューン一九七四
濱　嘉之　警視庁情報官〈シークレット・オフィサー〉
濱　嘉之　警視庁情報官　ハニートラップ
濱　嘉之　警視庁情報官　トリックスター
濱　嘉之　警視庁情報官　ブラックドナー
濱　嘉之　警視庁情報官　サイバージハード
濱　嘉之　警視庁情報官　ゴーストマネー
濱　嘉之　警視庁情報官　ノースブリザード
濱　嘉之　鬼手《きしゅ》〈世田谷駐在刑事・小林健〉
濱　嘉之　電子の標的〈警視庁特別捜査官・藤江康央〉
濱　嘉之　列島融解
濱　嘉之　オメガ　警察庁諜報課
濱　嘉之　オメガ　対中工作
濱　嘉之　ヒトイチ　警視庁人事一課監察係
濱　嘉之　ヒトイチ　画像解析〈警視庁人事一課監察係〉
濱　嘉之　ヒトイチ　内部告発〈警視庁人事一課監察係〉
濱　嘉之　カルマ真仙教事件(上)(中)(下)
濱　嘉之　新装版　院内刑事《デカ》
濱　嘉之　新装版　院内刑事〈ブラック・メディスン〉
濱　嘉之　院内刑事〈フェイク・レセプト〉
馳　星周　ラフ・アンド・タフ
早見　俊　上方与力江戸暦
畠中　恵　アイスクリン強し
畠中　恵　若様組まいる
畠中　恵　若様とロマン
葉室　麟　風渡る
葉室　麟　風の軍師〈黒田官兵衛〉
葉室　麟　星火瞬く
葉室　麟　陽炎《かげろう》の門
葉室　麟　紫匂う
葉室　麟　山月庵茶会記
葉室　麟　津軽双花
長谷川　卓　嶽《がく》神《じん》〈上・白銀《しろがね》渡り〉〈下・湖底の黄金〉
長谷川　卓　嶽神伝《がくじんでん》　無坂《むさか》(上)(下)
長谷川　卓　嶽神伝《がくじんでん》　孤猿《こえん》(上)(下)
長谷川　卓　嶽神伝《がくじんでん》　鬼哭《きこく》(上)(下)
長谷川　卓　嶽神列伝　逆渡《さかわた》り
長谷川　卓　嶽神伝《がくじんでん》　血路
長谷川　卓　嶽神伝《がくじんでん》　死地
長谷川　卓　嶽神伝　風花(上)(下)
幡　大介　股旅探偵　上州呪い村
原田マハ　夏を喪くす
原田マハ　風のマジム
原田マハ　あなたは、誰かの大切な人
羽田圭介　「ワタクシハ」
羽田圭介　コンテクスト・オブ・ザ・デッド
花房観音　女坂
花房観音　指人形
花房観音　恋塚

2020年3月15日現在